런던의 바보목사

런던의 **바보목사**

박 일 배 지음

리북

* 이 책에 실린 글들은 박일배 목사가 영국에서 발행되는 한인신문
〈한인 헤럴드〉와 〈코리아 포스트〉에 연재한 글의 일부를 엮은 것입
니다. 글 싣는 순서만 달리할 뿐 유고遺稿를 그대로 실었습니다.

옷자락을 떨어뜨린 사람처럼 자꾸만 뒤를 돌아보아도 더 이상 보이지 않았습니다.

들이키던 숨을 멈추고 귀를 기울여도 더 이상 들리지 않습니다. 당신의 모습, 당신의 목소리...

이 땅위에 여름 햇살이 내리쬐고, 주룩주룩 빗물이 떨어지고, 나뭇잎이 다 떨어져 잔디에 쌓여 가도록 당신의 모습은 여전히 보이지 않고 하루가 가고 또 하루가 지나가고 있습니다.

덜 깬 잠과 씨름하는 아내 앞에 향긋한 커피 잔을 들이 밀던 당신의 미소가 보고 싶습니다.

현관문을 잡기도 전에 가방을 들어주기 위해 내밀던 그 손을 잡고 싶습니다.

추운 날 산책길에 감기라도 들까 봐 두툼한 외투 옷깃을 세워 주며 바람을 막아 주던 당신의 등 뒤에 기대서고 싶습니다. 식탁에 앉아서 아들과 대화하며 연신 푸하하 웃어 주던 그 웃음소리가 다시 듣고 싶습니다. 우리는 이렇게 당신을 그리워하고 살아가고 있습니다.

내가 사랑한 사람은 예수를 사랑했고, 성도를 사랑했으며 그의 아내와 아들을 지극히 사랑했던 사람이었습니다.

이십 년 전 에든버러대학 사진을 가슴에 품고 영국행 비행기를 탔고, 3개월 만에 새 신발의 밑창을 갈아 주어야 할 정도로 걷고 또 걸었으며 보고 또 보며 새로운 세상으로 빠져 들어갔습니다.

가난한 유학생으로 식빵과 바나나로 홀로 3개월을 지내면서도 스코틀랜드 경치가 담긴 엽서들을 단 하루도 거르지 않고 그의 아내된 사람에게 보낸 순수한 사랑을 할 수 있는 사람이었습니다.

몇 명 안 되는 청년을 놓고 사역을 시작하면서도 섬김으로 기뻐했고 그들을 향한 꿈으로 밤잠을 설쳤으며 새벽까지 주님의 나라를 이야기하며 시간을 보냈습니다. 사람들에게 향한 그의 마음으로 피곤치 않았고, 시간이 아깝지 않았고 마음에 기쁨이 가득했습니다.

작았던 교회에 더 많은 사람들이 모여들면서 이국땅의 낯설음을 해결하지 못하는 가정들 앞에서 그는 머슴이 되었고, 심부름꾼이 되었고, 학부모가 되어 주었고, 진학 상담자가 되어 주기도 하는 스스로 런던의 바보목사로 살아갔습니다.

그의 가슴은 세상의 아름다운 것들로 가득 차 있었습니다. 클라리넷을 협주곡을 듣기 위해 KEF 스피커와 뮤지컬 휘델리티 엠프를 장만하기 위해 몇 날이고 중고 웹사이트를 뒤지고, 고흐의 노란 보리밭과 측백나무 작품 앞에서 감격하여 움직일 줄 몰랐습니다.

하나님이 창조하신 이 세상의 아름다운 모습들, 소리들을 들을 줄 알고 그 안에서 자신만의 기쁨을 발견할 줄 알았던 사람이었습니다. 메세라티 명품 자동차, 경이로운 소리의 오디오, 잘생긴 애완견, 깊이 있는 오일 페인팅, 돌로 지어진 중세 건물들, 전통의 명문학교, 건강에 좋은 식품, 골프, 테니스, 탁구, 어머님이 들려주던 세상 이야기 그리고 가장 좋아했던 주님 이야기와 사람들...

그가 싫어하는 것들도 있었습니다.

거짓으로 하는 교제, 거짓으로 하는 칭찬, 거짓으로 사는 인생, 거짓으로 하는 설교, 거짓된 목사.

그는 그렇게 진실되지 않고는 한순간도 살 수 없는 사람이었습니다.

그의 순수함과 진실됨은 사람들의 가슴을 시원하게 했고, 세상의 거짓을 드러냈습니다.

때로는 비겁한 비난과 두려움의 외면 앞에 가슴 아픈 날도 많았지만 그는 용감했습니다.

결코 거짓과 타협하지 않았고, 거짓으로 교제하지 않았고, 칭찬하지 않았으며, 거짓으로 설교하지 않았습니다.

로뎀 나무 아래 지쳐 쓰러져 있는 엘리야에게 숯불에 구운 떡과 물로 위로를 내리셨던 것처럼 매일 밤 주님의 위로를 기다리며 홀로 거짓된 세상과 싸워 나갔습니다. 진실보다 거짓의 힘이 더욱 커지고 있기에 그는 많이 외로웠고, 안타까워했지만 열린 마음 열린 생각으로 한 남자, 남편, 아버지 그리고 목사로서 주님과 동행하는 아름다운 삶을 살아낼 수 있었습니다.

세상을 떠나는 순간 그가 흘렸던 손톱만큼 커다란 눈물방울의 의미를 깨닫습니다.

남겨진 자들을 그토록 사랑하였기에 우리보다 더 아파하며 흘렸던 눈물.

그 커다란 눈물방울 하나를 떨어뜨리고 아픔도 고통도 없는 천국의 문을 열었을 것입니다.

그로 인하여 남겨진 우리들의 삶은 변하고 있습니다. 진실되게 하셨고, 거짓 앞에 용감해지게 하셨고, 주님만 바라보게 하셨고, 내 가족과 이웃을 사랑하게 하셨습니다.

그의 아들과 아내는 그가 남긴 사랑으로 진실하게 살아갈 것입니다.

그리고 그가 우리를 사랑했던 것처럼 그를 지극히 사랑할 것입니다.

이렇게 책이 되어 세상에 나올 수 있도록 도움주신 오키도키님과 뤼심님의 사랑을, 아름다운 그림을 선뜻 내어주신 해화 한광순님의 사랑을 그리고 그를 기억하는 모든 이의 사랑을 담아 살아갈 것입니다.

2011년 12월 아내가

2. 내가 아내를 닮았더라면

3. 믿음으로 함께 가는 길, 동행

4. 십일조 이야기

작은 꽃이 아름답다

어, 영국이 왜 이래?

영국에 살다보니 본의 아니게 친구목사들 사돈의 팔촌까지 접대를 하게 된다. 대개 사람들은 히드로 공항을 빠져나와 한인 촌인 뉴몰든에서 하룻밤을 자고 일어나면 이렇게 말한다.

"어~ 영국이 왜 이래?"

누군가의 소개로 만났던 K 목사님은 큰 교회 목사라면서 식당에 가서 한국 돈으로 1만 4천 원 하는 짜장면 한 그릇도 제대로 못 시키던 위인이었다. 2만원 받는 곱빼기도 아니었다. 그러면서도 영국이 어지간히 우습게 보였던 모양이다.

"박목사님~ 이 나라가 쓸데없이 물가만 비싸지 정말 별 볼일 없네요."

평소에 나도 그런 생각을 하지 않았던 것은 아니다. 그런데 큰 교회 목사라고 쓸데없이 폼만 잡았지 별 볼일 없어보이던 그분의 이야기를 듣다 보니 갑자기 마음속에서 알량 맞은 '영국 사랑'이 아지랑이처럼 피어오르기 시작했다.

"영국이 어때서요?"

15

"박목사님~ 나는 영국이 이렇게 형편없는 나란지 몰랐어요!"

"왜요?"

"모든 게 낡고..." 어쩌구저쩌구.

한국 사람들은 '척 보면 안다'고 생각하는 것이 문제다.

'척 보면 있는 사람인지 없는 사람인지 알 수 있고'

'척 보면 명문대학 나온 사람인지 아닌지 알 수 있고'

'척 보면 내게 필요한 사람인지 아닌지 알 수 있고'

'척 보면 내가 무시해도 좋은 사람인지 아닌지 알 수 있다'고 생각한다.

그래서 그런지 한국 사람들은 누군가를 처음 만난 자리에서 이미 무시해도 좋을 상대인지 아니면 무시를 당해야 할 상대인지를 판단하게 된다. 피차 '척' 보면 아는 것이다.

K목사님은 큰 교회 목사라는 이유 하나만으로 '척' 보면 개척교회 목사 나부랭이에 불과한 나를 무시해도 좋다고 생각한 모양이었다. 뭐~ 나 역시도 그런 분위기가 전혀 이상하지 않았다. '척'보는 순간 내가 무시당하는 것이 전혀 억울하지 않을 만큼 큰 교회 목사였기 때문이다. 단 한 가지 짚고 넘어가자면 그분이 '척'보는 순간, 짜장면 값을 누가 계산해야 하는지 분위기 파악을 제대로 하지 못했다는 것뿐이다.

인생을 살다 보면 '척' 보면 알 수 있는 것들도 있지만 세월을 두고 겪어보지 않고서는 도무지 짐작도 할 수 없는 것이 있게 마련이다. 생긴 인물이나 생활수준은 '척' 보는 순간 알 수 있지만, 그 음흉하고 악랄한 속내와 심성心性은 정말 산전수전 육박전 다 겪어보지 않고서는 도무지 알 수 없는 일이다. 더구나 세월이 말해주는 가치야 뭐 더 말할 것도 없다. 내 마음 속에서 알량 맞은 '영국사랑'이 아지랑이처럼 피어오르기 시작했던 이유는, 그나마 영국에 오래 사는 동안 '영국의 오래된 전통과도 같은 아름다운 심성'을 보았기 때문이다. 사람들은 그것을 낡았다고 말한다.

'가난한 사람을 바라보는 심성'

'힘없는 사람을 바라보는 심성'

'병든 사람을 바라보는 심성'

'노인을 바라보는 심성'

그리고 한국 사람들처럼 '척'보면 아는 것처럼 사람을 대하지 않는 심성.'

사실 영국의 모든 것이 낡고 가라앉은 것처럼 보이는 것은 졸부의 근성으로 '척'보니까 그런 것이다. 영국은 너무 새것들 틈새에서 낡아 버린 서민들의 소박한 심성을 고가구처럼 닦고 다듬어서 새것들의 천박한 맵시를 무색하게 만드는 '깊은 문화'가 있는 나라이다.

허구한 날 이리저리 먹거리나 찾아다니고, 시도 때도 없이 여기저기 몰려다니면서 몸뚱이나 닦고 다니는 '저속한 문화'가 아니라 오후 다섯 시가 넘으면 너도 나도 살가운 가정, 내 아내 내 남편 내 새끼들을 향해 가볍게 차를 달리는 '정겨운 문화'가 있는 나라이다.

한국처럼 죽도록 공부해서 대학을 나왔는데도 '무식'한 사람들이 바글거리는 나라가 아니라 일찌감치 갈 길을 찾아 중학교를 졸업하고 공부를 중단했는데도 박사과정까지 공부했던 나를 당황하게 만드는 박식한 사람들이 살고 있는 '제대로 된 교육문화'가 있는 나라이다.

그뿐만 아니라 한국처럼 이제 겨우 하드웨어를 만들어 팔면서 거들먹거리는 것이 아니라, 하드웨어를 만들던 공장들을 한국 같은 나라에 다 팔아버리고 소프트웨어를 붙들고 있는 '뭔가를 아는 나라'인 것이다.

한국에서 신앙생활을 좀 했다는 사람들은 영국 교회가 만만해 보이는 모양이다.

얼마 전 우연히 영국 교회를 진단하는 어느 한국 목사님의 선교보고서를 읽게 되었는데, '영국 교회는 더 이상 희망이 보이지 않는다'는 것이 보고서 내용의 골자였다. 사실 몇 명 모이지 않는 성도들이 주일예배를 드리고 있는 영국 교회들을 바라보고 있노라면 '희망 없다'는 생각이 저절로 자리 잡는다. 그러나 공장을 팔아 치운 영국이 쓰러지지 않는 것처럼 성도의 숫자는 줄었지만 영국 교회는 '희망 없지 않다.'

한국 교회는 수많은 공장들이 연기를 뿜어 올리며 물건을 생산해 내는 것처럼, 교회들마다 열심히 연기를 뿜어 올리지만 정작 무엇이 생산되고 있는지 도무지 알 길이 없다.

몇 년 전 한국인 성도 몇 명과 한국인 목사 십 수 명을 교제했던 '피터 마스터스' 목사님의 이야기가 가히 충격적이다.

하나님 보시기에 여의도 순복음 교회보다 자신들의 교회가 더 큰 교회일 수도 있다는 것이다. 왜냐하면 그분이 만났던 한국인 목사들과 성도들의 삶 가운데 전혀 그리스도인으로 거듭난 흔적이 보이지 않았기 때문이다. 그분은 '한국의 큰 교회들에

과연 몇 명의 변화된 성도가 있겠는가?'를 의심했다. 교회라는 건물 안에서 보여지는 '신앙의 하드웨어'는 있는데, 교회 밖에서 세상을 변화시키는 '신앙의 소프트웨어'가 없다는 이야기일 것이다.

히드로 공항을 빠져 나와서 뉴몰든에 도착한 후 하룻밤을 자고 일어나면 사람들은 대개 이렇게 말한다.

"어~ 영국이 왜 이래?"

나는 그분들의 생각과 이야기를 들으며 늘 이렇게 생각했다.

"어~ 한국 사람들 왜 이래?"

고정 관념이 깨질 때

91년부터 몇 년간 잡지사 특파원으로 일을 했었다. 말이 특파원이지 겨우 쥐꼬리만 한 계약금을 손에 쥐어주고 거창한 타이틀만 달아 준 '무늬만 특파원'이었다. 큰 돈 되는 일은 아니었지만, 그 일을 통해서 제법 큰 돈 되는 일거리들이 연결되곤 했기 때문에 가난한 유학생이 먹고 살자고 했던 일이었다.

불교를 믿으시던 장모님은 눈에 흙이 들어가기 전까지는 절대로 전도사에게 딸을 줄 수 없다고 선언하시더니, 그 선언을 목숨 걸고 지켜야 하는 사람처럼 완강하게 아내와 나의 결혼을 반대하셨다.

당시 내게 있어서 무엇보다도 중요한 것은 아내와 결혼하는 일이었다. 그래서 고민하고 머리를 쥐어 짜내서 얻은 묘안이 '영국 행'이었다. "뭐~ 전도사로 안 된다면 교수는 괜찮겠지!"

나는 가끔씩 이런 생각을 한다. "교수가 무슨 강아지 이름인가? 그렇게 철없이 대책 없는 야무진 꿈을 꾸며 인생을 살았으니 영국에서 그 죽을 고생을 한 것이 너무나도 당연하다 당연해... 앞으로 고생을 더 해도 싸지... 싸!"

목숨을 걸고 지켜야 할 선언을 깬 사람이 우리 역사 가운데 한 두 명이 아니다. 깨도 괜찮다 싶은 조건이 주어지면 그까짓 선언쯤 깨는 것은 뭐 그리 대단한 일도 아니다.

"교수가 되겠다"는 공약空約을 편지로 써서 항공우편으로 보내고, 그것도 모자라서 비싼 요금 때문에 가슴을 쓸어내리면서도 국제전화를 걸어 보충설명을 드렸더니 장모님은 "그럼 한 번 다시 생각해 보자"며 한 걸음 물러나셨다. 그렇게 해서 시작된 것이 아내와 나의 영국 생활이었다.

그때는 잡지사 일을 재미로 폼으로 할 수 있는 상황이 아니었다. 요즘 아내의 불만처럼 '어쩌다 눈이 멀어서~' 나를 따라 나온 사람인데, 그런 아내를 고생시키지 않으려면 무슨 일이든 가리지 않고 열심히 해야 했다. 청소도 하러 다니고, 잔디도 깎으러 다니고, 어설프게 가이드도 해보고, 그러다가 취재도 나가고 기사도 써서 보내고...

최소한 내게 있어서의 영국 생활은 엉겁결에 농기구를 들고 전쟁터에 나가게 된 농부의 무모함과 절박함 그 자체였다.

당시 나는 한국의 월간지 세 개와 계약을 맺고 있었는데, 그 중의 하나는 어떤 전문 직종에 종사하는 영국 사람들을 인터뷰하고, 사진을 찍고, 글을 써서 매달 내 이름으로 내게 할당된 네 페이지짜리 특집기사를 연재하는 것이었다.

정확한 날짜는 기억할 수 없지만, 93년 1월쯤에 한국으로 사진과 기사를 송고하고 났는데 생각지도 않았던 문제가 발생했다. 잡지사에 보냈던 사진이 문제가 된 것이다. 버밍햄 남쪽 에지바스톤이라는 동네 공원에서 찍은 사진인데, 겨울에도 죽지 않고 살아있는 영국의 푸른 잔디가 문제였다.

"어떻게 여름에 찍은 사진을 겨울 기사에 붙여서 보낼 수가 있느냐?"는 것이었다. 잡지사에 여러 차례나 그 비싼 국제전화를 걸어가며 "영국잔디는 겨울에도 죽지 않는다~!!"고 목이 쉬도록 설명하고 또 설명하기를 반복했지만, '백문百聞이 불여일견不如一見'이라는 말이 있듯이 사실 보지 않고는 납득하기 어려운 일이었다. 영국 생활을 하기 전까지는 나 역시도 이해할 수 없는 일이었기 때문이다.

지금은 싼 전화카드가 있어서 한국으로 통화를 하는 것이 그다지 부담스럽지 않지만, 그때만 해도 1분에 1파운드 10펜스(한국 돈으로 2,200원)씩이나 하는 엄청난 요금 때문에 한국으로 전화를 하는 것이 쉽지 않았었다. 평소보다 '0'이 하나 더 붙은 전화요금 고지서를 들고 속상해하던 아내의 표정이 지금도 눈에 선하다.

전화요금은 그렇다고 치더라도 아무튼 한국 사람들이 납득하기 힘든 영국의 겨울잔디 때문에 저널리스트(?)로서의 자존심에 상당한 손상을 가져 왔다. 우연한 기회에 잡지사 관계자가 출장을 나왔던 이듬해 겨울까지는 속이 상해도 어쩔 도리가 없었다. 출장 나온 관계자 덕분에 '믿을 수 없다!'던 겨울잔디의 비밀이 풀리게 된 것은 당연한 일이었다.

영국에서 겨울을 지내 본 사람들은 "겨울이 되면 무조건 잔디가 얼어 죽는다"고 생각했던 고정관념固定觀念이 깨지게 된다.

고정관념은 한마디로 다른 세상을 두루 경험하지 못한 '우물 안 개구리의 관념'인 것이다. 좀 더 부정적으로 말하자면 오랫동안 사용하지 않아서 '녹슨 관념'이며, 마찰을 줄이고 유연하게 생각할 수 있도록 두뇌와 가슴에 윤활유를 공급하지 않아서 '고장 난 관념'이다.

자존심은 무너질 때 가슴도 함께 무너져서 많이 아프지만, 고정관념은 깨질 때 전혀 아프지가 않다. 오히려 고정관념이 깨질 때는 막혔던 코가 뚫리는 것처럼 시원하고, 가려졌던 시야가 트이는 것처럼 경이로운 경험이다.

"어~, 세상에 이럴 수가!!"

이것이 고정관념이 깨질 때 들리는 오묘한 신음소리다.

술 이야기

나는 주류酒流 목사다. 흔히 큰 교단 목사들이 자부심으로 말하는 주류主流가 아니라 가끔씩 와인도 마시고 맥주도 마신다는 이야기다. 그렇다고 술을 퍼 마시는 주당은 결코 아니다. 겨우 반 파인트만 마셔도 술독에 빠진 꼴이 되는 까닭에 더 마시고 싶어도 맥주 반 파인트 이상을 마시지 못한다. 와인은 한 잔 가득 마시기도 버겁다.

91년 2월, 홍콩을 경유하는 영국 행 비행기를 타고 어설픈 유학길에 올랐다.

"오빠... 밥 꼬박꼬박 챙겨먹고... 알지? 그리고 편지 자주 쓰고..."

결혼하기 전이었던 아내가 갑자기 말끝을 흐리더니 꾹 참았던 울음을 터뜨리고 말았다. 벌써 20년 전의 일이다. 16살짜리 아들놈에게 그 이야기를 들려줬더니 못 믿겠다는 표정으로 당장 엄마를 부르며 달려간다. 갑자기 아빠가 존경스럽다는 얼굴이다. 나이든 엄마 아빠에게 그런 로맨틱한 스토리가 있다는 것이 나쁘지 않은 모양이었다.

비행기가 이륙하기 무섭게 옆자리에 앉았던 중년신사는 와인을 마시기 시작했다.

"한 잔 하지 그래?"

"감사하지만 사실 제가 교회 전도사거든요."

"아~ 그러냐?"며 웃던 그분은 더 이상 내게 와인을 권하지 않았다.

홍콩의 야경은 너무나도 아름다웠다. 비행기가 중간 경유지인 홍콩의 야경 사이로 다시 솟아올랐을 때 중년신사는 스튜어디스를 불러 와인을 주문했다. 그러자 두 자리 건너편에 앉아서 성경을 읽으시던 할머니 한 분이 일어서 다가오시더니 중년신사를 바라보며 말씀하셨다.

"목사님... 와인을 너무 많이 드시는 거 아니에요?"

"권사님~ 걱정 마세요. 그래야 스무 시간을 넘게 가는 이 불편한 이코노미 클라스에서 눈이라도 좀 붙이지요. 허허허~"

세상에 목사가 술을 마시다니...

외국에 나가면 가끔 정신 나간 목사들이 내놓고 술을 마신다더니 출국한 지 몇 시간 만에 그 꼴을 내 눈으로 확인한 셈이었다.

그 정신 나간 목사가 바로 교계에서 많은 분들에게 존경 받는 OOO목사님이었다는 사실을 알게 된 것은 그로부터 몇 년 후였다. 지금 생각해 보면 '사실 제가 전도사거든요'라고 말하던 내 엄숙한 표정이 그분에게 얼마나 우스운 코미디가 되었을까 싶다.

두 주 전에 킹스톤병원 응급실에 실려 갔다.

갑자기 숨이 막히고 명치 위쪽 가슴 한복판이 찢어질 듯 아팠다. '이대로 죽는가 보다...'라는 생각이 들었는데 그 느낌은 정말 지금 다시 생각해도 아찔하다.

몇 시간 동안 이런 저런 검사를 받고 난 결과가 너무 황당했다. 평소에 커피와 잉글리시 티를 너무 많이 마시기 때문이라는 것이다. 사실 그랬다. 책상에 앉아 있다 보면 하루에 열 잔 이상을 마시게 될 때도 있다. 커피와 티가 산성이기 때문에 몸에 좋지 않다는 이야기였다. 가끔씩 마시는 녹차도 예외는 아니었다.

무엇보다도 물을 많이 마시고 과일과 주스를 자제하고 우유와 요거트를 많이 먹고 와인을 한 잔씩 마시라는 것이 의사의 처방이었다. 커피와 티는 마시지 않는 것을 전제로 하되 어쩔 수 없다면 하루에 두 잔 이상은 마시지 말라는 당부를 했다.

의사가 마시라는 와인은 그동안 단 한 잔도 마시지 않았다. 세어보니 반나절이 지나기도 전에 오늘 무심코 마신 커피와 티가 벌써 다섯 잔이 넘는다. 그러나 아무도 커피와 티 때문에 내 신앙을 정죄하는 사람은 없다.

몇 년 전에 썼던 비슷한 칼럼 때문에 나는 런던의 주당 목사로 낙인이 찍혔다. 그런 이야기를 들을 때마다 내 주량을 알면 그런 소리를 못 할 거라며 그냥 웃어넘긴다.

사실 나는 교우들이 모여서 맥주를 마신다거나 와인을 마시는 것을 정죄하지 않는다. 아직까지 교우들이 모여 식사를 하면서 와인 한두 잔을 마시고 실수하는 사람을 본 기억이 없기 때문이다. 그렇지만 혹시 실수를 하더라도 나는 여전히 그들을 정죄하지 않을 것이다. 왜냐하면 와인 한 잔의 문제가 목숨을 걸고 싸우며 논쟁을 벌여야 하는 신앙의 본질이 아니기 때문이다.

목회를 하다 보면 술 한 잔을 마시고 취해서 '정신 나간 소리'를 하는 사람보다, 맨 정신을 가지고 '정신 나간 소리'를 하는 사람들을 더 많이 보게 된다. 목사들도 예외는 아니다.

한마디로 영국에 살고 있으면서 술로 마시는 와인과 식사 음료로 마시는 와인조차 구분하지 못하는 신앙인들이 한심하다는 이야기다. 정말 하지 말아야 할 것들은 뒷전에 두고 술 이야기만 나오면 열을 올리니 하는 말이다.

귀중한 것 세 가지

　아내가 목걸이를 잃어버린 것은 지난해 오월이었다. 그 목걸이는 내가 큰맘 먹고 아내에게 생일선물로 사준 것이다. 백금 목걸이 줄은 사년 전 생일에, 그리고 여러 개의 작은 다이아몬드를 세팅한 백금 십자가는 이년 전 생일에 선물한 것이었다.

　아내는 그날 무슨 일로 기분이 상했는지 부엌 바닥에 목걸이를 벗어 던졌다. 평소에 줄이 좀 투박하다고 궁시렁 대긴 했어도 십자가는 오랫동안 아내가 찍어놓고 눈독들이던 것을 선물했기 때문에 틀림없이 아내가 아끼던 물건 중의 하나였다. 그런데 그걸 벗어 던졌다.

　줄이 투박하다고 궁시렁 댈 때는 좀 서운하다가도 십자가 장식을 너무 맘에 들어 하는 아내를 볼 때마다 내 마음이 뿌듯했었다. 그런데 하필이면 그걸 벗어 던진 것이다.

　그날 밤 나는 아래층 거실에 이부자리를 펴고 불편한 잠을 자청했다. 그런 날은 여지없이 아들 녀석이 베개를 옆구리에 끼고 싱글벙글 웃으며 제 방에서 건너가 아내 품에 안겨 단잠을 잔다.

아내는 그날 이후 목걸이를 찾지 못했다. 목걸이가 발에 채이며 이틀쯤 이리저리 굴러다니더니 어디론가 사라져 버린 것이 분명했다. 아내는 그렇게 목걸이를 잃어버렸다. 그 목걸이는 아내를 사랑하는 내 마음이었다.

여자들은 여름이 되면 유난히 목걸이가 더 아쉬워지는 모양이다. 사슴처럼 긴 목을 가진 것도 아니면서 여름이 되면 그냥 밋밋하게 드러나는 목이 허전해서 어쩔 줄을 모른다. 아내도 매 한 가지였다.

지난여름 내내 길지도 않은 목이 허전한지 애꿎은 거울 앞에 서서 사슴처럼 모가지를 빼고 이리저리 비춰보더니 결국 내키지 않는 표정으로 십오 년 묵은 결혼패물을 꺼내 목에 걸었다.

아내와 나는 한 달에 한두 번씩 킹스톤으로 쇼핑을 나간다. 그때마다 아내의 시선이 보석가게에 진열된 백금 십자가를 스치며 지나간다. 그렇지만 자존심 강한 아내의 발걸음이 그 앞에서 멈추지는 않았다. 나도 그냥 모르는 체하고 지나친다. "아깝지~ 아까울 거다!!"

지난 크리스마스에 아들 녀석은 아내에게 선물로 받은 엄지손가락만한 MP3 플레이어를 들고 입이 벌어지게 좋아했다. 초등학교 6학년짜리에게 쓸데없이 MP3 플레이어를 선물하는 아내가 못마땅했지만 한국산 상표 때문에 그냥 아무 말 하지 않고 넘어갔다.

전혀 계획에 없었던 MP3 플레이어와 상표만으로도 그 상황을 지레 짐작할 수 있었지만 그것보다는 직장에 관계되는 그 어떤 일에 대해서도 묻거나 이야기하는 것을 좋아하지 않는 아내의 괴상한 성격 때문이었다.

엉겁결에 "어~ 삼성꺼네!!"라고 한마디 했더니 대뜸 "그래서~?"라고 반격이 시작된다. 그랬더니 "엄마~ 우리 집은 다 삼성꺼잖아~!!"라고 아들 녀석이 순발력을 발휘한다.

MP3 플레이어가 사라진 것은 크리스마스 이틀 전이었다. 엄마에게 쥐어 터질 것을 알고 아들 녀석이 사색이 되어 집안을 뒤지고 있었다.

"아빠~ 아무래도 테스코에서 떨어뜨린 거 같애..."

아내는 밤 11시가 넘었는데 테스코에 전화를 걸어대더니 통화가 안 된다며 아이를 데리고 테스코에 가보라고 난리다. 나는 MP3 플레이어를 테스코에서 찾을 수 없다는 것을 알고 있었다. 그렇지만 아내가 가보라고 하면 나나 아들 녀석이나 가봐야 하는 것이 우리 집의 해묵은 관습이라 어쩔 수가 없었다. 테스코에서 "없다"는 이야기를 듣고 돌아오는 길에 아이가 많이 후회하고 낙심하는 것 같았다.

"아빠~ 그거 비싼 거지?"

크리스마스 이틀 전에 친구목사와 테니스를 치고 돌아와서 땀에 젖은 옷을 세탁기에 집어넣는데 발끝에 뭔가 채이는 느낌이 들었다. 뭔가 발에 채여 세탁기와 선반 사이로 튕겨 들어간 것을 조심스럽게 꺼내보니 아내가 아들 녀석에게 선물한 MP3 플레이어였다.

아들 녀석의 문제는 평소에 자기물건을 아끼고 제대로 챙기지 못하는 것이다. 어떤 이유에선가 선물 받은 지 불과 사흘

만에 MP3 플레이어가 세탁기가 있는 유틸리티룸에 처박힌 것이다.

귀한 것은 귀한 것의 가치가 그냥 무의식중에 느껴질 때 비로소 귀한 것이 된다.

내가 MP3 플레이어를 감춘 것은 아이에게 그 의미를 깨닫게 해 주기 위해서였다. 사실 추운 밤에 아들 녀석과 함께 테스코를 다녀와야 할 다른 이유는 없었던 것이다.

1월 5일은 아들 녀석이 마지막으로 치러야 하는 중학교 입학 시험 날이었다. 4일 저녁, 악수를 하듯이 아이의 손에 MP3 플레이어를 쥐어주었더니 아이의 표정이 금방 신기하게 밝아진다.

"우림아~ 이런 걸 세탁기 방에 흘리면 안 되지...!!"

아이가 벌써 많이 자랐다. 그 말이 무슨 의미인지 금세 알아차린다.

아내는 요즘 나를 대하는 태도가 많이 달라졌다. 지난 연말에 내가 설교했던 "용서가 안 되면 그냥 나와 다르다는 것을 용납이라도 하라"는 말이 마음에 남았다고 했다. 신년新年 처음으로 무슨 이야기를 했더니 뜻밖에도 내편을 들어주며 나를 칭찬하는 것이 아닌가? 살다보니 별일도 다 있다는 생각이 들었다.

그나저나 "칭찬은 고래도 춤추게 한다!!"더니 칭찬을 듣고 난 기분이 그렇게 좋을 수가 없었다.

그 다음날 아침, 나는 좀 투박하지만 품위 있는 목걸이 줄과 여러 개의 작은 다이아몬드를 세팅한 백금 십자가를 아내의 손에 악수하듯 쥐어주었다. 따로 포장을 할 필요는 없었다.

지난해 오월, 아내의 목걸이가 이틀쯤 부엌에서 돌아다니더니 테니스를 치고 돌아와서 땀에 젖은 옷을 세탁기에 집어넣는데 목걸이가 빨래통 옆에 처박혀 있었다.

사람은 무의식중에라도 그 사람과 관계있는 모든 것들이 귀하게 느껴질 때 비로소 그 사람에게 귀한 존재가 되는 것이다.

내가 목걸이를 감춘 것은 아내의 무의식 가운데 의미 없이 버려진 듯한 나 자신이 초라했기 때문이다.

사실 아내의 시선이 보석가게에 진열된 백금 십자가를 언뜻 스치며 지나가는 것을 느낄 때마다 순간순간 많이 갈등했었다.

"아냐~ 저건 모가지가 허전해서 저러는 거야... 흔들리지 말아야지!!"

아내는 목이 허전했던 지난여름을 생각하면 속이 상하지만, 7개월 동안 작은 상자에 숨겨져서 더 귀한 의미로 되돌아온 목걸이를 바라보면서 내게 의미 있는 미소를 지어 보인다.

몇 해 전, 나는 귀중한 성도들을 잃어버렸다.

아내와 아이는 잃었던 귀한 것을 다시 찾았지만 내가 잃었던 귀한 것은 다시 찾기 힘들 것이다. 귀한 것은 귀한 것의 가치가 삶의 무의식중에 느껴질 때 비로소 귀한 것이 되는 것인데, 사실 나는 그 귀한 교인들을 너무 소홀히 생각했던 것 같다.

올 한 해를 살면서 내 삶의 무의식중에 '모가지가 허전해서 아쉬운 그런 의미 없는 욕심'이 아니라 단지 성도들이 귀하게 느껴진다면 결국 나도 하나님 때문에 소중한 의미를 가진 것들을 되찾게 되는 셈이다.

내가 언제 물어 봤냐구

"내가 언제 물어봤어? 언제 물어봤냐구...!!"

벌써 삼십 분이 넘도록 혼자 떠들어대는 소리를 들으며 속으로 크게 고함을 질러댔다. 지난번에도 느끼하게 생긴 어떤 아줌마 한 분이 그러시더니 이번에 이 아저씨는 한술 더 떠서 침까지 튀겨가며 자기 이야기를 해댄다.

내가 언제 "혹시 가진 재산이 얼마나 되느냐?"고 물어봤냐구요. 정말이지 내가 이런 한심한 인간들을 만나서 이 바쁜 시간에 '귀신 씨나락 까먹는 소리'나 듣고 있다고 생각하니 속에서 울화가 치밀어 올랐다.

아니 젠장 내가 언제 물어봤냐구...!!

"아저씨 혹시 런던에 오실 때 비즈니스 클라스 업그레이드해서 퍼스트 클라스 타고 오셨나요?"

"혹시 아저씨 한국에서 BMW 7시리즈 타시나요?"

"혹시 강남에 아파트 여러 채 갖고 있지 않으세요?"

"혹시 은행에 10억이나 되는 현찰을 예금해 놓고 낮은 이자 때문에 속상해하지 않으세요?"

"... 그리구 요즘에 충남 땅 사서 돈 많이 버셨지요... 그렇지요?"

사실 나는 아직 이 양반 이름도 모른다. 나이도 모른다. 고향도 모른다. 그렇다고 정확한 직업을 아는 것도 아니다. 아는 것이라고는 이 양반이 한국 사람이라는 것밖에는 전혀 아는 것이 없다. 그런데 어찌된 영문인지 그런 것을 알기도 전에 나는 이미 그 사람의 구체적인 재산내역을 알게 되었다.

강남에 50평짜리 아파트 두 채, 분당에 40평짜리 아파트 한 채, 경기도에 있는 땅 수천 평, 이번에 충남에 사 둔 임야 수천 평 그리고 10억이나 되는 현찰과 BMW 740 승용차. 그런데 거기다가 'BMW'가 절대로 구형이 아니라는 것이다. 이번에 모델이 바뀐 신형이라는 점을 여러 차례나 침을 튀겨가며 강조했으니 나로서는 그냥 믿을 수밖에 없다. 그렇지만 도대체 그것이 나와 무슨 상관이 있단 말인가!!

사실 내가 이렇게까지 열 받을 이유는 없었다. 그런데도 이렇게 열이 나는 이유는 간단하다. 자기 자랑을 하느라고 저녁시간이 훨씬 지났으면 밥이라도 한 그릇 사주면서 떠들어야 할 것이 아닌가! 그런데 세상에 밑에 깔린 돈이 숨이 막혀 죽을 만큼 돈이 많다며 자랑을 해대면서도 도대체 식사 때가 지났는데 밥 먹을 생각조차 하지 않는 것이다.

"어디 가서 밥이나 좀 먹을까요?" 하고 슬쩍 운을 띄웠더니 어째 "하숙집에 들어가서... 어쩌구저쩌구..." 하는 품이 밥값 내기 아까워서 벌써 슬그머니 뒤로 빼는 분위기다. 사실 영국

생활 십여 년에 이런 사람들을 한두 번 만나 본 것이 아니었기 때문에 따지고 보면 이렇게 열 받을 것도 없는 상황이었다. 하지만 아무리 철면피라도 그렇지 그만큼 집 자랑, 차 자랑, 돈 자랑을 해대면서 사람들 속을 뒤집어놨으면 얼큰한 육개장이라도 한 그릇씩 먹여주면서 속풀이를 시켜주는 것이 가진 사람으로서 당연한 처사가 아니겠는가?

재산 자랑할 때는 수십 억 단위를 자유롭게 넘나들더니만, 있는 것들이 더 무섭다고 정작 폼을 내야 할 상황에서는 육개장 몇 그릇 값이 아까운 모양이다. 이런 상황이 될 때마다 오히려 형편이 어려운 사람들의 마음이 더 여유롭고 넉넉해지는 이유를 알 수가 없다. 정작 밥값을 내야 하는 사람은 뒤로 빠지고 영국에서 비싼 집세 내기도 바쁜 사람들이 서로 지갑을 열어들고 설친다. 그래도 그런 사람들의 모습이 사람 사는 동네 같아서 훨씬 더 보기가 좋다.

더 없이 사람 좋은 '폴'은 내가 아는 억척스런 김집사와 결혼한 영국인이다.

5년 전에 한국에 가서 결혼식을 올렸는데, 결혼식을 끝내고 피로연을 하는 중에 받았던 질문들을 이야기하면서 황당한 표정을 지었다.

"영국에서 어느 대학을 졸업했나요?"

"무슨 차를 타시나요?"

"...?"

"...?"

평생 영국에 살면서 한 번도 받아보지 못한 질문들을 지금까지 한 번도 만난 적이 없는 생면부지生面不知의 사람들에게 받으며 당황했던 그 순간을 이야기하면서 얼굴이 벌겋게 달아오른다.

영국 생활을 처음 시작하면서 집들마다 가든이 뒤에 있는 것을 보고 참 신기하게 생각했었다. 밖에서 보면 그다지 커 보이지 않던 집들이 안으로 들어가 보면 생각했던 것보다 크고 넓은 경우가 많았다. 그러다가 마지막으로 눈앞에 펼쳐지는 큼직한 가든을 보면서 "와~"하고 감탄사를 토해냈던 것이 한두 번이 아니었다.

하루는 집을 사러 돌아다니던 성집사가 이런 이야기를 했다. "목사님, 집을 사는 것은 둘째 치고 집을 보러 다니다 보면 영국집들이 그렇게 재미있을 수가 없습니다. 전혀 예측을 할 수가 없는 거예요~!!"

나는 한국 사람들의 성향이 가든을 앞에 만드는 한국의 주택구조와 전혀 무관하지 않다고 생각한다. 영국에 살면서 가든은 기능적인 측면에서 보더라도 가족만의 은밀하고 편안한 공간으로 만드는 것이 중요하다는 것을 깨닫게 되었다. 그런 면에서 볼 때 가든의 위치를 집 앞에 두는 한국의 주택구조는 영국 사람들이 이해할 수 없는 또 다른 내적목표內的目標를 추구하고 있는 것이 분명하다.

그것은 두 말할 것 없이 사람들에게 보이기 위한 '과시'인 것이다. 밖에서 볼 때 실제보다 커 보이고 웅장해 보이는 것을 선호하는 한국 사람들에게 있어서 가든이 집 앞으로 오는 것은 너무나도 당연한 결론인 것이다.

사람을 만나다 보면 만날 때마다 새롭고 만날 때마다 드러나는 내면의 아름다움 때문에 사람을 자주 감탄하게 만드는 그런 사람이 있다. 한마디로 소박하고 평온한 영국정원 같은 사람이다. 사과가 주렁주렁 달려도 그것을 돈으로 계산하기보다는 아름다운 한 폭의 그림으로 이해하는, '나'와는 좀 다른 정서情緒를 가진 사람인 것이다.

그 안情緒에 들어가면 구태여 좋은 옷을 걸치지 않더라도 그렇게 맘이 편하고 그렇게 마음이 여유로울 수가 없다. 그 안情緒에 들어가면 간혹 '나'라는 존재의 의미가 새롭게 조명되기도 하고, 비틀린 '나'의 가치체계가 갑자기 부끄럽게 느껴져서 자주 후회하고 반성하게 된다.

그런 면에서 볼 때 영국의 가든은 확실히 한국의 가든보다 훨씬 더 깊이가 있고 품위가 있다. 그렇다고 영국인의 정서가 한국 사람들의 정서보다 더 깊이가 있고 품위가 있다는 이야기를 하려는 것은 아니다.

만나자마자 생면부지의 사람들에게 재산자랑, 자식자랑, 학벌자랑을 늘어놓는 사람들만 아니라면 냉랭하고 속을 알 수 없는 영국 사람들보다는 역시 사람 좋고 정情이 많아 살가운 내 나라 사람이 최고가 아닌가 싶다.

청소하다가 깨달은 것들

"여보~ 청소 좀 하자구 집이 쓰레기통 같잖아!!"

아내가 일주일 동안 직장에서 받은 스트레스를 애꿎은 내게 풀겠다는 신호다. 눈곱도 제대로 떼어내지 못한 채 주섬주섬 옷을 챙겨 입으며 슬쩍 아내의 눈치를 살펴보니 '오늘도 그냥 조용히 넘어가기는 힘들겠다'는 판단이 선다. 그렇지만 조금도 이상할 것은 없었다. 침대에 누워서 멀뚱멀뚱 아내와 나를 번갈아 바라보고 있는 아들 녀석의 표정이 말해 주듯이 그것은 우리 집의 자연스런 토요일 아침 풍경이었기 때문이다.

"커피 한 잔 끓여줄까?"

"……"

아내는 대답대신 다섯 손가락 사이로 두어 번 머리를 쓸어올리며 '그런 것쯤으로는 타협하지 않겠다'는 자신의 단호한 의지를 보여준다. '윙윙'거리며 청소기를 들고 이리저리 돌아다니는 시늉을 했더니 아내는 대번에 맘에 들지 않는다는 표정을 지으며 한 마디를 던졌다.

"여보~ 먼저 정리를 해야지요. 청소기를 돌리기 전에..."

그것은 '하나와 앨리스'라는 일본영화에 나오는 대사였다. 청소를 할 줄 모르는 철부지 이혼녀 엄마를 향해 일찌감치 인생의 쓴맛을 경험했던 괜찮은 딸 '앨리스'가 했던 말이다.

"엄마~ 먼저 정리를 해야지요. 청소기를 돌리기 전에..."

그 순간 갑자기 그 대사가 떠오르는 바람에 내가 꼭 그 영화 속의 '철부지 엄마'가 된 기분이었다. 그렇다고 아내가 괜찮은 딸 '앨리스'같이 느껴졌다는 이야기는 결코 아니다.

정리정돈을 하면서 청소를 하다 보면 나 역시 만만한 상대인 아들 녀석을 탓하게 된다. 사방을 둘러봐도 온통 그 녀석이 어질러놓은 것들뿐이다. 여기저기 늘어놓은 옷가지며 이리저리 흩어진 책들, 하다못해 모형비행기를 만들다 그대로 두고 일어나 널브러진 조각들까지 온통 그 녀석이 어질러놓은 것들뿐이다. 물론 아내는 내가 어질러 놓은 것들만 눈에 불을 켜고 찾아다닐 테지만...

오전 내내 집안을 청소했더니 아내의 표현대로 폭탄 맞은 것 같던 집 분위기가 많이 단정해졌다. 모형비행기 조각으로 가득하던 아들 녀석의 방도 깨끗해졌고, 신문과 책이 뒤섞여 나뒹굴던 거실도 깨끗해졌고, 라임스케일 때문에 얼룩졌던 욕실과 화장실도 깨끗해졌다. 그리고 오랜만에 닦아낸 유리창 때문에 창밖을 내다보는 내 시력이 좋아진 것 같은 착각이 들기도 했다.

얼룩진 유리창을 닦다 보면 간혹 이상한 경험을 하게 된다. 유리창 안쪽과 바깥쪽을 다 닦아도 잘 지워지지 않는 얼룩 때문이다. 안쪽에서 보면 바깥쪽에 얼룩이 있는 것 같고 밖으로 나가 보면 안쪽에 얼룩이 있는 것처럼 보이는 것이다. 안쪽과 바깥쪽을 번갈아 가며 닦아보지만 여간해서 그 얼룩이 있는 방향을 찾아내기가 쉽지 않다.

그날도 유리창을 닦으며 그런 생각을 했다.

'눈에 보이는 얼룩조차도 어느 쪽에 있는 것인지 구분하기 힘드는데 서로의 잘못을 구분하는 일은 정말 얼마나 힘든 일인가?'

아내와 내가 다투는 문제만 해도 그렇다. 사실 내 쪽에서 보면 잘못은 언제나 아내 쪽에 있는 것처럼 보인다. 그런데 아내는 언제나 내가 잘못했다고 몰아세운다. 그런데 그날, 나 자신이 얼마나 어리석었는지를 깨닫게 되었다. '명백하게 눈에 보이는 얼룩의 방향도 제대로 판단하지 못하는 내가, 얼룩진 감정의 방향을 어떻게 "확실히 안다~!"고 큰소리치며 살았는지...!!'

오랜만에 깨끗해진 유리창 너머로 밖을 내다보며 생각했다.

'어쩌면 내 가슴에 얼룩진 상처라고 생각했던 것들이 아내의 가슴에 더 큰 상처로 남아있을지도 몰라...'

그런 생각을 하고 있는데 아들 녀석이 울먹거리며 계단을 뛰어내려왔다. 그러더니 "아빠~ 내 방!" 하고는 더 이상 말을 잇지 못하고 울음을 터뜨렸다.

세상은 참 요지경 속이다.

폭탄 맞은 것처럼 엉망이 되어있는 방을 기껏 깨끗이 치워줬더니 '아빠가 잘 정리 되었던 자기 방을 엉망으로 만들어 놓았다'고 생각하는 것이었다. 그런데 정작 울먹이는 아이의 말을 듣고 보니 정말 내가 그 방을 엉망으로 만들어 놓은 것이 아닌가?

아들 녀석은 모형비행기를 조립하면서 상자 안에 들었던 그 수많은 조각들을 설명서에 있는 순서대로 방안에 펼쳐놓았던 것이다. 그런데 방을 청소한답시고 그 조각들을 쓸어 모아서 상자 안에 다시 털어 넣었으니 아이의 말대로 잘 정리 되었던 방이 엉망이 되어버린 것이다.

살다 보면 그런 일들이 많다. 내가 느끼는 짜증스러운 무질서가 상대방에게는 '잘 정돈된 질서'인 경우 말이다. 그렇기 때문에 아무리 가까운 부부라도 서로의 생각을 강요해서는 안 되는 것이다.

우르주스 베얼리라는 화가는 고흐의 유명한 그림 '고흐의 침실'을 다시 그린 것으로 유명해졌다. 우르주스 베얼리는 '고흐의 침실'에서 어수선한 엔트로피를 느꼈던 것이다. 그래서 그 방을 청소하듯이 자신의 생각대로 고흐의 침실을 청소하고 가구를 다시 배치해 놓는다. 사실 나는 그 그림을 보면서 우르주스 베얼리의 천재성을 생각했지만 한편으로는 내 생각과 다른 것을 무질서로 간주하는 '현대인의 깊은 독선'을 느끼기도 했다.

아마도 서로의 삶을 강요하는 부부의 독선이 바로 우르주스 베얼리의 그림과 같은 것이 아닐까 싶다.

그러고 보니 아내의 눈치를 보며 시작한 청소였는데 정작 몇 권의 책을 읽은 것보다 더 많은 것을 깨닫게 되었다. 사실 나는 아내의 생각이 독선일지라도 그 말을 들어서 손해 본 기억이 없다.

어느 영화를 보니까 그런 내용이 있었다. 주인공의 가훈家訓이 '여자 말을 잘 듣자!'였다.

한 지붕 세 가족

　그 집은 어쩌다 마음이 맞는 세 부부가 만나서 시작된 한 지붕 세 가족이었다.

　동갑내기 전도사 둘과 신학교에서 음악을 전공하고 음향공학을 공부하러 온 작곡가 하나가 만나서 외로움을 달래며 라면을 끓여 먹다가, 누군가의 제안에 다들 마음이 동하여 각자 세 살던 방들을 정리하고 방 세 개짜리 집을 얻었던 것이다.

　다들 마음이 들떠 살던 집들을 정리할 때까지는 좋았는데, 이사 첫 날부터 방을 배정하면서 감정이 '삐그덕'거렸다. 번갯불에 콩 볶아 먹듯 서둘러 얻은 집이 영국의 전통적인 구조와는 전혀 거리가 먼 집이라 방을 배정하기가 결코 쉽지 않았기 때문이다.

　그 집은 아래층에 거실이 두 개 있었는데 하나는 막혀있어서 방으로 쓸 수 있었지만 하나는 트여있어서 방으로 쓸 수 없는 구조였다. 그리고 이층에 큰방 하나, 사방으로 트인 거실 하나 그리고 싱글침대가 겨우 들어가는 작은방이 있었고 삼층에는 방도 아니고 창고도 아닌 어설픈 다락방이 하나 있었다. 화장실은 아래층 부엌 뒤에 딸랑 하나가 있었는데 그것도 욕실과 변기가 함께 있어서 세 가족이 쓰기엔 여간 불편한 구조가 아니었다.

세 부부 중의 하나가 아래층에 있는 거실을 방으로 쓰고 또 하나가 이층에 있는 큰방을 쓰면 되는데 세 번째 방이 문제였다. 세 번째 방은 커다란 거실을 통해야 들어갈 수 있는 작은방이었고 다락방 역시 그 거실을 통과해야만 올라갈 수 있었기 때문이다.

만일 누군가가 세 번째 방을 쓰게 된다고 할 때 생각해 볼 수 있는 세 가지의 옵션이 있었다. 1. 작은방 2. 작은방+다락방 3. 작은방+다락방+거실.

내 생각도 그랬듯이 다들 1번과 3번 옵션은 불공평하다고 생각했다. 결국 고민 끝에 결정한 것이 2번 옵션이었다. 그래서 아래층 거실방과 이층의 큰방과 회의를 거쳐 결정을 본 작은방+다락방을 놓고 세 부부가 선택을 하기로 결정했다.

음악을 공부하러 온 나이 어린 작곡가 부부는 그야말로 깨가 쏟아지는 신혼부부였다. 깨가 쏟아지는 신혼부부에게 "가장 튼튼하고 넓은 침대가 필요하지 않겠느냐?"며 그 부부에게 이층의 큰방을 주자고 전도사 둘이 합의 했지만 사실 그 이유보다는 그래도 성직자 반열에 발을 들여놓은 전도사라는 체면이 그런 결정을 하도록 만들었던 것이다.

결국 이층의 큰방을 빼고 남은 두 가지의 선택을 두고 신경전을 벌이다가 동갑내기 전도사가 아래층 거실방을 선택하고 가장 마음이 넓은(내가 생각하기에) 아내와 내가 '싱글룸+다락방'을 쓰게 되었다.

동갑내기 전도사가 투덜대는 것을 보니 아래층에 있는 거실 방이 뜻 밖에도 습기가 많이 차는 모양이었다. 그렇지만 아내와 나는 불편한 싱글침대에서 잠을 자야 했다. 다락방은 난방시설이 되어있지 않았을 뿐만 아니라 바닥도 조잡한 합판으로 되어있어서 침실로는 쓸 수 없었기 때문이다.

습기가 차는 방을 선택한 동갑내기 전도사 부부도 짜증이 나는 모양이었지만 그야말로 싱글침대에서 도시락에 겨우 끼워 넣은 김밥 두 줄 같은 모양으로 불편한 잠을 자야 하는 우리부부도 짜증이 나기는 마찬가지였다. 매일 밤, 달려가는 기차에서 떨어지지 않으려고 애를 쓰는 꿈을 꿨다. 그나마 우리 가운데 행복해 보이는 사람은 깨가 쏟아지는 작곡가 부부뿐이었다.

함께 사는 것은 처음에 우리가 생각했던 것보다 몇 갑절 더 많은 인내를 요구했다. 마음이 맞는 사람끼리 살아서 좋은 점 보다는 불편한 점과 나쁜 점이 더 먼저 느껴지기 시작했다. 하루 일과를 통해 서로의 단점이 노출되기 시작했고 '열길 물속은 알아도 한길 사람 속은 모른다!'던 한길 사람 속이 조금씩 들여다보이는 것 같았다. 함께 살기 시작하면서 그토록 훈훈했던 관계가 급속히 얼어붙기 시작한 것이다.

함께 살면 너무나 좋을 줄 알았는데 한 번 감정이 상하기 시작하니까 사소한 일에도 서로 민감해져서 피차 마음에 걷잡을 수 없는 미움이 자리 잡기 시작했다.

부엌에서는 그까짓 고춧가루 한줌 때문에 서로 미워하더니, 비누거품과 함께 남아있는 욕조의 머리카락과 쉽사리 환기되지 않는 화장실의 악취 때문에 서로를 경멸하게 되었다. 그러더니

어느 날부터는 서로 얼굴만 마주쳐도 역겨운 표정들을 짓고
서로 목소리만 들어도 치가 떨리고 끔찍해지는 최악의 단계에
이르게 된 것이다.

좋았던 관계가 깨어지고 좋았던 사람을 잃는 것은 정말 순식
간이다. 얼굴만 봐도 위로가 되고 그렇게 좋았던 사람들끼리
어쩌면 그렇게 짧은 시간에 경멸이라는 단어로 설명해야 하는
관계로 돌변했는지 정말 믿어지지가 않았다.

작곡가 부부는 잘못한 것이 없었다. 동갑내기 전도사도 잘못
한 것은 없었다. 그렇다고 우리부부가 잘못한 것도 아니었다.
어느 날, 밤늦게 모여 긴 이야기를 나누었지만 어느 누구도 잘못
한 것이 없다는 이야기뿐이었다.

십여 년 전에 내가 경험한 '한 지붕 세 가족 이야기'는 이민사
회에서 더 이상 낯선 스토리가 아니다. 결코 짧지 않은 영국
생활을 경험하면서 이제까지 많은 사람들이 한 지붕 아래서
다시는 얼굴을 마주대할 수 없는 관계로 등을 돌리며 갈라서는
것을 보았다. 가장 친한 친구끼리 등을 돌리고, 친척끼리 등을
돌리고, 심지어는 형제자매끼리 등을 돌리는 일도 허다했다.

그러나 분명한 것은 아무도 잘못한 것이 없다는 것이다. 잘못
이 있다면 좋은 내 나라 두고 어쩌다 이 먼 땅까지 날아 온
것이 잘못이지...

오늘은 눈에 넣어도 아플 것 같지 않은 아들 녀석이 중학교
입학시험을 치르러 영국 명문공립학교인 '티핀스쿨'에 갔다. 아
내는 아들 녀석을 볼 때마다 "저렇게 완벽한 아들을 다시 낳을

자신이 없다!"고 말하며 환하게 웃는다. 사실 아들 녀석은 아내에게 있어서 가장 큰 '삶의 이유'라고 말할 수 있다.

아내가 그 아이를 갖게 된 것은 93년 가을이었다. 그러니까 그 '짜증스럽던 작은방'에서 훗날 아내의 '가장 큰 삶의 이유'가 될 희망希望이 잉태孕胎되었던 것이다. 김밥 두 줄처럼 싱글침대에서 잠을 자다가 어느 날, 너무 불편해서 시루떡처럼 겹쳐서 잠을 잤는데 그날 아이가 생긴 것이다. 아들 녀석은 그 이듬해에 태어났다. 그때는 이미 지긋지긋한 한국 사람들을 피해 한인촌인 '뉴몰든'을 떠나 아이의 출생지인 '그리니치'에서 살고 있을 때였다.

차 한 잔을 마시며 여행을 추억하다 보면 이상하게도 더 힘들고 고생스러웠던 여행이 더 아름답게 떠오르듯이, 오래 전의 '한 지붕 세 가족'은 이제 내게 있어서 더 이상 기억하고 싶지 않은 끔찍한 추억이 아니다. 그 기억은 이미 수채화처럼 편한 마음으로 대할 수 있는 내 마음 속의 한 점 그림이 되어 버렸다. 연필로 그린 밑그림 위에 아슬아슬하게 채색되다가 간혹 밑그림 위로 넉넉하게 번진 아름다운 수채화처럼, 많은 후회와 경험들이 때론 아슬아슬하게 때론 넉넉하게 영국 생활을 계획했던 밑그림 위에 번지면서 질기게 남았던 미움들을 희미하게 덮어버렸던 것이다.

쓰레기 버리는 날

두 주전 월요일 아침, '쿵쾅~'대는 소리에 문을 열고 밖을 둘러보니 우리 골목을 막 벗어나고 있는 쓰레기 수거차의 뒤꽁무니가 눈에 들어왔다.

늦어도 월요일 아침 아홉 시까지는 일주일 동안 모아두었던 쓰레기를 길가로 내어놓아야 하는 건데, 그날은 무슨 일에 정신이 팔렸는지 깜빡 잊고 있었다. 무더운 여름 날씨에 이미 고약한 냄새를 풍기기 시작한 여섯 봉지나 되는 쓰레기를 차고 옆에 일주일 더 쌓아둘 생각을 하니 골치가 아파지기 시작했다.

고약한 냄새도 냄새지만 유독 한국가정에서 나오는 쓰레기엔 보기에도 끔찍한 구더기가 많이 생기는지라 일주일 후에 치울 생각을 하니 정신이 아찔했다. 혹시 엎친 데 덮친 격으로 동네에 사는 여우들이 와서 쓰레기봉투라도 뜯어 놓는 날이면 '쓰레기 버리는 날'을 깜빡 잊은 실수로 최악의 시나리오를 경험하게 되는 것이다.

지난 한 주간은 묵은 쓰레기를 힐끔힐끔 바라보는 아내의 불만스런 눈치를 살피느라 속으로 끙끙 앓으며 날씨가 서늘해지기를 얼마나 간절하게 기도했는지 모른다. 혹시라도 여우들이 구더기가 가득 들었을지도 모를 쓰레기봉투를 물고 다니며 온 동네에 이리저리 흩어놓는 날이면, 정말 보고 싶지 않은 공연公演을 다시 보게 될 텐데… 그것은 '내가 정말 못 살아~ 못 산다니까~!!'를 외치며 고개를 흔들어 댈 아내의 짜증스런 독백이다.

여우사냥까지 금지되어 유난히 여우들이 많아진 우리 동네에는 해가 떨어지기가 무섭게 쓰레기통을 뒤지며 돌아다니는 여우들이 눈에 띈다. 쓰레기 걱정을 하다 보니 여우들이 예전보다 한결 더 기승을 부리는 것처럼 느껴졌다. 운전을 하다가도 밤길을 분주히 돌아다니는 여우들이 눈에 보이면 그때마다 얼마나 마음을 졸였는지 모른다.

그러나 지금 내 마음은 홀가분하다. 그렇게 골치 아팠던 쓰레기들을 일주일 만에 수거차에 실려 보내며, 방학 내내 미뤄두고 늘 마음 한구석에 걸리던 방학숙제를 이제 막 끝낸 아이처럼 유년의 안도감 같은 것을 경험하고 있는 것이다.

사람 사는 공간에는 어느 곳이나 쓰레기가 있게 마련이다. 지저분한 쓰레기가 꼭 화장실에서만 나오는 것은 아니다. 아마 사람들이 사는 공간에 쓰레기통이 없다면 그 공간 전체가 쓰레기통이 되어가거나 혹은 그 공간을 점유하고 있는 인간의 존재 자체가 쓰레기처럼 여겨질지도 모른다.

컴퓨터 안에도 쓸데없는 파일을 버리도록 쓰레기통이 있는 것을 보면 사람 사는 공간에만 쓰레기가 있는 것은 아니라는 생각이 든다. 간혹 담배를 피우는 애연가들은 연기 속으로 잡다

한 생각의 쓰레기들을 날려 보낸다고 말하기도 하는 데 그렇다면 한마디로 우주가 잡다한 생각을 버리는 쓰레기통이 되는 셈이 아닌가?

담배연기로 잡다한 생각의 쓰레기들을 날려 보내는지 오히려 생각의 쓰레기가 쌓여가는 삶을 담배냄새로 더 찌들게 만드는지는 알 수 없지만, 사람의 생각과 마음에도 쓰레기가 쌓인다는 것만은 확실하다.

이민생활을 하다보면 이런 마음의 쓰레기들을 버리는 것이 쉽지 않다. 이런 쓰레기들은 '유안진'이 말하는 것처럼 '입은 옷을 갈아입지 않고 김치 냄새가 좀 나더라도 흉보지 않는 친구'나 '밤늦도록 공허한 마음도 마음 놓고 열어 보일 수 있고 악의 없이 남의 얘기를 주고받고 나서도 말이 날까 걱정되지 않는 친구'나 아무리 변덕과 신경질을 부려도 애교가 될 수 있는 살가운 친정엄마에게 버려야 되는 것들이기 때문이다.

신앙생활을 하다 보면 이런 마음의 쓰레기들이 영적靈的 쓰레기로 바뀌기 시작한다는 것을 알게 된다. 버려야 할 때에 버리지 못한 이런저런 쓰레기들을 마음 한편에 쌓아두면 이상하게도 그 쓰레기들을 여우같은 마귀들이 소리 없이 물어뜯어 놓는 것이다. 그런 날은 마음이 온통 쓰레기 같은 생각들로 어수선해져서 갑자기 삶이 절망스럽고 울고 싶어 질만큼 비참해진다. 그럴 때 차라리 "내가 정말 못 살아~ 못 산다니까~!!"를 외쳐줄 신앙적인 아내나 남편이 있다면 그나마 마음 한 켠에 쌓여가는 영적 쓰레기들이 죄책감으로 느껴지긴 할 텐데...

아내가 나를 그렇게도 구박하는 이유도 사실 따지고 보면 성직자로 살아가는 내 안에 볼썽사납게 쌓여가는 세속적인 쓰레기들 때문이라는 것을 나는 너무나도 잘 알고 있다. 묵은 쓰레기 여섯 봉지를 해결한 마음이 이렇게 홀가분한데, 헤아릴 수 없이 오랜 시간 가슴에 묻고 마음 한 켠에 쌓아둔 영적靈的 쓰레기가 치워진다면 그야말로 얼마나 홀가분하겠는가?

주일主日은 쓰레기를 버리는 날이다. 그동안 마음속에 쌓아두었던 묵은 쓰레기들을 예배를 통해 내어놓으면 성령께서 그 쓰레기들을 일일이 다 걷어 가시는 것이다. 아마 묵은 쓰레기를 수거차에 실려 보내는 홀가분한 마음을 경험한 사람이라면 마음속에 쌓인 묵은 쓰레기들이 주일날 예배를 통해 버려지는 그 영적 기쁨을 짐작은 할 수 있으리라~!!

"일요일主日은 마음의 쓰레기를 버리는 날입니다!!"

신앙인이 찬물을 마시다니

저녁 여덟 시가 넘어서야 바베큐를 시작할 수 있었지만 그다지 늦었다는 생각은 들지 않았다. 늦은 기내식을 드셨다며 "준비 되는대로 천천히 먹자"고 말씀하시는 한목사님의 표정과 목소리에서 전혀 시장기가 느껴지지 않았기 때문이다.

그전 같으면 바베큐 불판에 불을 피우는 과정이 부담스러워서라도 마음이 조급해졌겠지만, 이젠 제법 이력이 붙어서 넉넉잡고 오 분이면 고기를 구울만한 불을 피울 자신이 생겨 여유가 있었다.

아내는 출근하기 전에 헤어스타일이 자기 마음대로 되지 않으면 애꿎은 헤어드라이어를 들고 짜증을 낸다.

"여보~ 헤어드라이어가 또 이상해졌잖아요~!!"

사실 헤어드라이어가 이상해진 경우보다는 정신없이 서둘다가 헤어스타일을 망친 경우가 대부분이었다. 그래도 그때마다 헤어드라이어를 이리저리 둘러보며 뭔가 열심히 손을 보는 시늉을 해야 그날 아침을 무사히 넘길 수 있다. 그렇지만 아주 드물게 정말 헤어드라이어가 이상해진 날도 있긴 있었다.

아내에게 싸고 성능 좋은 헤어드라이어를 하나 사다 주고 낡은 헤어드라이어는 바베큐 숯불을 피울 때 사용하면 그야말로 안성맞춤이다. 얼음덩어리처럼 생긴 바베큐 라이터 한 개를 꺼내 불을 붙여서 숯 덩어리 사이에 던져 놓고 헤어드라이어의 스위치를 찬바람에 맞춘 다음 가장 센 바람으로 불길을 잡으면, 순식간에 영화에서 보던 대장간의 풀무불처럼 "탁탁~" 불티를 튀기며 불이 번지기 시작한다.

삼겹살을 두툼하게 썰어서 아무 양념도 하지 않고 노릇노릇하게 불에 구우면 정말 둘이 먹다 하나가 죽어도 모를 기막힌 메뉴가 되지만, 그래도 귀한 손님인데 삼겹살보다는 소고기로 시작하는 것이 좋을 듯 싶어서 먼저 소갈비를 펴서 굽기 시작했다. 그것이 평소 격식을 중요하게 여기는 아내의 스타일인데 그런 아내의 생각이 나보다 옳을 때가 많다.

소고기는 먹을 수 있지만 돼지고기를 먹을 수 없는 회교국가에서 선교하다 오신 한목사님은 소고기 몇 점을 드시더니 곧바로 '고기는 역시 돼지고기가 최고'라며 삼겹살을 굽자고 제안하셨다. 그러면서 언젠가 선교사님들끼리 덫에 잡힌 멧돼지로 바베큐를 했다가 '부정한 음식을 먹는 더러운 사람들과 상종할 수 없다'는 이유로 감비아Gambia의 선교센터가 큰 어려움을 당했다는 이야기를 들려주셨다.

종교적인 이유로 먹을 수 있는 것과 먹을 수 없는 것을 구분하는 문제는 언제나 심각한 갈등을 불러일으키게 되는데, 때로는 견해 차이 때문에 같은 종교 안에서도 그런 갈등을 겪게 되는 것을 경험하게 된다.

한 목사님께서 리더로 사역하시는 감비아의 선교센터에서는 찬물을 마시지 않는다. 선교센터에서 찬물 먹는 것을 철저하게 금하고 있기 때문이다. 선교사님들의 방마다 큼직한 냉장고가 있지만 아무도 얼음을 얼리거나 찬물을 먹기 위해 냉장고에 물을 넣지 않는다. 찬물을 먹는 것은 '선교센터의 율법律法'을 어기는 일이 되기 때문이다.

서아프리카의 척박한 땅, 감비아의 기온은 평소 삼사십 도를 오르내리는데 비가 내린 후에 날이 맑아지면 오십 도를 웃돈다고 한다. 모래땅에 스며들었던 물이 뜨거운 태양 볕에 가열이 되면 수증기가 되어 모래땅 사이로 올라오기 시작하는데 한마디로 습식 사우나가 되어버리는 셈이다.

그런 날씨에 냉장고에 넣어두었던 찬물이나 얼음물을 먹는 것은 테니스와 같은 격렬한 운동을 끝내고 차가운 맥주 한 잔을 마시는 것보다 훨씬 더 짜릿한 경험일 것이다. 문명의 혜택을 받지 못한 감비아 사람들은 냉장고에 넣어두었던 찬물 맛이 신기할 따름이다. 더구나 얼음이 동동 떠있는 얼음냉수는 전기도 들어오지 않는 그 동네사람들에게 있어서 그냥 막연한 환상이 아니겠는가?

그런데 어쩌다 얼음냉수를 한 번 맛 본 사람들은 비가 내린 후에 습식 사우나 같은 날이 되면, 냉장고에 가득한 찬물 생각이 간절해져서 괜히 볼 일도 없이 선교사님들 방 문 앞을 기웃거리게 되는 것이다. "얼음냉수 한 잔만 먹었으면…"

농담 같은 이야기지만 결국 찬물이 선교센터 안에서 심각한 문제로 대두되었다. 시도 때도 없는 얼음 냉수타령으로 선교센터의 분위기가 어수선해진 것이다. 선교사님들이 모여서 찬물에 관한 대책회의를 하게 되었는데 "이런 상황에서는 우리도 다 같이 찬물을 마시지 않는 것이 좋겠다"는 한목사님의 뜻에 동의하고 그날부터 공식적으로 '찬물 금지령'이 내려진 것이다.

금지령이 내려진 이후로 찬물 때문에 생겼던 문제는 자연스럽게 해결되었지만 그것 때문에 또 다른 문제가 발생하기 시작했다.

사실 감비아에 처음 도착한 단기선교사들이나 방문객들에게 '냉장고에 물을 넣지 말라'는 선교센터의 방침은 도무지 이해하기 어려운 이야기가 아닐 수 없다. 다들 '찬물과 신앙'의 함수관계를 풀어보려고 어이없는 표정으로 냉장고를 뚫어지게 바라보지만 그것은 아무리 생각해도 풀리지 않는 난제難題이자 수수께끼일 수밖에 없다.

그러다가 말도 안 된다며 냉장고에 물을 넣어 마시는 사람들도 있었고, 어떤 사람들은 몰래 얼음냉수를 만들어 마시다가 스스로 죄책감에 사로잡히기도 했다. 그러더니 급기야는 찬물을 마시는 사람들을 정죄하는 보수적인(?) 감비아 신앙인들까지 생기기 시작한 것이다.

"아니 어떻게 신앙인이 찬물을 마실 수가 있어~? 어떻게 예수 믿는 사람이 얼음냉수를 마시냐구~!!"

그 황당한 이야기를 듣고 배꼽을 잡는 나를 물끄러미 바라보시던 한목사님이 조용히 말씀을 이으셨다. "박목사님... 웃을 일이 아니라구~ 웃을 일이 아니야... 아무래도 이번에 감비아로 돌아가면 찬물에 대한 문제를 심각하게 다시 한 번 생각해 봐야 겠어. 찬물 먹는 것이 죄罪의 문제로 발전하게 되리라고는 전혀 생각을 못했었거든... 세상에~"

'찬물금지령'을 풀지 않은 상태에서 감비아에 계속 복음이 전 파된다면 아마 몇 십 년 후에 감비아 기독교는 정말 코미디가 되어버릴 것이다.

"아빠~"

"왜~?"

"크리스챤은 왜 찬물을 마시면 안 되는 거예요?"

"그거~? ... 찬물을 마시는 건 신앙 없는 마귀새끼들이나 하 는 짓이란다"

아무리 생각해 봐도 한국 기독교의 술wine과 감비아의 찬물冷 水 사이에는 황당한 공통분모가 있는 것 같다.

살아있는 동안 해야 할 49가지

나는 아내를 사랑한다.

그래서 더 나이 들기 전에 '사랑한다'는 말을 많이 해야겠다고 생각했다.

어느 날 아침, 눈을 뜨자마자 아내에게 말했다.

"여보~ 그거 알어?"

"뭐?"

"내가 당신 너무너무 사랑하는 거~!!"

"됐네~"

그 다음날 아침에도 아내에게 말했다.

"여보~ 그거 알어?"

"뭐?"

"내가 당신 너무너무 사랑하는 거~!!"

그랬더니 아내가 반문했다.

"당신, 그거 알아?"

"뭐?"

"당신이 날 너무너무 사랑하는 바람에 내 인생 요렇게 쫄딱 망한 거~!!"

어쩌면 말을 해도 그렇게 미운 말만 골라하는지...

그 다음날 아침에도 아내에게 말했다.

"여보~ 그거 알아?"

"알아, 당신이 나 사랑하는 거."

"그냥 사랑하는 게 아니라니까... 너무너무 사랑한다니까!"

"그럼 내려가서 커피 좀 한 잔 타다 줘요."

"뭐~ 커피? 커피는 당신이 타다 마셔."

그 다음날 아침에도 아내에게 사랑한다는 말을 하려다가 전날 커피를 타다 주지 않은 것이 마음에 걸려서 커피를 한 잔을 끓여 아내에게 건넸다.

"당신이 사랑하면 커피 한 잔 타오랬잖아."

아내의 표정이 밝아졌다.

"어머~ 커피 맛있네!"

그 다음날부터는 아내에게 '사랑한다'는 말 대신 커피를 한 잔씩 끓여다 주었다.

살아 있는 동안 꼭 해야 할 일들이 많다. 더 나이 들거나 갑자기 세상을 떠나게 될 때 '꼭 했어야 할 일이 있었는데...'라고 후회하게 될 일들이 분명히 있을 것이다. 내가 너무너무 사랑하는 바람에 인생이 그렇게까지(?) 쫄딱 망한 아내에게 미안한 마음과 함께 변함없이 사랑하는 마음을 전하는 것도 아마 그런 일들 중의 하나일 것이다.

'아버지가 돌아가셨다'는 전화를 받는 순간, 나는 아버지에게 꼭 했어야 할 이야기가 있었다는 것을 알게 되었다. 평생을 살면서 '아버지 사랑해요!'라는 말을 해 본 기억이 없었던 것이다.

내 기억 속의 아버지는 너무나도 고리타분하고 답답한 분이었다. 나는 그런 아버지와 대화를 하는 것보다 언제나 재미있고 재치 있는 어머니와 대화 하는 것을 좋아했다. 그래서 그런지 내가 영국에서 건 전화를 어쩌다 아버지가 받으시면 "어머니 바꾸랴?" 한마디를 하시고는 궁색한 내 대답이 끝나기도 전에 어머니를 바꿔주셨다.

지금 생각하면 아버지는 말보다 생각이 깊은 분이셨다. 아이를 키우면서 이제야 겨우 아버지의 마음을 이해할 수 있을 것 같다.

나는 아버지와 어머니가 다투시면 무조건 어머니의 편을 들었다. 지금 생각해보면 재치 있는 어머니께서 나를 철저하게 당신 편으로 만들어 놓으셨던 것이다. 아마 그것이 고부지간인 아내와 어머니의 유일한 공통분모가 아닌가 생각된다.

아버지의 장례를 치르고 유품을 정리하는 중에 단정하게 접혀있는 눈에 익은 잠옷이 있었다. 그것은 돌아가시기 몇 해 전 어버이날에 아내와 내가 아버지께 선물했던 것이었다. 잠옷에 손을 대어보는 내 마음을 벌써 읽으시고 어머니께서 한마디 하셨다.

"너희 아버지가 그것을 그렇게 아끼고 좋아하셨단다..."

갑자기 눈물이 왈칵 쏟아졌다. 그까짓 잠옷 하나를 가지고도 그렇게 좋아하셨는데 살아생전에 "아버지 사랑해요!"라는 이야기를 해드렸다면 정말 얼마나 뿌듯해하셨을까!

나는 아버지의 유품 중에 그 잠옷을 골라 들고 영국으로 돌아왔다. 그런 내 마음을 이해하는 아내가 얼마나 고마웠는지 모른다.

사람들은 살아 있는 동안 정말 많은 일들을 하며 산다. 그러면서도 정작 살아 있는 동안 '꼭' 해야 할 일들에는 소홀하다.
탄줘잉覃卓穎의 베스트셀러 '살아 있는 동안 꼭 해야 할 49가지'를 읽으며 많은 생각을 했다.
탄줘잉은 먼 훗날, 후회하지 않을 삶을 위하여 그리고 사랑하는 사람들과 함께하는 행복을 위하여 지금 당장 해야 할 일들을 이정표里程標처럼 우리에게 제시하고 있다.
'사랑에 송두리째 걸어보기' '부모님 발 닦아드리기' '자신을 소중히 여기기' '추억이 담긴 물건 간직하기' '사람 믿어보기' '다른 눈으로 세상 보기' '사랑하는 사람 돌아보기' '단 하루, 동심 즐겨보기' '큰 소리로 사랑해라고 외쳐보기' '돈에 대해 진지하게 생각하기' '날마다 15분씩 책 읽기' '정성이 담긴 선물하기' '용서하고 용서하기' '나만의 취미 만들기' '고난과 반갑게 악수하기' '나무 한 그루 심기'...
살다 보면 책의 내용(열여덟 번째 할 일—사랑하는 사람 돌아보기)처럼 시샘도 많고 갖고 싶은 것도 많아서 남편에게 "만약 당신이 어느 날 갑자기 죽으면 나한테도 뭔가 남겨진 물건이 있어야 하지 않겠어요. 당신을 그리워할 수 있는 물건 말이에요."하며 투정을 부리다가 어느 날 정말로 3캐럿짜리 옐로 다이아몬드반지를 선물 받고 기뻐했는데, 그 말 그대로 그 반지가 남편이 남기고 가는 마지막 선물이 되는 경우도 있다.

"사랑하는 사람이 당신에 대해 얼마나 생각하고 있는지 예단

하지 마세요. 그것을 확인하기 위해 시험에 들게 하지 마세요. 지나치고 나서야 후회하게 됩니다. 세상은 이따금, 후회할 여유조차 주지 않습니다." _ 열여덟 번째 할 일 중에서

'살아 있는 동안 꼭 해야 할 49가지'는 정말 사람이 살면서 꼭 해야만 하는 일들로 채워져 있다.
"우리에게 남겨진 날이 얼마 남지 않았을 때 우리가 미리 생각하고 꼭 해야 할 일을 찾는다면 어떤 것이 있을까..." 고민하며 쓴 흔적이 역력하다.

그러나 저자 탄줘잉은 '살아 있는 동안 꼭 해야 할 일' 중에 한 가지 중요한 것을 빼놓았다. 어쩌면 한 개가 부족해 보이는 '49'라는 숫자가 그 한 가지 일을 암시하고 있는지도 모른다.
나는 오늘 탄줘잉에게 '살아 있는 동안 꼭 해야 할 가장 중요한 한 가지'라는 제목으로 다음과 같은 편지를 보내고 싶었다.

"책을 읽으면서 많이 황폐해진 나 자신을 발견하게 되었습니다. 책을 읽고 나니까 갑자기 내 마음이 한결 아름다워진 것 같다는 생각이 들었습니다. ...... 그렇지만 '49가지' 보다 더 중요한 일이 한 가지 있습니다. 그것은 살아 있는 동안 '꼭' 내게 생명을 주신 그분과 만나는 것입니다. 그 일은 살아 있는 동안 해야 하는 일이지만 죽은 후에 경험하게 될 일들과 관계가 있기 때문입니다."

참기름에 밥이나 비벼 먹을까

결혼하고 에든버러로 날아와서 꿈같은 신혼을 보낼 때였다.

배는 출출한데 특별히 먹을 것도 마땅치 않고 그렇다고 외식을 할 만큼 여유도 없었던 차에 한국에서 가져온 참기름이 생각났다.

"여보~ 우리 참기름에 밥이나 비벼먹을까?"

"우와~ 맞아... 내가 왜 진작에 그 생각을 못했을까!!"

내 이야기에 아내는 뭐 대단히 신기한 것을 발견한 사람처럼 호들갑을 떨며 부엌으로 달려 나가더니 비닐봉지에 꽁꽁 싸매둔 참기름 병과 쟁반에 밥 비벼 먹을 준비를 해 가지고 방으로 올라왔다.

"아니~ 그게 뭐야?"

"뭐가요~?"

"그건 간장이잖아?"

"근데요?"

"고추장은?"

“…”

“당신은 참기름에 간장 넣고 밥 비벼?”

“그럼요…?”

“아니~ 이 사람아 참기름에 고추장을 넣어야지 무슨 간장이
야?”

“고추장을?”

그날 우리는 별것도 아닌 것을 가지고 부부싸움을 했다.

참기름에 간장을 넣고 밥을 비비는 처가의 방식과 고추장을
넣고 밥을 비비는 우리 집의 서로 다른 방식을 인정하면 끝날
일을 가지고 결국, 집안내력까지 들춰가며 박터지게 싸웠다.

“야~ 니네집은 그렇게 먹냐? 차라리 소금을 넣고 비벼먹지
그래~?”라고 억지소리를 했더니 아내가 곧 바로 반격을 해왔
다.

“그래~ 우리 집은 그렇게 먹어… 당신네 집은 밥상에 고추장
만 있으면 살잖아 어머니도 그렇고~”

사실 집안내력을 들추며 싸우는 것은 정말 미련한 일이었다.
다른 사람들이 그렇다는 말이 아니라 내 경우에 그렇다는 이야
기다. 집안이야기를 하면 나는 아내 앞에서 도무지 할 말이 없는
사람이었기 때문이다.

장인어른은 수원 한복판에 있었던 아흔 아홉 칸 집의 마지막
소유주였다. 그러니까 아내는 선도 보지 않고 데려간다는 아흔
아홉 칸 집 셋째 딸이었던 것이다. 규모 있는 건축회사의 회장이
셨던 장인어른이 그 집을 정부에 기증하기 전까지만 해도 아흔
아홉 칸짜리 그 집은 수원 사람들의 구경거리였다. 지금은

그 집이 민속촌으로 옮겨져서 더 많은 사람들의 구경거리가 되었지만...

아내는 아흔 아홉 칸 집을 뜯어낸 그 자리에 새로 지은 집에서 혼자 방을 세 개(침실, 공부방, 옷 갈아입는 방)나 쓰며 살다가, 겨우 두 쪽(?) 빼놓고는 전세거리조차 없었던 내게 시집을 와서 에든버러에 있는 신학연구센터 '러더포드 하우스Rutherford House'에 덜렁 방 한 칸을 얻어 신혼살림을 하게 되었던 것이다.

사실 나는 아내가 고추장을 넣고 밥을 비비든 간장을 넣고 밥을 비비든 황송해서 할 말이 없는 사람이다. 결혼은 전적으로 나를 사랑하는 아내의 결단이었기 때문이다.

결혼하기 몇 년 전이었다.

어느 날 커피숍에서 아내가 "이제 그만 만나자!!"고 말했다. 말은 그렇게 하지 않았지만 너무 기우는 집안내력 때문에 부모님의 눈을 피해 결혼을 전제로 만나는 것이 쉽지 않았던 무양이었다.

터덜터덜 집으로 걸어가다가 너무 속이 상한 나머지 막걸리를 한 사발 퍼마시고 아내에게 달려갔다. 아내의 방 앞으로 시원하게 보이는 베란다에 우리 둘만의 신호대로 10원짜리 동전을 던졌더니 '팅~'소리를 내며 제대로 떨어진다. 동전소리를 듣고 베란다로 나온 아내를 올려다보며 소리쳤지만 아내의 반응은 냉담했다. 너무 속상하고 화가 나서 근처에 있는 구멍가게로 달려가서 계란을 두 판 샀다. 그랬더니 구멍가게 아주머니가 이렇게 묻는다.

"학생~ 어느 집에서 잔치해?"

계란 두 판을 탄창처럼 발아래 내려놓고 아내의 방을 향해 계란을 집어 던지기 시작했더니 처갓집의 망할 놈의 진돗개 '땅코'가 사납게 짖어댔다.

계란은 크기도 손에 적당히 잡히고 무게도 제법 묵직해서 던지는 기분도 기분이지만 목표물에 맞는 순간 물폭탄처럼 터지는 것이 신나고 재미가 있었다. 계란 60개를 한 개씩 아내의 방을 향해 있는 힘껏 던졌더니 아내가 항복을 선언하며 베란다로 나왔다.

"오빠~ 그만해요 안 헤어질께..."

아내는 지금도 그때의 내 모습이 가장 멋있었다고 말한다. 아내는 이미 그때 결혼을 결심했던 것이다.

아내는 처음부터 끝까지 집안의 반대로 마음고생을 했다. 뚱쟁이들이 잘 나간다는 사람들을 시도 때도 없이 줄을 대는 바람에 그것을 피하느라고 집안 어른들의 노여움을 많이 샀던 것이다. 아내가 그때 누군가를 만나서 결혼했더라면 참기름에 간장을 넣고 밥을 비벼 먹으며 다투는 초라한 인생은 경험하지 않았을 것이다.

아내와 나는 처음부터 처가에 기대지 않기로 작정했다. 아내는 '워드 프로세서'가 필요하다며 신혼여행경비를 줄여 '르모2'를 구입했다. 당시 소설을 쓰던 아내는 나와 워드 프로세서가 곁에 있는 것만으로도 인생이 행복할 것으로 생각했었지만 영국 생활은 아내가 생각했던 것보다 훨씬 더 많이 힘들고 궁핍했다.

사실 우리가 영국에서 궁핍하게 살아야 했던 오직 한 가지 이유는 자존심 때문이었다. 91년도에 영국에 도착해서 지금까지 아내와 나는 처가에서 단돈 1파운드도 받아쓰지 않았다. 물론 가끔씩은 그것이 '미련한 결단이었다'는 생각이 들기도 하지만 그것이 정작 우리를 강하게 만들어준 결단이기도 했다고 확신한다.

아내는 오늘 아침에도 투덜거리며 한마디 했다.

"꽝 뽑았어 정말…"

결혼 초에는 존댓말도 잘 쓰더니 이젠 거의 반말이다. 그렇지만 그런 아내가 결코 밉지 않다. 아내는 나 때문에 고달픈 인생을 사는 사람이기 때문이다.

언젠가 아내가 이런 고백을 했다.

"여보… 당신 만나서 사실 힘들었거든. 참기름에 밥 비벼 먹으며 싸울 때부터 벌써 알아봤지만… 없이 사는 거 힘들더라구. 방마다 세놓고 살 때도 그랬고. 아빠한테 '돈 보내달랠까' 하는 생각을 수십 번도 더 했을 거야. 그런데 말야. 당신이 고마운 것도 있더라구… 그게 뭔지 알아? 내가 당신 때문에 신앙을 가지게 된 거야."

아내는 지난주일 예배를 드리며 많이 울었다. 이젠 더 이상 사람 앞에서 울지 않고 하나님 앞에서 우는 아내의 모습이 그렇게 아름다울 수가 없다. 힘들 때 사람 앞에서 울면 스스로 그렇게 비참할 수가 없고, 그렇다고 혼자 울면 자살하고 싶은 충동이 들기도 하는 것이 럭비공처럼 알 수 없는 것이 사람의 마음인데 이상하게도 하나님 앞에서 울면 위로가 되고 갑자기 희망이 샘솟는 신기한 경험을 하게 된다.

아내가 그 경험을 하고 있었던 것이다.

아들 녀석과의 대화

이젠 아들 녀석과 대화가 된다.

아들 녀석과 대화가 된다는 것을 아들 녀석이 이젠 '말을 할 줄 안다'는 것으로 착각해서는 안 된다. 왜냐하면 '대화가 된다'는 것은 '말을 배워서 말을 할 줄 안다'거나 혹은 '서로 이야기를 주고받는다'는 것과는 비교할 수 없는 차원의 것이기 때문이다.

말을 하는 것은 누군가를 흉내 내거나, 흉내 내서 배운 언어를 응용하는 것에 해당된다. 그러나 대화는 언어의 영역을 넘어서서 상대방을 이해하고 알아가는 더 깊이 있는 교감의 차원에 있는 것이다. 대화는 숨겼던 서로의 내면을 드러내는 음성이기도 하지만 때론 구차한 표현 따위를 생략하고 그냥 가슴 속에 묻어버리는 고통스런 침묵이기도 하다.

대화라는 문제를 생각하며 고민하고 있는데 내 기억의 틈새를 비집고 오래 전에 보았던 판화 하나가 떠오른다. '산山'이라는 제목과, 너무나도 옅었던 쑥색의 산이 또렷하게 기억난다. 그런데 이상하게도 작가의 이름이 떠오르질 않고 머리에 맴도는 것이다. 단지 판화가 중에서 내가 좋아했던 '김상구'의 작품은 확실히 아니었다는 사실만 돌덩어리처럼 기억에 가득하다.

"누구였더라~"
"누구였더라~"

나이가 들수록 이렇게 보내는 시간이 늘어간다. 독이 올라서 살았던 영국 생활 십 수 년의 세월이, 좋아하던 화가의 이름마저 기억하지 못하도록 철저하게 감성을 마비시켰던 것이다. 집요한 성격도 아닌데 거의 반나절을 고민하다 겨우 떠올린 이름 석자가 '장영숙'이었다.

"장영숙... 그래 장영숙이 맞다!!"

판화가 장영숙은 원래 옅은 쑥색으로 거의 보일까 말까 하는 산山을 표현하던 사람은 아니었다. 80년대 중반으로 기억한다. 장영숙 판화전에 참석했던 평론가 한 분은 장영숙의 '산'을 바라보면서 "도대체 앞으로 얼만큼 더 절제하고 얼만큼 더 압축하려고 이러는지 모르겠다."며 고개를 흔들었다.

보일 듯 말 듯 희미하지만 구차한 표현 따위를 생략하고 그냥 옅은 쑥색 아래 묻어버린 장영숙의 '산'을 바라보며 나는, 뭔가를 말하려는 실어증에 걸린 어떤 아이의 표정을 보는 듯한 착각을 일으켰었다. 인터넷으로 찾아본 장영숙의 판화는 그전보다 더 극심해진 고도의 압축미로 시적詩的 긴장감을 느끼게 만들고 있다.

이제 아홉 살짜리 아들에게 아빠인 나도 감히 들여다 볼 수 없는 압축된 내면이 생겼다는 것을 느낀다. 이젠 더 이상 아들의 감정이 예전처럼 쉽게 읽혀지질 않는다. 옅은 쑥색으로 희미한

산山을 감상하는 것보다 결코 쉽지 않다.

우린 흔히 대화가 된다는 것을 피차 마음을 훌훌 털어놓는 것쯤으로 착각하며 살지만 사실 대화는 그런 것이 아니다.

아이가 말을 배우기 시작했을 때는 마음에 있는 말을 거침없이 쏟아내기 시작했었다. 그러나 대화라는 것을 알아가는 지금은 오히려 많은 것들이 장영숙의 판화처럼 절제되고 압축되어 가슴 속 희미한 산골짜기로 숨겨지기 시작했다.

내세울 것 없는 인생을 살고 있는 아빠를 사랑하기 때문에 아빠를 위해 숨기고, 때론 아빠 때문에 생긴 상처이기 때문에 아빠에게만은 숨겨야 하는 비밀스런 대화가 시작된 것이다.

이상하게도 우리가 살고 있는 한인촌이란 동네에서는 대화를 통해 서로의 비밀을 알아내려는 것이 습관처럼 되어 버렸다. 그러나 분명한 것은 그것이 대화의 본질은 아닌 것이다.

'대화가 된다'는 것의 가치는 침묵에 가까운 상대방의 희미한 산山을 이해하려는 노력에 있는 것이다. 너무도 가까운 사람에게 무언가를 숨겨야 하는 고통은 사실 생각보다 더 많이 힘들고 괴로운 경험이기 때문이다.

나는 언젠가 내 아들이 하나님께 기도 하는 법을 배우게 될 것이라는 사실을 잘 알고 있다. 판화는 더 극심해진 고도의 압축미로 시적詩的 긴장감을 느끼게 한다. 그러나 사람은 그 힘든 마음을 침묵이란 언어로 더 이상 감추어두지 않고 하나님 앞에다 내어놓으며 깊은 대화를 시작할 때, 비로소 그 아픔과 고통들이 아름다운 시詩가 되는 것이다.

소박한 목사로서 욕심이랄까... 언젠가 내 인생 어느 지점에서 내 아들의 시편을 읽게 되기를 기도한다.

지란지교를 꿈꾸며

책을 좀 읽는다고 거들먹거리던 시절이 있었다.

그때는 서점에 홍수처럼 쏟아져 나오던 에세이 따위는 거들 떠보지도 않고 고리끼의 '어머니' 같은 책을 읽으며 스스로 자부심을 느끼던 절부지였었다. 그래도 돌아보면 그 시절이 재미있었다.

그 당시 자주 들락거리던 화랑이자 찻집인 '등잔'에는 그런 에세이들이 유난히 많았다.

일찍 도착해서 사람을 기다리는 지루한 시간에 책이라도 뒤적이다 보면 한결 마음의 여유도 생기고 짜증스럽던 마음도 누그러지기 때문에 누구나 가볍게 읽을 수 있는 에세이를 준비해 놓았을 것이다. 당시 유명했던 '김형석 에세이'며 '김동길 에세이'며 '유안진 에세이'며 다 그곳에서 사람을 기다리며 읽었던 것들이다. 사실 사람을 기다렸다기 보다는 결혼하기 전에 하루가 멀다고 만나던 아내를 기다린 것이다.

간혹 이런 저런 일로 다툰 후에 속상한 마음을 달래며 그냥 그 곳에 앉아 홀짝홀짝 차를 마셔가며 책을 읽다 보면 어느새 아내가 내 앞에 앉아서 환한 웃음을 웃고 있을 때가 많았다.

세월을 살아 볼수록 여자는 생긴 인물보다 사람의 마음에 잔잔한 감동을 주는 '에세이 같은 여자'가 최고라는 생각이 든다. 그렇다고 아내가 그런 여자라는 이야기는 아니다. 아내는 뭐랄까... 아직도 끝을 예측할 수 없는 추리소설 같은 여자이다.

얼마 전 인터넷을 들여다보다가 오래 전에 '등잔'에서 읽었던 유안진의 에세이 '지란지교를 꿈꾸며'를 발견하고 다시 읽어 보았다. 그때는 그냥 좋은 글이라고만 생각했었는데 이십여 년 세월이 지난 후에 그것도 지구 반대편, 영국 땅에서 다시 읽어보니 그 맛이 하루 종일 가마솥에서 우려낸 설렁탕 맛이었다.

"저녁을 먹고 나면 허물없이 찾아가 차 한 잔을 마시고 싶다고 말할 수 있는 친구가 있었으면 좋겠다. 입은 옷을 갈아입지 않고 김치 냄새가 좀 나더라도 흉보지 않을 친구가 우리 집 가까이에 있었으면 좋겠다. 비 오는 오후나 눈 내리는 밤에 고무신을 끌고 찾아가도 좋을 친구, 밤늦도록 공허한 마음도 마음 놓고 보일 수 있고, 악의 없이 남의 얘기를 주고받고 나서도 말이 날까 걱정되지 않는 친구가... (중략) 그가 여성이어도 좋고 남성이어도 좋다. 나보다 나이가 많아도 좋고 동갑이거나 적어도 좋다. 다만 그의 인품이 맑은 강물처럼 조용하고 은근하며 깊고 신선하며 예술과 인생을 소중히 여길 만큼 성숙한 사람이면 된다. 그는 반드시 잘 생길 필요가 없고, 수수하나 멋을 알고 중후한 몸가짐을 할 수 있으면 된다. 때로 약간의 변덕과 신경질을 부려도 그것이 애교로 통할 수 있을 정도면 괜찮고 나의 변덕과 괜한 흥분에도 적절히 맞장구를 쳐 주고 나서, 얼마의 시간이 흘러 내가 평온해지거든 부드럽고 세련된 표현으로 충고를 아끼지 않았으면 좋겠다. (중략) 나는 될수록 정직하게 살고 싶고, 내 친구도 재미나 위안을 위해서 그저 제 자리서 탄로 나는 약간의 거짓말을 하는 재치와 위트를 가졌으면 바랄 뿐이다. 나는 때로 맛있는 것을 내가 더 먹고 싶을 테고, 내가 더 예뻐 보이기를 바라겠지만, 금방 그 마음을 지울 줄도 알 것이다. 때로 나는 얼음 풀리는 냇물이나 가을 갈대 숲 기러기 울음을 친구보다 더 좋아할 수 있겠으나, 결국은 우정을 제일로 여길 것이다. (중략) 내가 길을 가다가 한 묶음의 꽃을 사서 그에게 들려줘도 그는 날 주착이라고 나무라지 않으며, 건널목이 아닌 데로 찻길을 건너도 나의 교양을 비웃지 않을 게다. 나 또한 더러 그의 눈에 눈곱이 끼더라도 이 사이에 고춧가루가 끼었다 해도 그의 숙녀됨이나 신사다움을 의심하지 않으며, 오히려 인간적인 유유함을 느끼게 될 게다."

  허물없는 친구가 그리워지는 것이 영국 생활이다. 물론 친구만 그리운 것이 아니라 가마솥에서 우려낸 한국의 설렁탕도 그립고 오장동 냉면도 그립고 아직까지 가보지는 못했지만 그 좋다는 불가마 사우나도 그립다. 오죽하면 며칠 전 몸이 아플 때는 뜨거운 목욕탕에 목까지 몸을 담그고 앉아서 신선 같은 표정을 짓고 있는 꿈을 꾸었을까? 그렇지만 유안진의 표현을 빌리자면 그런 것들은 다 얼음 풀리는 냇물이나 가을 갈대 숲 기러기 울음에 지나지 않는다. 결국은 힘들고 지칠 때 한국에 있는 친구가 그리워지는 것이 제일 힘든 감정이리라!!

저녁을 먹고 나서 허물없이 찾아가 차 한 잔을 마시고 싶다고 말할 수 있는 친구. 김치 냄새가 좀 나더라도 흉보지 않을 친구. 밤늦도록 공허한 마음도 마음 놓고 보일 수 있는 친구. 악의 없이 남의 얘기를 주고받고 나서도 말이 날까 걱정되지 않는 친구. 나의 교양을 비웃지 않고 오히려 인간적인 유유함을 느낄 수 있는 친구가...

나이가 들어서 만나면 친구가 되기 쉽지 않다고 말한다. 그리고 가을독사처럼 독이 올라야 살 수 있는 이민사회에서 친구가 되는 것도 쉽지 않다고 말한다. 그러니까 이미 나이가 들어버린 내가 이민사회에서 누군가의 친구가 된다는 것은 거의 기대하기 어려운 이야기가 되는 셈이다. 그렇게 생각하고 나니까 영국에서 만난 친구목사 하나가 더 소중하게 느껴진다.

언젠가 열 살짜리 아들 녀석이 이렇게 물었다.

"아빠~ 아빠 게이야?"

"뭐라구 임마~??"

"아빠는 왜 맨날 그 목사님하구 만나?"

아들 녀석의 말대로 내가 그 친구를 자주 만나는 이유가 있다. 그 친구는 그야말로 눈 내리는 밤에 고무신을 끌고 찾아가서 밤늦도록 공허한 마음을 털어놓고 악의 없이 남의 얘기를 주고받아도 말이 날까 걱정되지 않는 친구이기 때문이다. 그뿐만 아니라 나의 변덕과 괜한 흥분에도 적절히 맞장구를 쳐주며 누구보다도 나를 인정해주는 친구이기 때문이다.

살다 보면 부모에게 하지 못 할 이야기지만 아내에게는 할 수 있는 이야기가 있고, 아내에게 할 수 없는 이야기지만 친구에게는 할 수 있는 이야기가 있다. 그럴 때 그것을 털어놓을 친구가 없다는 것은 갑자기 먹고 싶은 음식을 여기서 먹을 수 없다는 것보다 훨씬 더 답답하고 낙심이 되는 일인 것이다.

나는 더 이상 '나이가 들어서 만나면 친구가 되기 쉽지 않다'거나 '이민사회에서는 서로 친구가 되기 어렵다'는 막연한 전설 따위는 믿지 않는다. 친구가 되는 것은 나이의 문제나 환경의 문제가 아니라 서로에 대한 관심과 사랑의 문제이기 때문이다.

어제 노인정에 모셔다 드리는 차 안에서 말씀하시던 어머니의 이야기가 생각난다.

"박목사~ 신문을 보니까 사람이 사랑을 하면 상대방의 단점을 보는 뇌의 기능이 완전히 마비가 된다는데?"

그렇다. 결국 나이 들어서는 뇌(잔대가리)가 움직이기 때문에 친구가 될 수 없다는 이야기다.

연금술사

다른 아줌마들이 이리저리 그릇을 사러 다니고 앤틱가구를 사러 다닐 때 송집사님은 책을 읽는다.

언젠가 구역예배에서 파트리크 쥐스킨트의 '좀머씨 이야기'를 예로 들어 성경에 적용을 하고 있었다. 좀머씨가 물속으로 걸어 들어가는 마지막 장면을 '소외된 인간의 허무虛無'로 이해하고 있었던 내게 송집사님은 나지막한 목소리로 말했다.

"목사님 좀머씨가 스스로 물속에 들어간 이유를 이미 그 책의 서문에서 말하고 있잖아요. '나는 무중력 상태나 물속에 있을 때 가장 편안함을 느낀다'고 말예요..."

송집사님과 책에 대한 이야기를 나누다 보면 '이거 뻔데기 앞에서 주름잡는 거 아냐?'라는 생각이 들 때가 많다. 역시 여자는 남의 집 그릇 족보나 줄줄 꿰고 있으면서 가끔씩 낯선 그릇을 보면 족보를 확인하기 위해 슬쩍 그릇 밑바닥이나 뒤집어보는 여자보다는 늘 옆에 책이 있고, 그림이 있고, 음악이 있는 여자가 아름답다.

송집사님은 서울을 다녀올 때마다 내게 책을 몇 권씩 사다 주신다. 이렇게 책을 사다 주는 교우들이 있는데 서재에 책이 늘지 않는 것은 정말 이상한 일이다. 책을 사다 주는 사람들이 있는 만큼 책을 빼가는 사람들이 있기 때문이다. 책만 그런 것은 아니다. 세상 사는 일이 다 그렇다. 목회를 하는 것도 비슷해서 힘이 되는 사람은 늘 힘이 되어주지만 힘을 빼는 사람은 정말 질기게 사람 힘을 빼고 또 뺀다.

신년 초에도 서울을 다녀오신 송집사님에게 책 몇 권을 선물로 받았다. 그날 밤 무슨 문제로 밤늦게까지 고민하다가 새벽 3시에 '어리굴젓'과 함께 밥을 한 사발 퍼먹었는데, 그것이 얹혀서 이내 앓기 시작했다. 이튿날 하루 종일 거실에 이불을 펴고 누워 음악을 듣다가 송집사님이 주신 책 한 권을 꺼내 읽기 시작했는데 그 책이 '연금술사'였다. 그날 그 책을 읽은 것은 낙심하고 있던 나를 배려하시는 '하나님의 은혜'가 분명했다.

연금술사는 브라질 태생의 소설가 '파울로 코엘료'의 작품이다. 1988년 브라질의 한 작은 출판사에서 처음 900부를 찍었던 책인데 지금까지 140개국 55개 언어로 번역되어 4억 3천만 부가 팔렸다고 한다. 그러니까 내가 읽은 것은 나중에 출판된 대략 4억 2천만 부쯤에 해당되지 않았을까 싶다. 그래도 4억 3천만이라는 숫자에 턱걸이라도 해서 읽었으니 얼마나 다행스러운 일인가?

양치기 산티아고가 양떼를 데리고 버려진 낡은 교회 앞에 다다랐을 때는 날이 저물고 있었다. 산티아고는 낡은 교회 옆에 있는 커다란 무화과나무 아래 땅바닥에 입고 있던 겉옷을 깔고, 막 다 읽은 책을 베게 삼아 자리에 누웠다. 그리고 그날 밤도 지난주와 똑 같은 꿈을 꾼다. 꿈속에 아이 하나가 나타나서 이집트의 피라미드로 데려가는 꿈이었다. 꿈속에서 아이가 말했다.

"만일 당신이 이곳에 오게 된다면 당신은 숨겨진 보물을 찾게 될 거예요."

산티아고는 꿈을 꾼 이후에 끊임없이 들리는 '마음의 속삭임'에 귀를 열고 보물을 찾으러 길을 떠난다. 가지고 있던 양들을 팔고 스페인에서 아프리카로 가는 배를 탄다. 피라미드에 도착하기까지 2년 동안 산티아고는 험난한 인생의 여정을 경험하게 된다.

집시여인, 늙은 왕, 도둑, 화학자, 낙타몰이꾼, 아름다운 연인 파티마, 사막의 침묵과 전쟁, 죽음의 위협과 타협 그리고 마침내 연금술사를 만나 보물을 찾기까지 산티아고의 험난한 여정은 연금술사의 고로에서 진행되는 실제 연금술의 과정과 닮아 신비와 감동을 더한다.

피라미드 앞에서 보물을 찾기 위해 열심히 모래땅을 파던 산티아고는 사막의 전쟁에서 이탈한 병사들에게 마지막으로 가지고 있었던 금덩어리 하나를 빼앗긴다. 사막에서 모래땅을 파고 있는 것을 이상하게 생각한 병사들에게 매를 맞고 쓰러진 산티아고는 조심스럽게 꿈 이야기를 털어놓게 된다. 그랬더니 그들의 우두머리가 내뱉듯 말을 던졌다.

"걱정 마, 넌 죽지 않을 테니. 그리고 다시는 그렇게 바보처럼 살지 마. 지금 네가 쓰러져있는 바로 그 자리에서 나 역시 2년 전쯤 같은 꿈을 두 번 꾼 적이 있지. 꿈속에 스페인의 어떤 평원을 찾아갔는데, 거기 쓰러져가는 교회가 하나 있었어. 근처 양치기들이 양떼를 몰고 와서 종종 잠을 자던 곳이었지. 그곳에 무화과나무가 한 그루 있었는데 그 나무 아래를 파보니 보물이 숨겨져 있지 않겠어. 하지만 이봐, 그런 꿈을 꾸었다고 해서 사막을 건널 바보는 없어. 명심하라구.”

그 이야기를 듣는 순간 산티아고는 자신의 보물이 어디에 있는지 온 몸으로 느낄 수 있었다. 스페인으로 돌아간 산티아고는 낡은 교회 옆 무화과나무 아래를 깊이 파서 스페인 옛 금화가 가득 담긴 궤짝을 발견하게 된다.

연금술사를 읽고 생각에 잠겼다.
‘산티아고의 꿈과 병사의 꿈 사이에는 어떤 차이가 있는 것일까?’

사람들은 누구나 꿈을 꾼다. 그리고 누구나 꿈을 가지고 산다. 그렇지만 그 꿈이 이루어질 것이라고 믿는 사람들은 그다지 많지 않다. 그냥 꿈은 꿈일 뿐이라고 생각하기 때문이다. 그래서 대다수의 사람들은 그 꿈 때문에 사막을 건너는 것 같은 바보 같은 짓은 하지 않는다. 그것이 병사가 꾸었던 꿈의 본질인 것이다. 그러나 산티아고는 꿈을 따라 사막을 건너게 된다. 산티아고의 꿈은 이미 ‘비전(코엘료는 이것을 자아의 신화라고 부른다)’이 되어 그의 삶을 움직이는 원동력이 되었기 때문이다.

‘꿈’과 ‘비전’은 다르다.

세상에 꿈을 가진 사람은 수없이 많지만 비전을 가진 사람은 그다지 많지 않다. 꿈을 가진 사람은 꿈을 이룬 사람들을 볼 때마다 낙심하고 좌절하지만 비전을 가진 사람은 오히려 기뻐하게 된다. 왜냐하면 나도 머지않아 그 꿈을 이루게 될 것이기 때문이다.

'영국에 가고 싶은 꿈'이 있는 사람과 '영국에 비전'이 있는 사람의 삶은 확실히 다르다. 영국에 가고 싶은 꿈이 있는 사람은 영국에 다녀온 사람들의 이야기를 들을 때마다 속이 상하지만 영국에 비전이 있는 사람은 영국에 다녀온 사람들의 이야기가 반갑고 재미있게 느껴질 것이다. 그뿐만 아니라 영국에 가고 싶은 꿈이 있는 사람은 지금 당장 영어를 준비하지 않지만 영국에 비전이 있는 사람은 당장 영어를 준비하게 된다. 아마 이것이 꿈과 비전을 구분하는 좋은 판별식이 아닐까 생각된다.

누구나 철과 납을 금으로 바꾸려는 연금술사 같이 대박 터지는 인생을 살고 싶어 한다. 코엘료는 산티아고가 도달한 연금술의 환희를 '비전'을 잊지 않으려는 삶의 모습을 통해 조명하고 있다. 그럼에도 불구하고 뉴몰든의 신앙인들 대다수가 '비전'을 버리고 노상강도가 되는 인생을 선택한 '한심한 병사'의 모습으로 사는 것이 안타깝다.

철부지 아들의 청구서

"어느 날 저녁, 아내가 저녁 준비를 하고 있는데 어린 아들이 부엌으로 와서 엄마에게 자기가 쓴 글을 내밀었다. 아내는 앞치마에 손을 닦은 다음에 그것을 읽었다. 거기엔 이렇게 적혀 있었다. '잔디 깎은 값-5달러, 이번 주에 내 방 청소한 값-1달러, 가게에 엄마 심부름 다녀 온 값-50센트, 엄마가 시장 간 사이에 동생 봐준 값-25센트, 쓰레기 내다 버린 값-1달러, 숙제 잘한 값-5달러, 마당을 깨끗이 치우고 빗자루 질 한 값-2달러, 전부 합쳐서-14달러 75센트.'

아내는 기대감으로 바라보고 있는 아들의 얼굴을 쳐다보았다. 아내는 연필을 가져와 아들이 쓴 종이 뒷면에 이렇게 적었다.

'너를 내 뱃속에 열 달 동안 데리고 다닌 값-무료, 네가 아플 때 밤을 새워가며 간호하고 널 위해 기도한 값-무료, 너 때문에 지금까지 여러 해 동안 힘들어하고 눈물 흘린 값-무료, 이 모든 것 말고도 너에 대한 내 사랑-무료, 너 때문에 불안으로 지샌 수많은 밤들과 너에 대해 끝없이 염려해야 했던 시간들의 값-

무료, 장난감 사준 값-무료, 음식 해 준 값-무료, 옷 사준 값-무료, 코 흘릴 때 코 풀어 준 값-무료, 이 모든 것 말고도 너에 대한 내 진정한 사랑은 전부-무~료.'

아들은 엄마가 쓴 글을 읽고 나더니 넋을 잃고 서 있다가 갑자기 눈물을 흘리며 엄마에게 말했다. '엄마, 사랑해요!' 그러더니 아들은 연필을 꺼내들고 큰 글씨로 '전부 합쳐서-14달러 75센트'라고 썼던 청구서에 이렇게 썼다. '전부 다 지불되었음.'"

사람들의 가슴 속에 간직하고 있는 감동적인 글들을 모아 책으로 엮어서 뉴욕 타임스가 선정한 베스트셀러로 만들었던 '마음을 열어주는 101가지 이야기'에 있는 내용 중의 하나이다.

요즘 하나님을 향한 내 기도는 철부지 아들의 청구서와 별로 다를 것이 없다. 기도를 한답시고 열심히 부르짖고 나서 가만히 생각해보면 '전부 합쳐서-14달러 75센트'짜리 청구서가 되고 마는 것이다.

지난주에 한국에서 오신 두 분의 목사님을 만났다. 한 분은 성직자의 단아한 기품과 자상한 얼굴을 가지고 계셨고, 한 분은 정치인을 닮은 몸가짐과 정치판에서 닳고 닳은 듯한 얼굴을 가지고 계셨다. 오래 전에 읽었던 '목사와 정치인의 얼굴은 닮았다'라는 모 잡지의 기사 하나가 생각났다.

"목사와 정치인의 말투가 닮았고, 고집이 닮았고, 억지가 닮았고, 하다못해 즐겨 입는 옷과 선호하는 차종까지 닮았고... 무엇보다도 목사의 얼굴과 정치인의 얼굴이 닮았다." 뭐 그런 내용이었던 것으로 기억한다. 그 기사를 읽으면서 나 자신도 정치인과 너무 많이 닮았다고 생각했었다.

정치인과 너무나도 닮았던 그 목사님은 교계에 널리 알려진 분이다.

식사를 하는 동안 그분이 펼친 목회철학은 '가게에 엄마 심부름 다녀온 값-50센트'를 청구했더니 '50달러'를 생각 없이 아들의 손에 쥐어 주는 정신 나간 엄마를 연상하게 만들었다.

윤리학의 역사를 살펴보면 두 개의 중요한 관점이 있다. 하나는 의무론인 '절대적 윤리학'이고 다른 하나는 목적론인 '상대적 윤리학'이다. 목적론인 상대적 윤리학은 결과주의적인 윤리이론이다. 신앙생활은 결코 목적론적 윤리에 근거하지 않는다. 14달러 75센트라는 '목적'을 가지고 14달러 75센트에 근접하거나 혹은 초월하는 '결과'를 추구하는 것은 결코 바른 신앙의 모습이 아닌 것이다.

나는 엄마에게 청구서를 내밀며 그 결과로 사랑을 확인하려는 '결과론자consequentialist'가 되기보다는, 엄마 앞에서 눈물을 흘리며 "엄마, 사랑해요!"라고 말하는 사랑의 흔적을 소유한 '의무론자deontologist'가 되기를 언제나 소원한다.

지난주에 내가 만났던 또 다른 목사님 한 분은 안양근교 평촌에서 목회를 하신다. 그분은 영국에 계시는 동안 단 한 번도 사람들 앞에서 상대적 윤리의 잣대를 들이대며, 그것을 통해 성공한 목회자의 우월감을 드러내 보이시지 않았다. 그분의 모습에서 느낄 수 있었던 것은 엄마 앞에서 눈물을 흘리던 아이처럼, 하나님 앞에서 '사랑의 본질'을 경험한 흔적뿐이었다. 아마 그것이 신앙인의 영성spirituality일 것이다.

오늘은 몸이 아파서 누워 있다가 밤잠을 설치고 거실로 나왔다. 심한 두통 때문에 계획에도 없었던 한 밤의 묵상을 하게 된 것이다. 사람은 이상하게도 몸이 아플 땐 철부지 아들의 청구서 같은 기도에서 벗어나게 된다.

흔들의자에 앉아서 괴로운 영국 생활을 돌아보며 밤새 부대끼다가, 진통제보다 더 부드럽게 신경줄을 타고 스며드는 하나님의 위로와 사랑이 느껴져서 왈칵 쏟아지는 눈물을 닦는다.

직소퍼즐 같은 영국 생활

　백집사님은 원래 천주교인이었다. 그렇다고 그분이 지금 개신교인이 되었다는 이야기는 결코 아니다.

　공원에서 처음 만났을 때, 그분은 낯선 영국 땅에서 많이 지쳐 있었다. 얼굴에 솜털이 뽀송뽀송 했던 아들 둘을 데리고 영국에 도착한지 불과 삼 개월도 지나지 않았는데, 이런저런 일로 사람들에게 부대꼈던 것이다.

　중국 사람이 런던에 도착하면 중국 사람 셋이 달라붙어서 어떻게든 그 사람을 정착할 수 있게 도와준다는데, 런던에 한국 사람이 도착하면 어떻게 알았는지 한국 사람 세 사람이 달라붙어서 그 사람을 완전히 껍데기까지 벗겨놓고 만다는 슬픈 전설이 있다.

　뭐 그렇다고 사람들이 백집사님을 껍데기까지 벗겨놓은 것은 아니었지만 불과 삼 개월 만에 영국이 고민스런 땅으로 느껴지기 시작했던 것은 분명했다. 많은 사람들이 그랬듯이 훌훌 다 털어버리고 한국으로 돌아가고 싶어도 도저히 체면 때문에 돌아갈 수 없는 어설픈 땅이 되어버린 것이다.

천주교인이었던 백집사님이 교회를 출석하게 된 것은 그분의 갈등을 조금이라도 이해하려고 노력했던 아내의 마음 때문이었다. 그리고 나중에 듣게 된 이야기였지만 천주교를 바라보는 내 시각과 종교개혁을 생각하는 내 견해에 마음이 조금 더 움직였단다.

거품이 잘 이는 큼지막한 세제를 사 들고 아내와 함께 불쑥 백집사님을 찾아갔을 때, 그분은 썰렁한 거실에 앉아서 조용히 1,000피스짜리 직소퍼즐을 맞추고 있었다. 엄마를 부르는 아들의 목소리를 듣고 자리에서 일어서던 그분의 큰 눈에 눈물이 잔뜩 고여 있었는데, 그 눈물이 내게 전혀 낯설지 않았던 이유는 영국에 도착하던 날 아내도 그렇게 울었기 때문이다.

지난 한 주는 유난히 아픈 교우들이 많았다.

백집사님도 아프고, 아픈 엄마를 바라보던 어린 아들 담이도 아프고, 비자문제가 고민스러워서 자주 아프던 김집사님은 비자문제가 해결되자 그날 밤 아예 몸져누우셨단다.

집집마다 전화를 걸어보면 목소리가 영 시원치 않다. "목사님~ 저 괜찮아요...!!"라고 대답하는 목소리들이 거의 신음소리에 가깝다. 당장에 달려가 안수기도라도 하고 싶은 마음이 굴뚝같지만 난 사실 그런 능력도 없는 한심한 목사다. 그렇지만 기도하지 않을 수 없었다.

요즘 나는 교우들의 얼굴을 하나하나 떠올리며, 그들의 이름을 하나하나 불러가며, 그들의 필요를 채워달라고 하나님께 기도하는 재미를 알았다. 가족을 떠나서 나그네처럼 살아가는 성도들의 여린 가슴을 내 기도로 돕지 않으면 안 되는 책임을 이제야 겨우 깨달은 것이다. 혹시라도 아들 녀석이 아플 때면 밤 새 잠을 설쳐가며 아들의 머리를 자꾸 손바닥으로 짚어보면서, 성도들이 앓아누운 밤을 목사가 단잠 이룰 수 없는 노릇이다.

교회개척과 목사안수는 내게 있어서 1,000피스짜리 직소퍼즐과 같은 당혹스러움이었다. 도저히 만들어 질 것 같지 않은 대책 없는 그림조각들을 붙들고 칠 년이라는 세월을 괴로워했는데, 주님께서 아름답게 그려놓으신 교회, 그 그림의 한 모퉁이가 이제 겨우 드러나기 시작했다.

유난히 모가 나서 싫었던 어느 성도는 종탑이 드러난 그림 중에 '십자가의 모서리'였고, 너무 평범해서 무관심했던 어느 성도는 그 교회를 들여다 볼 수 있는 건물의 한 모퉁이, 너무도 투명한 작은 유리창이 아니었던가!! 쓸데없이 튀는 것이 밉살스러웠던 성도 하나는, 햇살이 비추면 그 빛을 신비하게 굴절시켜서 온통 예배당 안으로 쏟아놓는 아름다운 '스테인드글라스'였다.

언젠가 백집사님을 다시 찾아갔을 때 커피 한 잔을 맛있게 끓여주시면서 밝은 목소리로 말씀하셨다.

"목사님~ 그때 그 직소퍼즐 생각나세요? 제가 열심히 맞추고 있었던 거 말이예요. 그게 바로 저거 예요"

집사님이 손가락으로 가리 킨 책상 위에는 조각조각으로 맞추어진 '슈방가우의 노이슈반스타인 성'이 너무도 푸른 하늘과 산뜻한 조화를 이루고 있었다.

수은주가 여전히 영상 10도를 웃도는데도 추위가 뼈 속으로 스며드는 이상한 나라, 영국의 11월이다.

독하게 살기로 작정하고 독 오른 뱀처럼 변해 버린 사람이 아닌 다음에야, 물설고 낯설고 아무도 도와 줄 사람 없는 이 땅에서 자주 아프거나 혹은 한 번쯤 지독하게 앓는 것이 너무나도 당연하다.

이렇게 힘들 때, 한 번쯤은 고인 눈물을 손등으로 훔쳐가며 직소퍼즐을 맞추는 것도 괜찮은 일이다. 어수선하게 흩어졌던 조각들이 그림으로 드러나기 시작할 무렵, 산산조각 난 마음의 상처 위에 영국 생활의 아름다운 그림이 그려질지도 모르기 때문이다.

그렇지만 손등으로 고인 눈물을 닦아가며 궁상맞게 퍼즐을 맞추기보다는 신음처럼 하나님을 부르며 가슴으로 '꺼이꺼이~' 우는 편이 사실 훨씬 더 후련하다.

그나저나 우리가 모여 사는 한인마을은 아직도 그림이 드러나지 않은 채 이리저리 흩어져 있는 2,000피스짜리 직소퍼즐 같다.

한심한 영어실력이나 한심한 신앙생활이나

들은 이야기다.

정말 있었던 이야기인지 그냥 웃자고 만든 이야기인지는 몰라도 이야기가 재미있었다.

꿈을 안고 영국에 도착해서 겨우 집을 얻고 십 년 된 중고차 한 대를 장만했는데, 말로만 듣던 오른쪽 운전대를 잡고 보니 '완전초보'가 따로 없다. 곡예에 가까운 운전을 하며 어설프게 공포의 라운드어바웃을 돌아 나오다가 앞차를 들이박은 것이다.

엉겁결에 사고를 낸 나머지 너무 당황해서 차에서 내리지도 못하고 머뭇거리고 앉아 있는데, 앞차에서 영국아저씨가 내리더니 자기 차를 보고 두 손으로 머리를 감싸며 열을 내더란다.

깨끗한 새 차처럼 보여 미안한 마음에 얼른 내렸는데... 이런~ 그 차는 뒤 범퍼만 살짝 긁히고 우리의 동포, 한국아줌마의 차는 앞이 완전히 부서진 것이다.

그 순간 열이 받은 한국아줌마가 영국아저씨를 향해 삿대질을 하며 이렇게 소리쳤단다.

"YOU~!! You car car my car no car~?"

통역 혹은 번역을 하자면 다음과 같다.

"너~!! 니 차만 차고 내 차는 차로 안 보여~?"

영국에 오기 전에 이런 생각을 했었다.

'아마 6개월만 영어를 하면 입에서 영어가 줄줄 나올 거야!!'

이런 생각을 하며 영국으로 날아온 사람이 어찌 나 하나뿐이랴...

언젠가 아들 녀석이 이상하다는 듯이 물었다.

"아빠~ 아빠는 내가 태어나기 전부터 영국에 살았는데 왜 나보다 영어를 못해?" 뜻밖의 장소에서 신기한 것을 발견한 고고학자처럼 경이로운 표정을 지으며 질문하던 녀석이 이젠 대놓고 아빠를 무시한다.

"아빠~ 그런데 아빠는 왜 영어를 그렇게 해?"

말하자면 아들 녀석이 보기에 내 영어 수준이 '유 카 카 마이 카 노카'라는 이야기다.

사실 제대로 되는 것이라고는 무의식중에도 확실하게 튀어나오는 "웁스~!!" 하나 밖에 없으니 아들 녀석에게 그런 이야기를 들어도 싸다.

한인마을에 살다 보니 하루 종일 영어 쓸 일이 없다. 영어를 하지 않아도 전혀 불편하지 않은 동네가 되었기 때문이다. 한국 가게에서 쇼핑하고, 매일 한국음식을 먹으며, 그렇게 한국 사람들과 부대끼며 살다 보면 내가 영국에 있다는 것조차 잊고 살게 된다.

그전에는 세상이 어떻게 돌아가는지 궁금해서 잘 들리지도 않는 BBC 뉴스에 귀를 기울이고, 그러다가 답답하면 영국신문을 사서 읽으며 상황을 파악하기도 했지만 이젠 더 이상 그럴 필요가 없어졌다.

게다가 TV에 노트북을 연결해서 한국드라마를 감상하다 보면 도무지 여기가 한국인지 영국인지 분간이 안 될 때가 있다.

이런 분위기 속에서 아들 녀석 보기에 너무도 답답한 영어를 하는 것은 어찌 보면 당연한 결과라고 말 할 수 있다. 그나마 심심치 않게 걸려오는 텔레마케팅 전화가 아니라면 아마 일주일 내내 영어 한마디도 하지 않고 지나가는 경우가 허다할 것이다.

어머니가 영국에 오신 지도 벌써 2년이 훨씬 넘었다. 처음에는 이 집이 저 집 같고 저 골목이 이 골목 같아서 혹시 길을 잃을까 봐 밖으로 한 걸음 내딛기도 조심스러워 하시던 분이 이젠 집 앞에서 버스를 타고나가 이 동네 저 동네를 누비고 다니신다.

그런데 요즘 어머니의 방에 들어가면 영어회화 테이프들이 널려 있다. 테이프와 세트로 되어있는 영어회화 책이 펼쳐져 있고 처음 몇 페이지에는 연필로 줄까지 그어져 있다. 노인네가 영어공부를 시작하신 것이다.

버스를 타다가 가끔씩 차비 때문에 운전사와 마찰이 생기면 도무지 무슨 말을 하는지 당혹스러워서 그 말을 알아들을 정도는 영어를 배워야겠다는 것이 어머니의 말씀이자 결심이었다.

어머니의 결심 앞에 조금은 황당한 기분이 들기도 했지만 한편으로는 부끄러운 마음이 들기도 했다. 젊은 사람들까지 영어를 포기하고 사는 동네에서 칠순이 훨씬 넘은 노인네가 영어를 포기하지 않기로 결심하신 것은 거의 '가치관의 혁명'에 가까운 일이다.

생각해 볼수록 우리나라의 교육은 문제가 있다. 새삼스럽게 말 할 것도 아니지만 어떻게 그 많은 영어단어를 알면서도 다들 그렇게 의사소통에 어려움을 겪고 있는지... 지구상의 몇 안 되는 이상한 민족 중의 하나가 분명하다.

나는 한국 사람들의 신앙생활을 볼 때마다 영어의 딜레마와 유사한 공통분모가 있다는 것을 생각하게 된다. 기독교 역사를 통해 구약시대의 이스라엘을 제외한다면 한국 교회만큼 성경공부에 관심을 가지고 성경공부를 했던 민족은 없었다. 신앙생활을 좀 한다는 신앙인들 중에는 성경의 원어인 헬라어와 히브리어를 읽을 줄 아는 사람들도 적지 않다. 신학의 여러 분야에도 깊은 관심이 있을 뿐만 아니라 실제로 암기하고 있는 성경구절도 상상을 초월할 만큼 많다.

그러나 신앙인의 삶으로 그들을 접근해 볼 때 '유 카카 마이 카 노카' 수준을 벗어나지 못하는 것이다. 삶 가운데 신앙의 본질을 표현할 수 있는 '신앙의 실력'이 없는 것이다. 그토록 해박한 성경지식을 가지고도 신앙인으로서의 표현에 어려움을 겪는 지구상의 유일한 민족이 아닐까 생각된다.

어느 날 아들 녀석이 나를 바라보며 조심스럽게 물었다.

"아빠~ 아빠 목사님 맞아요?"

그 말은 아들 녀석에게 내 신앙의 실력까지 '유 카카 마이 카 노카'로 보였다는 이야기다. "쩝~!!"

시들어 버린 꿈

'Calluna'라는 꽃 화분을 하나 샀다. 화분에 붙어있는 스티커를 보지 않고는 이름을 알 수 없는 깨알만한 보라색 꽃이다. 화분에 가득하게 피어있는 점같은 보라색 꽃송이를 일일이 세어보지는 않았지만, 족히 수천 개 이상은 될 듯싶다. 언제나 그랬듯이 서재 창가에 놓아두고 일주일 내내 아침저녁으로 들여다보며 흐뭇해했다.

아내의 말대로 내가 야망이 작고 좀스러운 구석이 있어서 그런지는 몰라도 나는 송이가 큰 꽃보다는 작은 것이 좋다. 빨간색 엔젤 한 아름에 안개꽃을 적당히 섞어 놓으면 그렇게 아름다울 수가 없다. 그것도 그렇지만 여자들 새끼 손톱만한 들국화를 화병 대신 쓰고 있는 재래식 항아리에 가득 꽂아 놓으면 가슴이 벅찰 만큼 아름답고 마음까지 그렇게 넉넉해질 수가 없다.

어쩌다 아내에게 꽃을 선물하게 되더라도 아내가 좋아하는 장미보다는 엔젤이나 들국화로 먼저 손이 가는 멍청한 남자지만 작은 꽃이 더 아름답게 느껴지는 내 마음을 어쩌랴!

아내는 "솔직히 말 해봐요. 장미가 비싸서 제일 싼 꽃을 골라 온 거지?"라고 나를 몰아세우며 자잘한 꽃을 가슴에 한아름 안고 궁시렁대지만, 사랑하는 아내에게 더 아름다운 꽃을 선물하고 싶었던 것이 안을 뒤집어 보일 수 없는 내 마음의 진실이다.

영국에서 파는 들국화는 비교적 만족스럽지만 엔젤은 한국에서 파는 것들에 비해 꽃송이가 너무 커서 늘 불만스럽다. 그런 것만 봐도 내가 얼마나 작은 꽃에 집착하는 사람인가를 알게 된다.

'Calluna'는 이제껏 내가 보아 온 어느 꽃보다도 작은 꽃이다.

신인상파 화가 중에는 '쇠라'와 '시냑'처럼 점을 찍는 듯한 점묘법으로 그림을 그렸던 사람들이 많았는데 'Calluna'를 보고 있노라면 신인상파 그림을 보는 것 같은 착각이 들기까지 한다. 아마 그래서 그 꽃이 내 마음을 사로잡았는지도 모르겠다. 화분을 자세히 들여다보면 아직 피지 않은 깨알 같은 꽃봉오리가 또 다시 몇 조각의 꽃잎으로 나누어져 있다. 화분을 들여다 볼 때마다 요렇게 작은 꽃잎들이 과연 어떤 모양으로 만개滿開될지 궁금해진다.

오늘 아침, 서재에 앉아 Q.T quiet time를 하다가 잠시 고개를 돌려 화분을 보았다. 그런데 그 순간 뭔가 잘못됐다는 생각이 드는 것이다. 들고 있던 성경책을 내려놓고 일어나 화분 가까이 가서 들여다보니 꽃이 시들고 있는 것이 아닌가?

매일 아침저녁 감탄을 하며 들여다보면서도 단 한 차례 물을 준 적이 없었던 것이다. 물관부를 통해 수분을 공급 받지 못한 가느다란 줄기 끝이 벌써 시들어서 할미꽃처럼 늘어져 버렸다. 사고현장에서 반사적으로 응급처치를 하듯이 서둘러 물을 한 컵 떠다가 화분에 부어 주었다.

하루 종일 이런저런 일들로 교우들의 머슴 노릇을 하다가 해 질 무렵 집에 돌아왔다. 커피 한 잔을 손에 들고 서재 문을 여는데 무의식중에 시선이 창가로 옮겨 갔다. 그 순간 화분이 눈에 들어왔는데...

"세상에~!!"

아침까지도 시들어서 늘어졌던 꽃줄기들이 언제 그랬냐는 듯이 싱싱하게 고개를 들고 있는 것이었다.

시들던 꽃은 물을 먹고 다시 고개를 든다. 나는 요즘 영국 생활에 지쳐 시들어 가는 많은 사람들을 만난다. 장미꽃 같이 화려한 야망을 품고 런던에 도착한 사람이나, 'Calluna'처럼 소박한 소시민의 꿈을 가지고 뉴몰든에 도착한 사람이나 한결같이 시들어가고 있는 것이다.

비자문제, 자녀문제, 학비문제, 사업문제, 경제적인 문제... 헤아릴 수 없이 많은 문제들로 속이 타다가 어느새 할미꽃처럼 고개 숙여버린 그들의 꿈을 본다.

시들던 꽃이 물을 먹고 다시 고개를 드는 것처럼, 눈물 뚝뚝 흘리며 서럽게 먹더라도 뜨거운 콩나물국에 밥 한 사발 말아 먹고 다들 힘을 얻어 다시 고개를 들 수 있는 것이라면 얼마나 좋겠는가! 그러나 시들어가는 우리의 꿈은 여간 해서 다시 회복하기가 어렵다.

이미 오래 전에 시든 꿈을 안고 인생을 살아가던 사마리아

여자는 예수님께서 주시는 말씀의 생수를 먹고 꿈을 회복했다
는데, 뉴몰든 한인촌에서 꿈이 시들어버린 사람들은 아무도 그
이야기를 믿으려 하지 않는다.

꽃을 들여다보다가 무슨 생각이 들었는지 벗었던 옷을 집어
들고, 조금 전까지 함께 있었던 집사님을 다시 만나려고 자동차
에 시동을 걸었다.

내가 아내를 닮았더라면

아내와 그림

아내는 그림을 좋아한다. 그런 아내에게 그림 한 점을 사주며 결혼하자고 그랬다.

평일엔 조용한 찻집이 되었다가 느닷없이 화랑으로 둔갑하는 '등잔'이라는 명소가 있었다. 수원에서 글을 좀 쓴다는 사람들과, 음악을 좀 한다는 사람들과, 생각을 좀 하며 산다는 사람들에게 '등잔'은 그야말로 등잔 같은 곳이었다. 글을 좀 쓴다고 까불던 대학시절에 그 곳에 앉아 차를 마시면 정말 글을 쓰는 사람들과 스스로 어깨를 나란히 한 것 같은 나르시스를 즐길 수 있었기 때문에 자주 그 곳에 가서 차를 마셨다.

화랑 겸 찻집인 '등잔'은 일요일엔 영업을 하지 않는다. 주일이라고 부르는 일요일이 되면, 목사님이신 주인아저씨가 '등잔'이라는 이름대신 '만민교회'라는 이름을 걸고 예배를 드리시기 때문이다.

결혼하기 전, 아내는 화랑 '등잔'에 걸려있는 그림 하나를 유난히 좋아했다. 어촌 풍경을 소박하게 담은 8호짜리 유화였는데 일본 유학을 했던 화가가 그린 것이라고 그랬다. 나도 그 그림을 좋아했지만 내가 사랑하는 여자에게 사랑받는 그림이라는 것이 사실 그 그림을 좋아하게 된 솔직한 이유였다.

대학에서 소설을 전공하던 아내를 데리고 처음 '등잔'에 갔을 때, 아내는 이미 그 그림에 마음을 빼앗기고 있었다. 나는 그때 이미 그 그림을 사야겠다고 결심을 했다.

얼마 후에 17만원이라는 거금(당시의 내 형편으로는 엄청난 거금이었다)을 주고 그 그림을 샀다. 아마도 그림을 샀다는 표현보다는 준비해 간 돈을 있는 대로 다 털어놓고 그림을 들고 왔다는 표현이 옳을 듯싶다.

"목사님~. 제가 가진 돈은 딸랑 17만원밖에 없는데 저는 지금 이 그림을 꼭 사야 하거든요..."

그림을 들고 나오면서 아내가 좋아하는 그림이 그 옆에 나란히 걸려있었던 유병엽 화백의 '인생의 고독을 싣고 가는 배'가 아니었던 것을 얼마나 다행스러워 했는지 모른다. 사실 그 그림은 내가 좋아하던 것이었는데, 머쓱하게 값을 묻는 나를 익살스런 표정으로 바라보시던 주인아저씨 목사님께서 8호짜리 그림을 호당 50만원씩 계산해 보라며 너털웃음을 웃으셨다.

그날, 아내는 그림을 받아 들고 감격해 하면서 "나랑 결혼해 줄래?"라고 묻는 내 질문에 "그러지 뭐..."라고 대답했다.

그 후 6년 뒤에 나는 '가룟 유다의 증언'이라는 소설로 기독교 문학상을 수상했던 소설가이자 목사님이신 '등잔' 주인아저씨의 서툰(?) 주례로 아내와 꿈에 그리던 결혼식을 올렸다.

나는 지금 19년 전에 아내에게 주었던 그림을 바라보고 있다.

벽에 걸린 그림은 조금도 변한 것이 없다. 그림은 영국으로 건너온 19년의 세월에도 변한 것이 없는데 나는 이미 그때의 내가 아니다. 만만치 않았던 세월과 이민생활이라는 무게에 짓눌린 흔적이 역력한 나 자신을 바라보며 문득 아내에게 미안하다.

그림에 마음을 빼앗긴 아내의 시선을 읽을 줄도 알고, 레코드 가게의 낡은 스피커에서 흘러나오는 감미로운 선율에 발걸음을 잡히던 아내의 감성을 느낄 줄 알았던 19년 전의 나는 더 이상 존재하지 않는다.

나는 더 이상 "그러지 뭐..."라고 대답하며 결혼을 결심하게 만들었던 내 아내의 멋진 남자가 아닌 것이다. "나랑 결혼해 줄래?"라는 질문에 '이 남자라면...'이라고, 아내의 마음속 저울추를 완전히 마비시켜버렸던 운명 같은 남자로서의 모습은 더 이상 존재하지 않는다.

나는 요즘 신앙이라는 이름으로 아내를 몰아세우는 몰지각한 성직자가 되어 가는 나 자신을 발견한다.

모든 것을 아내의 책임으로 몰아세우며 답답한 마음으로 마시던 커피 한잔... 마지막 한 모금을 들이키던 내 시선이 하필이면 벽에 걸린 그림에 멈춰 섰다. 19년 전에 그토록 설레는 마음으로 구입했던 그림을 조용히 바라보며 아내를 생각했다.

사실 내 아내는 내 신앙과 결혼한 것이 아니다. 내 아내는 자신이 좋아하던 그림을 사 들고 불쑥 나타나던 남자, 한 손에 우산을 들고 다른 한 손엔 어설프게 포장된 레코드 판 한 장을 들고 늦은 골목길을 서성거리며 자신을 기다리던 한 남자와 결혼했던 것이다.

  아내는 요즘 불만스럽다.

  신앙은 그냥 조용한 삶이지 사람을 몰아세우는 이데올로기가
아니라는 생각 때문일 것이다.

성격과 신앙

아침 일찍 우편물이 배달되었다. 영국 생활에 좀 익숙해지면 우편물에 대한 기대감이 사라진다. 한국에서 날아오는 그리운 소식이나 소포들은 뜸해지고 여기저기서 '돈 내라'는 우편물만 산더미처럼 쌓여가기 때문이다.

우편물을 뜯어보니 '템즈워터'에서 보낸 수도요금 'Final Notice'였다. 지난번에 'Reminder'를 받았으니 당연한 순서라고 생각했다.

나는 도대체 왜 이 모양인지 모르겠다. 세금고지서가 날아오면 아무 생각 없이 처박아두었다가 꼭 'Reminder'를 받고 'Final Notice'를 받게 된다. 그렇다고 'Final Notice'를 받은 후에 즉각 일을 처리하게 되는 것도 아니다. 그것마저도 어느 한구석에 처박아두었다가 '안내면 쳐들어온다'는 차압통지를 받고서야 '짜식들~ 내면 될 거 아니야' 혼자 말로 궁시렁대며 수표를 꺼내들게 된다.

아내는 이런 내 성격을 못마땅해 한다. 어떻게 세금을 미루다가 차압통지까지 받아가며 살 수 있는지... 도무지 이해할 수 없다는 표정으로 나를 물끄러미 바라보다가 속이 터질 지경인지 손으로 머리를 쓸어 올리며 그냥 말없이 돌아선다.

그럴 때마다 어머니에게 바가지를 긁히시던 아버지의 모습이 떠오른다. 닮을 것이 없어서 하필이면 그런 것을 닮았는지...
나는 아버지를 닮아서 느리고 낙천적이다. 좀 느리지만 인생을 별로 부대끼지 않고 사는 편이라고 말할 수 있다. 아내는 그런 나를 게으르고 욕심도 없고 승부욕도 없는 사람이라고 몰아세운다. 그렇게 말하는 아내의 심정을 전혀 이해하지 못하는 것은 아니다. 나도 철없을 때 느리고 낙천적인 아버지를 게으르고 욕심도 없고 승부욕이 없는 사람이라고 생각했었기 때문이다. 그렇다고 아내가 철없다는 말을 하려고 하는 것은 결코 아니다.
아내는 장모님을 닮았다. 일을 미루지 않는 것도 그렇고 일을 대충대충 하지 않는 것도 그렇다. 내 성격 때문에 산더미처럼 쌓인 일도 아내의 손에 들어가면 정말 순식간에 해결이 되고 만다.

그렇지만 나도 아내를 바라보며 답답할 때가 있다. 신앙생활이라는 것이 원래 오래 참고 견디며 언제까지든지 기다리는 것인데, 아내를 보면 인생을 조바심으로 부대끼며 사는 것처럼 보이기 때문이다. 한마디로 믿음이 부족해 보인다는 이야기다.
나는 가끔씩 그런 아내의 믿음을 위해서 기도한다.
"참을성 없는 아내를 불쌍히 여기시고 오래 참고 견딜 수 있는 믿음을 허락해주옵소서!"

언젠가 기도회에 참석해서 아내를 위해 기도를 하는데 갑자기 이런 마음이 드는 것이었다. 하나님께서 내게 말씀하시는 듯한 느낌이었다.

"그런 너는 아내보다 믿음이 좋으냐?"

나는 비교적 오래 참고 견디며 잘 기다리는 것을 나의 성숙한 믿음 때문이라고 생각하며 살아왔다. 그런데 그날 그 생각이 결코 옳지 않았다는 것을 깨닫게 되었다.

'만일 내가 예수 믿지 않았다면 오래 참지 못하고 잘 기다리지 못했을까?'

사실 나는 신앙을 갖기 전부터 오래 참고 견디며 기다리는 것에는 일가견이 있었다. 오죽하면 치과에 갈 때마다 그런 이야기를 들었을까...
"아니 이걸 어떻게 참았어요? 무지 아프셨을 텐데... 나 참~ (미련한 것도 아니고...)"
그것이 내가 타고 난 성격이다. 그런데 나는 그렇게 타고난 나의 성격을 스스로 좋은 믿음 때문이라고 생각했던 것이다.

세상에 얼마나 많은 사람들이 나처럼 자신의 못난 성격을 '신앙'이라는 이름으로 변호하며 살아가는지 모른다. 신앙은 나처럼 막연하게 하나님을 바라보는 것이 아니다. 바른 신앙을 가지게 되면 하나님께 맡겨야 할 것은 '기도의 현장'에서 하나님께 확실히 맡기고, 스스로 해야 할 일은 스스로 '삶의 현장'에서 책임감을 가지고 성실하게 끝을 내야 하는 것이다. 많은 신앙인들이 그것을 혼동하기 때문에 신앙생활이 엉망이 된다. 바로 내 이야기다.

삶의 현장에 있어야 할 사람이 기도의 현장에 가 있고, 기도의 현장에 있어야 할 사람이 삶의 현장에 가 있는 경우를 종종 보게 된다. 신앙생활은 지금이 '기도해야 할 때'인지 '일을 해야 할 때'인지를 제대로 구분하게 될 때 비로소 성숙해질 수 있는 것이다.

일을 해야 할 때 기도하는 것처럼 꼴불견도 없다. 그러나 기도해야 할 때 일을 하는 것은 그냥 꼴불견이라는 이야기로 넘어갈 일이 아니다.

십 년 세월

벌써 12월이다.

그것도 2010년을 코앞에 두고 있는 2009년의 마지막 한 달이
다. 달력을 넘기는 마음이 착잡하다.

세상이 난리를 치며 새로운 밀레니엄을 맞이하던 2000년, 그
축제의 기억이 엊그제 같은데 어느새 10년이 세월이 흘렀다.
세월만 흐른 것이 아니다. 거울 앞에 비추인 내 모습에서도 10년
의 세월이 그대로 느껴진다.

'10년 전엔 어땠을까...'

사진첩을 꺼내 들고 이리저리 들춰보며 10년 전의 사진을
찾아본다.

'이건 2006년, 이건 2004년, 2001년...'

신기하다. 타임머신을 타고 시간을 거슬러 올라가는 듯한 착
각을 하게 된다. 공상영화가 따로 없다.

1999년 12월, 정확하게 10년 전에 찍은 사진을 찾아냈다. 종교

비자를 받기 위해 아내와 아들을 데리고 암스텔담에 갔을 때 찍은 사진이다.

30대 후반의 나, 30대 초반의 아내 그리고 6살짜리 아들. 그런 시절이 있었나 싶다.

사진 속의 내가 참 건강해 보인다.

아내는 젊고 예쁘다.

아내에게 매달려 있는 아들 녀석의 키는 겨우 아내의 허리춤에 닿아있다.

강산도 변한다는 10년 세월에 나는 지금 건강을 염려하며 오십을 바라보는 목사가 되었고, 아내는 원숙한 40대 초반의 커리어 우먼이다. 그렇지만 무엇보다도 10년 세월의 큰 변화를 느끼게 하는 것은 아내보다 무려 15㎝나 더 큰 16살짜리 아들 녀석이다.

10년 전, 그 시절은 사실 내 뜻대로 되는 일이 하나도 없었던 인생 가운데 길고 어두운 터널이었다.

언제 끝이 날지 모르는 답답하고 막막한 시간이었는데, 지금 세월을 거슬러 올라가 보니 오히려 그 시절의 기억들이 아름답고 소중하다.

힘들지만 기도로 이겨내며 시시때때로 나를 격려하고 위로했던 아내.

결코 좋은 환경이 아니었지만 하나님의 은혜 안에서 밝고 건강하게 자라주었던 아들.

늘 아내에게 미안하고 아들에게 미안했던 내 마음.

그것이 지난 10년 세월을 잘 버텨 낼 수 있었던 우리 가정의 현란한 팀워크가 아니었나 싶다.

달력을 넘기다 우연히 돌아보게 된 지난 10년이었는데, 뜻밖에도 깊은 의미가 있는 시간이 되었다.

10년 전엔 없었는데 지금 가지고 있는 것들.
그리고 10년 전엔 있었는데 지금은 잃고 없는 것들.
노트를 꺼내 하나 둘씩 기억을 더듬어가며 적어본다.
참 신기하다.

10년 전엔 없었는데 지금은 가지고 있는 것들이 그렇게 많을 수가 없다. 7년 전에 기적같이 구입하게 된 우리 집, 아들 녀석이 아끼는 클라리넷, 아내의 직장. 그리고 아내가 그토록 하고 싶어 했던 공부, 여행과 추억... 사진들... 모두 감사의 이유들이다.

그렇지만 10년 전엔 있었는데 지금은 잃고 없는 것들도 많다. 무뚝뚝했지만 자상했던 아버지, 스트레스로 잃은 건강, 사고로 잃은 앞니 세 개, 머리카락 30%, 비교적 온유했던 성격, 아들 녀석의 애교, 내가 없으면 안 되던 아내의 여린 감성... 그리고 나의 야망과 포부들... 모두 나 자신을 돌아보게 되는 일들이다.

물론 10년 전엔 없었는데 지금 가지고 있는 것들 가운데 부정적인 것도 많다. 마음의 상처들, 미움과 증오, 나쁜 습관들...

반면에 10년 전엔 있었는데 지금은 잃고 없는 것들 가운데 긍정적인 것들도 많다. 마음의 상처들, 미움과 증오, 나쁜 습관들...

아마 사람들의 노트에는 이렇게 쓰인 것들도 있을 것이다.
10년 전엔 없었는데 지금 가지고 있는 것들: 사랑하는 아내

혹은 남편, 사랑하는 아이들...

10년 전엔 있었는데 지금은 잃고 없는 것들: 사랑하는 아내 혹은 남편, 사랑하는 아이들...

사랑하는 사람을 잃는 것은 꼭 그 사람이 세상을 등졌기 때문만은 아니다. 어쩌다 내 실수로 그 사람을 잃게 되었다고 고백하며 눈물을 흘리던 어느 집사님 한 분의 이야기를 지금도 잊을 수가 없다.

2009년이 지나가기 전에, 꼭 한 번 지난 10년을 돌아보자.

사진첩을 펼쳐보며 고생으로 잔주름이 늘어버린 아내와 남편에게 미안한 마음을 느껴보기도 하고, 어두운 터널처럼 암울했던 시간으로 돌아가, 힘들면서도 그때 나를 위로해주던 아내와 남편의 따뜻한 마음을 다시 한 번 느껴보자. 그러면 지금 지친 내 아내에게 혹은 내 남편에게 내가 해야 할 말이 무엇인지 떠오르게 될 것이다.

그것이 바로 우리 가정을 지탱하고 일으켜 세우는 삶의 현란한 팀워크가 아니겠는가?

행복을 위한 노력

물론 지금보다 돈이 많다면 행복할 것이다.

금상첨화로 권력과 명예까지 얻게 된다면 더 행복할지도 모른다.

오래 전 처갓집 운전기사가 장인어른의 심부름을 다녀오는 길에, 은행에서 인출한 5,000만원을 가지고 도망친 일이 있었다. 당연히 믿을 만한 사람이었고, 이전에도 같은 심부름을 여러 차례 했던 사람이니까 믿고 맡겼던 것이다.

벌써 25년도 훨씬 넘은 이야기다. 5,000만원은 지금의 가치로 환산하면 족히 3억 원은 될 듯싶은 결코 적지 않은 금액이었다. 게다가 새로 뽑은 그라나다 승용차까지 몰고 도망을 쳤으니 그야말로 믿는 도끼에 발등 찍힌 격이었다.

"그럴만한 사람이 아니었는데…"

원래 그런 일들은 그런 사람들에게 당하는 법이다.

운전기사가 도망을 간 지 한 달쯤 지나서 경찰에 잡혔는데, 간이 배 밖으로 나온 것인지 아니면 멍청한 것인지 어이없게도 도난차량을 그냥 몰고 다니다가 경찰의 검문에 걸린 것이다.

커피 한 잔에 220원을 하던 시절에 5,000만원을 들고 도망친 지 한 달 만에 잡혔는데, 놀랍게도 그 양반의 지갑에 남은 돈이 딸랑 만 원짜리 지폐 서너 장과 천 원짜리 지폐 몇 장이 전부였단다. 그나마 그것도 새로 뽑은 그라나다 승용차의 에어컨을 뜯어서 팔아먹고 난 푼돈을 쓰다 남은 것이었다. 차를 팔고 싶었겠지만 도난차량으로 신고가 되어 있어서 팔수가 없었던 것으로 생각된다.

"돈을 한 번... 원 없이 써보고 싶었습니다."

그것이 범죄의 이유였다. 흔히 듣는 이야기라 놀랄 것도 없다.

"먼저 좋은 옷들을 샀습니다. 그 옷 입고 날 무시하던 친구들 만나서 밥 사주고 술 사주고..."

"......"

"영화에서나 보던 카지노에 가서 도박도 해 보고... 거기서 소개받은 예쁜 무명 연예인 만나서 즐기고... 그러다가 돈을 다 날렸습니다.

"......"

"허탈합니다... 그 많은 돈이 한 달도 안 가서 바닥이 나더라구요. 5년 치가 넘는 월급인데... 돈 떨어지니까 다 떨어집디다. 좋다고 달라붙던 친구도 떨어지고, 좋다고 달라붙던 여자도 떨어지고..."

프랑스의 속담처럼 원래 '빈곤이 집에 들어오면 거짓친구는 당장 튀어나가는 법'이다. 사람은 확실히 형편이 달라지면 태도가 달라지게 마련이다. 물론 그렇지 않은 사람들도 간혹 있긴

하지만 그런 사람들은 거의 천연기념물에 가깝다.

경찰서로 달려간 장인어른 앞에서 운전기사 양반이 그러더란다.

"사장님 죄송합니다. 돈을 원 없이 써보면 좋을 것 같아서 그랬는데... 돈을 쓸수록 더 갈증이 나고... 돈 가지고 불안했던 지난 한 달보다 차라리 돈 없이 이리저리 바쁘게 살았던 옛날이 훨씬 더 행복했습니다. 사장님 정말 죄송합니다. 제가 행복이라고 생각했던 것은... 행복이 아니라 미친 짓이었던 것 같습니다."

'행복'이 아니라 아마 '쾌락'이었다는 이야기를 그렇게 표현했던 것이 아닌가 생각된다.

결혼하기 전, 아내가 내게 해주었던 이야기다.

맞다.

사람은 언제나 행복과 쾌감을, 구분하기 어려운 감성과 이성의 경계서에 두고 스스로 착각한다.

아내는 형편이 어려워도 행복할 자신이 있다며 나와 결혼했다.

그러나 아내가 생각했던 행복은 그리 오래가지 않았다. 아내 역시 어려운 형편 가운데서 아이를 가지고 난 후부터, 스스로 천연기념물이기를 포기했기 때문이다.

돈도 없고 명예도 없는 남편...

아내의 마음에 남아 있던 오래된 사랑이 성큼성큼 도망가는 것을 느꼈다. 그렇지만 그런 아내의 마음을 이해할 수 있었다. 아내는 결코 가볍게 행동하는 여자가 아니라는 사실을 내가 잘 알고 있었기 때문이다. 그런 아내까지도 태도를 바꾸게 만드는 것이 바로 어려운 형편이다.

다들 돈을 벌고 싶어 안달이다.

이미 돈을 벌만큼 벌어서 아래 깔린 돈이 숨을 쉬지 못할 지경이 된 사람들까지도 더 많이 벌지 못해 난리다. 성직자들은 돈을 벌고 싶어 하지는 않지만 역시 돈을 좋아하기는 매 한가지다. 그러나 다들 노력에 비해 행복해 보이지 않는다. 다들 여전히 돈 이야기뿐이다.

'미친 짓-쾌락'을 하고 싶어서 돈과 명예가 필요하다면 어쩔 수 없는 일이지만 혹시 행복을 위해 돈과 명예가 필요하다면 지금쯤 생각과 태도를 바꿔 볼 필요가 있다. 이것을 심리학자 빅터 프랭클은 '로고데라피'라고 이름 붙였지만, 그런 어려운 이론까지 동원해가며 일부러 골치를 앓을 필요까지는 없다.

사실 나는 그런 이론 보다 아내의 진솔한 한마디가 더 마음에 와 닿았기 때문이다.

"여보... 이제 우리 입에 풀칠 할 만하잖아? 넉넉하지는 않지만... 이제부터는 너무 어려워서, 살아보려고 노력하다가 망가진 사랑(내 입장에서는 성큼성큼 도망간 사랑이다) 그걸 회복하기 위해 노력하자구... 돈은 겨우 살아갈 정도만 되면 행복을 위한 제 역할을 다한 거라구."

역시 아내는 나보다 현명하다.

너와 나의 엽기

사람은 확실히 자기중심적이다.

세상의 모든 나라들도 자기중심적이다.

무슨 뜻인지도 모르면서 '세계관'이라는 말을 자주 사용하기 시작했을 무렵이었다. 지리 수업을 듣던 나는, 비록 작지만 세계의 중심 한가운데 자리 잡고 있는 한국의 지리적 위치가 정말 '기가 막히다'고 생각했다. 그러니까 나는 지구의 중심에서 태어난 셈이었다.

나이 삼십이 넘어서야 겨우 내 나라를 내 나라의 밖에서 바라보게 되었다. 비행기를 타고 영국에 도착해서 처음 학교에 가던 날 에든버러대학 복도에 걸려있던 세계지도를 우연히 들여다보게 되었는데, 그 순간 정말 오랜 시간 동안 고정관념이 되어 내 머리 속에 박혀있었던 내 나라의 지리적 위상이 내 안에서 혁명적으로 엎어져 버렸다.

영국이 중심에 있는 세계지도, 그 지도에는 내 나라 대한민국이 지구의 가장 오른쪽 변방 끝자락에 대롱대롱 매달려 있었다.

그때 처음으로, 영국 사람들이 미국을 가려면 러시아를 통과하지 않고도 지구 뒤편으로 돌아 더 짧은 시간에 뉴욕에 도착할 수 있다는 사실을 알게 되었다. 영국을 세계의 중심에 그려놓은 지도가 결코 틀리지 않는다고 생각했다.

미국이나 캐나다도 지구의 중심에 자기나라를 그려 넣기는 매 한가지다. 그곳에 갔을 때 지도를 보니 세계 중심에 그들이 있는 것이 맞았다. 그들에겐 그것이 너무나도 당연한 진리였다.

2003년도에 호주를 거쳐 뉴질랜드를 다녀 올 일이 있었다.

런던에서 출발해서 인천공항을 경유한 후에 시드니에서 사나흘을 머문 다음 비행기로 두 시간을 날아 오클랜드에 도착했는데, 이상하게도 대륙에서 너무 멀리 떨어져있다는 심리적 소외감 같은 것이 느껴졌다.

지구 최남단에 있는 나라 뉴질랜드... 아름답지만 그 느낌이 너무 낯설었다.

다른 나라를 방문하게 될 때마다 "혹시라도 내가 여기에 살게 된다면..." 이라는 생각을 하게 된다.

그러나 뉴질랜드에서는 그런 생각을 오래 하지 않았다. 공항에 내리자마자 만일 여기에 살게 된다면 늘 유배 온 느낌이 들 것이라고 생각했기 때문이다.

그렇지만 내 평생에 여행을 했던 곳 중에서 뉴질랜드의 화산지대 '로토루아'가 가장 기억에 남는 것을 보면 '뉴질랜드의 남섬이 지구상에서 가장 아름답다'는 사람들의 이야기가 전혀 근거 없는 말이 아닐 것이라는 생각이 들기도 한다.

로토루아의 한 호텔에 짐을 풀었다.

차 한 잔을 마시려고 호텔 로비에 앉았는데 각 나라의 시차에 맞춰 놓은 큼직한 시계들과 벽에 붙은 세계지도가 눈에 들어온다.

"웁스~"

이제껏 살면서 그렇게 황당한 세계지도를 본 적이 없었다. 그 지도에는 세상의 중심에 뉴질랜드가 있었기 때문이다. 내 눈에 들어온 그 지도에는 어떻게 해서든지 뉴질랜드가 지구의 중심에 있다는 것을 강조하려는 흔적이 역력했다.

글로서는 표현하기 어려운 형태로 남극부터 펼쳐놓은 오묘한 지도였다는 것이 지금 내 기억의 전부이다.

재미있는 생각을 하게 되었다.

"어~ 그러고 보니 언제나 내가 서 있는 곳이 세상의 중심이 되네..."

맞다.

어릴 때 박혔던 생각처럼 한국이 세상의 중심도 아니었고, 지금 살고 있는 영국이나 건너 편 미국이 세상의 중심도 아니었다. 뉴질랜드는 더더욱 아니다.

세상의 중심은 언제나 내가 서 있는 곳이다. 내가 서 있는 곳이 세상의 중심이라는 사실을 각 나라의 지도들이 열심히 내 앞에서 증명을 해주고 있었던 셈이다.

이쯤 되면 물리적 좌표로 설명될 수 없는 사람의 위치에서, 사람이 자기중심적으로 생각하며 자기중심적으로 삶의 모양을 그리는 것도 전혀 이상한 일이 아니다.

그러나 그런 그림들이 다른 사람들에게는 종종 충격이 될 수도 있다. 왜냐하면 영국이 중심이 되면 한국은 동쪽 끝자락에 대롱대롱 매달린 꼴이 되지만, 한국이 중심이 되면 영국은 서쪽 끝으로 밀려나가 졸지에 섬나라 오랑캐가 되는 엄청난 관점의 괴리가 발생하기 때문이다.

그러나 문제 될 것은 없다. 그런 그림들은 대개 내 나라 안에서만 가치를 가지고 내 안에서만 설득력을 가지기 때문이다. 그리고 설령 다른 이들이 그 그림을 보게 된다 하더라도 내 나라 안에서 보게 된 그림은 언제나 설득력을 가지도록 되어있다. 왜냐하면 그들도 그들이 서있는 그 자리가 바로 세계의 중심이라는 것을 알기 때문이다.

중요한 것은 내 나라를 중심으로 그린 세계지도나 나를 중심으로 그린 삶의 그림 혹은 인생의 그림이나, 다 그 안에 있을 때 의미가 있고 가치가 있다는 사실이다. 그것은 사실 의미나 가치 이상으로 아름다운 것이다. 이것을 우리는 흔히 '나의 자부심'이라고 말한다.

세상은 요지경 속이다.

내 안에 아름답게 자부심으로 자리 잡아야 할 것들이 온통 밖으로 튀어나와, '너와 나의 엽기獵奇'를 연출하고 있으니 말이다.

아내 예찬

고3이 따로 없다.

아침 일찍 출근했다가 저녁 늦게 돌아와서 밤늦게까지 공부와 씨름한다. 공부하는 방을 슬며시 들여다보면 간혹 밤늦게 두 손으로 머리를 움켜쥐고 있을 때도 있다. 그럴 때 마다 그냥 묻지 않고 아내에게 녹차를 한 잔 끓여 준다.

아내는 영국에 오기 전부터 '골드스미스-런던대학'에서 '예술사History of Art'를 공부하고 싶어 했다.

한심하고 무심한 목사남편 뒷바라지에 치여 그 꿈을 접고 살다가, 십 수 년이 지난 후에 겨우 시작하게 된 공부가 MBA였다. 예술사에 대한 미련은 이미 오래 전에 묻어버린 채 정신없이 직장을 다니다가 어느 순간 자기 확신을 위해 선택한 공부였다.

워릭에서 공부를 시작할 무렵, 그동안 없는 돈에 사 모았던 화집들을 책꽂이에서 다 꺼내 박스에 담아 창고에 넣는 냉정함을 보였지만 그래도 아내는 불과 몇 년 전까지도 고흐Vincent Van Gogh의 그림을 사랑하던 여자였다.

먹고 사는 문제로 스코틀랜드에서 버밍햄으로 밀려 밀려, 내키지 않는 걸음으로 런던에 기어들어 올 때 우리가 가진 돈은 고작 180파운드가 전부였다. 그럼에도 불구하고 런던에 도착하자마자 들뜬 마음으로 내셔널갤러리로 달려가 고흐의 그림을 감상하며 감격했던 여자였다.

나를 만나 결혼 한 것이 '뭐 그다지 나쁜 결정은 아니었다'며 '측백나무가 있는 밀밭Wheat Field with Cypresses' 앞에서 환하게 웃던 얼굴이 내 마음에 판화처럼 새겨졌다.

그날 이후 삶은… 하루하루가 전쟁이었다.

먹고 사는 문제와의 전쟁… 온갖 사람들과의 어이없는 전쟁… 신앙과 도그마 사이에서 발생하는 애매한 함수관계와의 전쟁… 상할 대로 상한 자존심과의 전쟁…

그 무렵 내셔널갤러리 옆으로 직장을 다니던 아내는 힘들 때마다 입장료도 받지 않는 '측백나무가 있는 밀밭'으로 달려가, 자신보다 더한 인생의 전쟁을 치렀던 고흐를 동무 삼아 위로를 받았다.

내셔널갤러리에 걸려있는 고흐의 그림들은 당시 프랑스 2류 화가들의 그림 값 20분의 1에도 팔리지 않았던 것들이다.

고흐 스스로 가장 잘 그린 그림이라고 생각했던 '측백나무가 있는 밀밭'조차도 고흐 자신의 생활비에 전혀 보탬이 되지 못했던 작품이다.

고흐의 생애를 읽어보면 그의 삶도 만만치 않았다.

결국 자살을 선택하게 만들었던 먹고 사는 문제와의 전쟁.

고갱을 비롯한 여러 사람들과의 전쟁. 화가가 되기 전 탄광촌에서 전도사로 살면서 경험했던 신앙과 도그마 사이의 전쟁. 상할 대로 상한 자존심과의 전쟁.

고흐는 자신의 상한 자존심과 전혀 무관하지 않았던 '가셰 박사Dr. Gachet'의 초상화를 두 개 그려 그 중의 하나를 가셰 박사에게 선물로 건네 줬다. 1990년 뉴욕의 크리스티 경매장에서 무려 8,250만 달러(한화 약 940억 원)에 낙찰되어 팔려나간 작품이 바로 그 그림이었다. 그야말로 어이없고 황당한 인생의 아이러니가 아닐 수 없다.

가셰 박사는 피사로와 세잔느 같은 당대의 대가들과 친분이 있었던 미술애호가였다. 그런 가셰 박사가 그 초상화의 가치와 깊이를 일찍 알아봤다면, 고흐를 사랑했던 자신의 딸을 고흐와 결혼하도록 내버려뒀을지도 모를 일이다. 내 생각이 아니라 가셰 박사의 딸 마그리뜨가 자기 아버지에게 했던 이야기다. 아마 그랬다면 고흐의 인생이 달라지고 현대미술사가 달라지지 않았을까?

인생은 그런 것이다.

가치를 알아주는 사람도 없고, 시대와 시간마저도 자신의 가치를 밝혀주는 데는 인색한 분위기다.

더구나 어줍지 않은 것들까지 '거동擧動에 망아지새끼 따라다니듯 한다'고 용케도 어미 말을 따라 임금님의 행차 길에 올라, 망아지주제에 뜻도 제대로 모르는 용비어천가를 목 놓아 부르는 눈꼴사나운 행보를 보게 되는 것이 우리가 발을 딛고 사는 세상이다.

그러나 아내는 언제나 담담하다.

세상은 누구에게 인정받기 위해 사는 것이 아니라 전쟁 같은 삶 가운데서도 무너지지 아니하고 아무리 밟아대도 망가지지 않는 자신을 존중하며 사는 것이라는 진정한 삶의 의미를 알기 때문이다.

남이 알아주지 않아도 자신을 사랑하고 아끼는 여자.

그래서 하루도 빠짐없이 자신에게 책을 읽히고,

신문 The Guardian을 읽히고,

거짓으로 사는 것을 용납하지 못하도록 스스로에게 성경을 읽히는 여자다.

그리고 못난 남편 때문에 속 터져 울고 싶을 때는 눈물이 마르고 배가 고파서 더 울지 못할 때까지, 밤새 울다 지치도록 자신을 위로할 줄도 아는 여자이다. 그래도 풀지 못하는 문제가 생기면 작정하고 하나님 앞에 매달려 밥을 굶는 여자다.

아마 내가 아내를 닮았다면 내 인생이 많이 달라졌을 것이다.

오십을 코앞에 두고 생각해 보는 행복론

내 나이 30이 되던 해에는 20대에 열심히 살지 않았던 것을 후회했다.

내 나이 40이 되던 해에는 30대에 열심히 살지 않았던 것을 후회했다.

나이 50을 코앞에 두고 있는 지금, 좀 더 열심히 살지 않았던 40대가 후회된다.

30이 되던 해에 난생 처음으로 세월의 중압감을 느꼈다. 막연히 잘못 살아온 세월을 되돌리기엔 너무 늦은 시간일지도 모른다는 생각이 들었다. 최영미의 시 '서른, 잔치는 끝났다'를 마흔이 되던 해에 다시 읽으며 30이 되던 해의 내 생각이 옳지 않았다는 것을 깨달았다. 그러나 나이 40은 꺾어진 인생의 절반을 넘어 이미 늦을 대로 늦은 시간이었다.

50을 코앞에 둔 지금, 돌이켜보니 그때만 해도 결코 늦은 시간이 아니었다.

그렇지만 이젠 정말 늦은 시간이다. 내가 아니라고 도리질을 쳐도 사람들은 나이 50부터 살아 갈 인생을 여생餘生이라고 부르지 않는가! 이제 겨우 조금 남은 자투리 인생이라는 뜻이다.

마르깃 쇤베르거의 이야기처럼 내 나이 50은 까마득한 먼 미래의 이야기 인줄만 알았다.

그 까마득한 먼 미래가 종종걸음이 아니라 이제는 성큼성큼 걸어 내 앞으로 다가온다. 불과 10개월 후의 이야기다. 그렇지만 세월은 결코 소란스럽게 소리를 내며 다가오는 법이 없다.

50을 막 넘은 대기업의 부사장이 24층 아파트 옥상에서 뛰어내려 투신자살을 했다. 100억대의 재산과 남들이 부러워하는 명예, 그리고 사랑하는 가족들을 등진 극단적인 선택이었다.

30이 되던 해에도 20대의 삶을 후회하지 않았고

40이 되던 해에도 30대의 삶을 후회하지 않았고

50이 되던 해에도 결코 40대의 삶을 후회하지 않았을 듯한 그의 이력이, 후회로 점철된 인생을 살고 있는 나를 어리둥절하게 만든다.

서울대 학사, KAIST 석사, 스탠퍼드 공학박사, 기업 내 13인 'S 펠로우' 부사장 초고속 승진, 거액의 연봉과 스톡옵션으로 이룩한 100억대의 재력.

더 이상 화려할 수 없는 그의 이력이다.

세상을 향해 '인생은 나처럼 살아야 한다'고 거들먹거리더라도 전혀 흉이 되지 않을 만큼 열심히 살았던 흔적이 보이고, 모든 이들이 부러워할 만큼 성공한 인생임에 틀림이 없다.

그런데 우울증에 투신자살이라니...

"신은 인간을 창조하면서 인간을 행복하게 만들려는 의도가 전혀 없었던 듯하다."

심리학자 프로이드의 말이다. 이해할 수 없는 그의 자살이 프로이드의 말에 무게를 실어준다.

사람들이 무의식중에 생각하게 되는 행복의 조건은 대개 비슷하다. 하고 싶은 것들을 할 수 있을만한 돈, 존경은 받지 못하더라도 존중을 받을만한 명예, 가고 싶은 곳을 마음대로 가고 먹고 싶은 것을 마음대로 먹을 수 있는 건강 그리고 함께 행복을 나눌 가족들...

그러나 그것이 행복의 조건이 될 수 없다는 것을 우리는 성공한 한 남자의 투신자살을 통해 확인했다.

프로이드는 "신이 인간을 행복하게 만들려는 의도가 전혀 없었던 듯하다"는 이야기로 사람이 행복할 수 없는 이유를 설명했지만 내 생각은 좀 다르다.

하나님은 사람을 만드실 때 자기의 형상대로 지으셨다고 말씀하신다. 그 말은 '사람을 하나님처럼 크게 만드셨다'는 뜻을 포함한다.

타락한 인간의 비극이 바로 여기서 시작되는 것이다.

사람은 스스로가 얼만큼 큰 존재인지 깨닫지 못한 채 인생을 살아간다. 그래서 자신의 마음이 아주 소박하고 작은 것으로 넉넉하게 채워질 것으로 생각하지만, 사람들은 인생을 살아가면서 자신의 마음을 채우는 것이 얼마나 힘든 일인가를 절감하게 된다.

작은 집이라도 있으면 행복할 것 같던 마음에 작은 집을 넣어

보면, 머지않아 더 큰 집을 넣어야 채워질 수 있는 자신의 마음을 발견하게 된다. 인류의 역사 가운데는 세상을 정복한 후에도 만족하지 못했던 여러 왕들의 이야기가 전해 내려온다. 이것이 거부할 수 없는 인간의 실존이다.

채워지지 않는 한 만족은 없다.

결국 인간은 만족할 수 없는 존재라는 이야기다. 그러나 성경은 그런 무책임한 결론을 내리지 않는다.

큰 것은 더 큰 것으로만 채워질 수 있는 법이다. 사람이 만족할 수 있는 오직 한 가지 방법은 그 마음에 그 마음보다 더 크신 하나님으로 채우는 것이다. 그러면 그 다음부터는 아주 작은 것으로도 만족할 수 있게 된다.

"내 잔이 넘치나이다."

바로 이것이 하나님으로 채워진 만족스런 자신에 대한 성도의 고백이었다.

나이 50에 더 이상 살아야 할 이유가 없다고 죽음을 선택하는 사람도 있지만, 사람들이 여생餘生이라고 부르는 자투리 인생을 코앞에 둔 나는 행복한 미래를 한 번 꿈꿔보기로 했다.

'While there's life, there's hope!'

나이가 도대체 무슨 상관이란 말인가?

살아있는 한 희망은 있다.

그것이 빚을 잔뜩 지고 살면서도 내가 옥상에서 뛰어내리지 않는 이유다.

라운드어바웃

영국에서는 운전을 하다가 혹시 실수로 길을 잘못 들어가더라도 전혀 문제 될 것이 없다. 어느 곳에서든지 당황하지 않고 조금만 길을 가다 보면, 차를 돌릴 수 있는 라운드어바웃Roundabout이 나타나기 때문이다. 더구나 그곳에서는 진입해야 할 방향에 대한 확신이 생길 때까지 뱅글뱅글 서너 바퀴를 돌아도 문제가 없다. 도는 차가 우선이기 때문이다.

어쩌다 비행기를 타고 이착륙을 하게 될 때 하늘에서 영국을 내려다보면 수없이 많은 도로에 구슬을 꿰어놓은 듯한 라운드어바웃이 눈에 들어온다.

전통적인 교차로를 라운드어바웃으로 바꿨을 때 충돌 사고율이 40% 줄어들고, 사상자의 수는 무려 90% 가까이 감소한다는 통계가 있다. 물론 그런 수치도 중요하지만 내게는 언제나 잘못 가던 길의 방향을 돌릴 수 있다는 것이 더 가치 있고 의미 있게 느껴진다.

간혹 라운드어바웃의 발상은 다분히 성경적이고, 기독교적이라는 생각을 하게 된다. 아내는 그런 생각을 하는 나를 보고 일종의 직업병이라며 웃는다.

아주 오래 전에 한국에서 운전을 하다가 길을 잘못 들어섰던 기억이 난다. 차를 돌려야 하는데 가도가도 차를 돌릴만한 길이 나오질 않았다. 뒤차에 떠밀려 목적지와 점점 더 멀어져 가는 길을 달리며, 한국 길은 다분히 불교적이라는 생각을 했었다.

"길을 잘못 든 것은 네 업보業報니 다음來生에는 이런 길 오지 말거라."

영국 최초의 라운드어바웃이 1909년 렛치워스Letchworth라는 퀘이커교도들의 마을에서 시작된 것을 보면, 그것이 성경적 혹은 기독교적 발상이라는 내 생각도 그다지 억지는 아니지 싶다.

처음 영국에 도착해서 운전대의 위치부터 도로의 방향까지 달라진 황당하고 어색한 운전을 시작하다 보면 왜 저런 것까지 만들어서 사람을 고생시키나 하는 생각이 들기도 하지만, 한 번쯤 길을 잃고 헤매다 보면 라운드어바웃만큼 고마운 것도 없다는 사실을 깨닫게 된다.

2003년에 어머니를 모시고 유럽 10개국 버스여행을 떠났었다.

프랑스 관광을 마치고 독일로 이동하던 중에 고속도로 휴게소에서 20분간 휴식시간을 가졌다. 짧은 휴식을 끝내고 출발하기 전에 늘 하던 대로 옆 사람을 확인하는 방법으로 인원점검을 마쳤다. 버스가 휴게소를 벗어 난지 몇 분이나 지났을까... 갑자기 뒷자리에 앉아 있던 아주머니 한 분이 소리를 지르며 자리에서 일어났다.

"제 남편을 휴게소에 두고 왔나 봐요."

미국에서 오셨다는 목사님의 사모님이었다.

시차 때문에 피곤해서 잠을 주무시다가 미처 인원점검을 못하고, 졸지에 남편을 휴게소에 버리고 온 매정한 아내가 되어 버린 것이다.

그러나 여행을 하던 사람들의 대다수가 영국에 사는 분들이라 다들 대수롭지 않게 생각하고 깔깔 웃어댔다. 그냥 그 다음 Junction에서 빠져나가 라운드어바웃에서 버스를 돌려 휴게소로 되돌아가면 그만이라고 생각했기 때문이다. 사실 영국이라면 넉넉잡고 20분 안에 해결될 일이었다.

그러나 프랑스에서의 상황은 그리 만만치 않았다.

라운드어바웃 시스템이 아닌 고속도로를 빠져 나와 반대편 국도를 달려 휴게소가 있는 지점 바로 전의 진입로를 찾아 들어가야 하는 일이 생각보다 복잡했다. 고속도로 사용료가 없는 영국과는 달리 이미 지불한 프랑스 안에서의 유료구간 고속도로 사용료도 다시 계산해야 했다.

전 세계에 있는 라운드어바웃의 50%가 프랑스에 있다는 말이 전혀 믿어지지 않았다.

더구나 운전사까지 장거리여행을 처음 나온 완전초보라 상황에 대처할 경험이 없었고, 설상가상으로 신형버스에 장착된 내비게이션을 작동하는 CD롬까지 문제가 생겨 휴게소로 되돌아가는 것이 생각보다 쉽지 않았다.

우여곡절 끝에 휴게소를 찾아갔더니 미국에서 오신 목사님은 순발력을 발휘하여 택시를 불러 타고 버스를 따라 잡기 위해 이미 2시간 전에 그곳을 떠난 상황이었다. 다행히 프랑스와 벨기에 국경에 계시다는 연락을 받고 버스를 출발하여 국경검문소에서 어이없는 합류를 하긴 했지만 이미 여행은 망가질 대로 망가져 버렸다.

쾰른으로 들어가야 할 그날의 일정을 모두 포기하고 다들 투덜대며 늦은 밤에 프랑크푸르트에 도착해 짐을 풀었다.

미국에서 오신 목사님 부부는 무슨 역모를 꾸미다 잡혀온 죄인처럼 스스로 자신들을 방에 가둬둔 채 늦은 저녁식사도 거르셨다.

살아가면서 인생도 길을 닮았다는 것을 실감하게 된다. 그래서 다들 인생살이를 인생길이라고 하지 않는가!

어쩌다 잘못 들어선 인생길을 떠밀려 걸어가며 멍들도록 가슴을 치는 사람들을 볼 때마다 라운드어바웃을 생각하게 된다.

잘못 들어선 인생길을 팔자八字로 생각하고 그냥 마음을 다스리는 것도 좋은 방법이지만, 단 한 번뿐인 인생을 그렇게 걸어가기엔 너무 억울하고 아깝다는 생각이 든다.

라운드어바웃은 정말 성경을 닮았다. 잘못 들어선 인생길을 가슴 치며 그대로 걷지 말고, 그리스도의 십자가의 은혜로 돌아서서 걸으라는 성경의 가르침과 너무나도 닮은꼴이다.

성경이 말하는 인생길은 뭐랄까...

한마디로 팔자八字로 망가진 인생길을 십자十字로 고쳐 걸으면 된다는 이야기다.

이 빠진 그릇

이 빠진 그릇들 투성이다.

다른 그릇들도 그렇지만 유난히 머그잔은 성한 놈을 찾기 힘들 정도다.

격식을 갖추지 않고 한꺼번에 많은 손님을 치러야 하는 이민 교회 목사 집에서 흔히 보게 되는 현상이다. 그렇지만 사실 그런 느낌이 드는 이유는, 쓸 만한 그릇들은 장식장에 넣어두고 평소에 짝이 맞지 않고 이 빠진 그릇들을 꺼내 쓰기 때문이다.

11년 전의 일이다.

아내의 사촌형부가 출장길에 영국을 다녀가면서 하루 저녁을 우리 집에서 묵었던 적이 있었다.

그때는 정말 형편이 어려워서 집 안에 있는 그릇이 이것저것 짝도 맞지 않고 듬성듬성 이 빠진 것들밖엔 없었다.

아침식사를 마친 형님이 한국에 가지고 갈 선물을 좀 사야겠다며 가까운 곳에 유명한 영국그릇을 파는 곳이 있으면 가자고 하셨다.

마침 한국 사람들이 몰려 사는 뉴몰든 한복판에 한국 사람이 운영하는 큰 규모의 명품 그릇가게가 있었다.

자동차 시동을 건지 10분도 되기 전에 선물가게에 도착을 했더니 조금은 어이없다는 표정을 지으셨다. 그렇지만 가게 안으로 들어서자 산더미처럼 쌓여있는 온갖 명품 그릇들에 사뭇 놀라시는 분위기였다.

주인아주머니의 추천을 받아 한국 사람들이 좋아한다는 과일 문양이 들어가 있는 밥그릇과 국그릇을 10개씩 구입하시더니 부족한 느낌이 드셨는지 큰 그릇을 몇 개 더 담으셨다. 그러시더니 무겁게 한국에 가지고 갈 생각이 없으시다며 쇼핑백째로 아내에게 안겨 주셨다.

장식장에 넣어 둔 그릇은 그때 생긴 것들이다.

사람들은 참 이상하다.

아니 사람들이 이상한 것이 아니라 아내와 나는 참 이상하다. 쓸 만한 그릇은 장식장에 넣어두고 이 빠진 그릇을 꺼내 쓰면서 단 하루도 빠짐없이 이 빠진 그릇타령을 하게 된다.

아내는 이 빠진 그릇에 음식을 담아 아들 녀석에게 주지 않는다. 물론 아무 생각 없이 그럴 때도 있지만 "왜 하필이면 그 그릇을 애한테 줘요..." 라는 말을 자주 하는 것을 보면 이 빠진 그릇이 아들 녀석에게 가는 것을 몹시 싫어하는 눈치다. 그렇지만 그런 그릇들이 내 앞에 오는 것은 전혀 마음에 두지 않는다.

'어차피 나는 이 빠진 인생이라는 이야긴가...' 서운할 때도 있지만 단 한 번도 아내에게 그런 마음을 들킨 적은 없다.

'하프텀Half-Term'이라 집에 있는 아들 녀석 밥을 차려주고 설거지를 하는데 밥그릇 하나가 뚝배기에 부딪쳐 이가 떨어진다. 떨어진 조각을 집어 들고 그릇을 바라보다가 갑자기 그런 생각이 들었다.

'내가 왜 쓸데없이 이 빠진 그릇들을 사용하면서 날마다 그릇타령을 하고 있는 걸까...'

사실 그냥 쓰레기통에 털어 넣으면 식사 때마다 그런 그릇들을 보지 않아도 될 일이었고 그렇다고 하늘이 무너질 일도 아니었다.

봉투를 꺼내 이 빠진 그릇들을 골라 담았더니 가득하게 두 봉지가 나온다. 눈 딱 감고 쓰레기통에 털어 넣었더니 그렇게 홀가분할 수가 없다. 버릴까 말까 망설이던 명품 머그잔 몇 개도 마저 쓰레기통에 털어 넣었다. 아깝다고 들고 있으면 사용할 때마다 더 아까운 느낌이 되살아나는 애물단지들이었다.

이 빠진 그릇들이 빠져 나가 자리를 성한 그릇들로 채워 놓았더니 식탁분위기가 훨씬 더 좋아진다.

이젠 더 이상 이 빠진 그릇을 애한테 주지 말라는 아내의 핀잔을 듣지 않아도 된다. 그리고 아내가 건네주는 밥그릇을 들여다보며 '이 빠진 내 인생'까지 맘속으로 들먹일 필요도 없어졌다.

닭 문양이 들어가 있는 멋진 머그잔을 꺼내 잉글리시 티를 끓여 마셔보니 '음식 맛은 그릇 맛'이라고 정말 티 맛이 삼삼했다.

생각도 그릇들과 다르지 않다.

좋은 사람들, 좋은 기억들, 좋은 생각들은 다 마음 한 켠에 몰아 처박아 두고, 하루 종일 안 좋은 사람들에 대한 이 빠진 기억들과 이 빠진 생각들을 꺼내 떠올리며 스스로 마음을 부대낀다.

모두 다 쓰레기통에 털어 넣어야 할 생각들이다.

다 털어 버리고 좋은 사람들, 좋은 기억들, 좋은 생각들을 꺼내 떠올리면 '내 인생도 그다지 나쁘지 않았다'는 사실을 깨닫게 된다.

행복은 어쩌다 벌어지는 잔치가 아니라 날마다 반복되는 삶이다.

좋은 그릇들, 좋은 사람들, 좋은 기억들은 잔치를 위해 준비된 것이 아니라 바로 오늘을 위해 존재하는 것이다.

비교, 마음속의 요물

어떤 놈은 태어나 보니 할머니가 여왕이다.

또 어떤 놈은 태어나 보니 아버지가 나라 최고의 부자다.

우리 아들 녀석은 인생의 출발선부터 공평하지 않은 달음박질을 하고 있다. 아버지가 그냥 먹고 살기도 버거운 개척교회의 목사이기 때문이다.

사람은 비교하지 말아야 할 것을 비교하는 습성이 있다.

물론 그것 때문에 인간의 비극이 시작되었으니 할 말은 없다. 태초에 피조물이 감히 창조주와 비교하지 말아야 할 비교를 시작했으니 말이다.

교만과 열등감은 같은 얼굴 속의 다른 표정이다.

다른 사람과 자신을 비교하면서 보여주는 전혀 상반된 태도이기도 하다.

비교하지 말아야 할 것을 비교할 때 생기는 감정의 부유물浮遊物이 교만이라면 뇌관처럼 도사리며 가라앉은 침전물沈澱物은 열등감이다.

사람은 결국 비교하고 비교당하는 삶 가운데서 감정과 태도의 변화 그리고 들키고 싶지 않은 극단적인 표정의 변화를 경험하며 살고 있다.

교만이 순식간에 열등감으로 뒤바뀌는 비교본능의 속성 때문에 우리는 일그러진 하루 속에서 뒤틀린 인생을 살게 되는 것이다.

비교하고 비교당하는 것처럼 더러운 기분도 없다.

한국 사람의 비교본능은 좀 유별나다.

내 이야기가 아니고 영국에서 태어나서 영국에서 자라고 있는 아들 녀석의 불만스런 진단이다.

오늘 아침 일만해도 그렇다.

아침 등교 길부터 '이 놈은 어떻고 저 놈은 어떻고… 그러니 너도 치과의사가 되라'는 아빠 이야기에 열이 받았는지 버스정류장 앞에서 차를 내린 후에 몸을 구부려 차 안으로 고개를 들이밀고 볼멘소리로 투덜댄다.

"아빠~ 왜 한국 사람들은 자식들까지 비교를 하는 거야? 아빠도 엄마한테 비교 당하면 기분 나쁘잖아…"

그러더니 그래도 분이 풀리지 않는지 큰 소리로 중얼중얼 거리며 버스정류장을 향해 걸어간다. 바람결에 희미하게 'Bloody idiot 어쩌구 어쩌구' 하는 소리가 귀에 흘러 들어왔지만 아침부터 내가 너무했나 싶어 그냥 내버려뒀다.

불과 얼마 전에도 비슷한 일이 있었다.

그때도 아이가 차 안으로 고개를 들이밀고 그 짧은 순간에 내게 인생의 행복론을 설명했다.

"Dad... you know why you are not happy? It's because you are making a comparison."

그리고는 있는 힘을 다해 팽개치듯 차문을 닫고 돌아섰다.

맞는 말이다.

나도 모르게 비교하다가 스스로 부대껴서 너는 나처럼 살지 말라고 푸념처럼 했던 이야기였다.

영국에서 16살까지는 'Child'로 구분이 된다. 아들 녀석은 아직 16살도 되지 않은 어린아이다. 그런 아이의 눈에도 한국 사람들의 비교의식은 좀 지나친 구석이 있다고 보여지는 모양이다.

"아빠~ 영국 사람들은 그런 방식으로 비교하지 않아요."

영국에 살다 지치면 '한국의 장점'과 '영국의 단점'을 대비시키는 이상한 비교를 하게 된다.

그러면 망설일 필요도 없이 흑백논리에 가까운 명확한 답을 얻게 되는데 그냥 다시 한국으로 돌아가는 것이다. 그런 답을 얻고 나면 가뜩이나 정떨어지기 쉬운 영국의 겨울날씨에 정말 겨우 남은 정마저 떨어진다.

그래서 모든 것을 정리하고 귀국했던 지인이 있었다. 그런 용기가 대단하다며 다들 부러워했다. 귀국한 후에도 내 나라로 돌아오길 잘했다는 이야기가 몇 번이나 들렸다.

정확하게 1년이 지난 후에 그 친구는 다시 영국으로 돌아왔다.

귀국 후에 별천지 같이 신기하고 재미있던 한국생활이 또다시 평범한 일상이 되자 이번에는 '영국의 장점'과 '한국의 단점'을 대비하게 되었던 것이다. 그래서 얻게 된 답이 있었는데

'귀국은 실수였다'는 것이었다.

한국에서는 떠나지 못해 안달들이고, 타국에서는 귀국하지 못해 안달이다.

그러나 사는 나라가 바뀐다고 삶이 달라지는 것은 아니다. 어차피 바뀐 환경에서 살아가는 것은 극단적인 비교본능을 버리지 못한 나 자신이기 때문이다. 사람은 좀처럼 변하지 않는다.

나도 이제 내 나라로 돌아가고 싶은 마음이 굴뚝같다. 그러나 그런 마음을 꾹꾹 눌러 가라앉히는 이유가 있다.

이 나라는 하루 사이에도 서너 번씩 교만과 열등감이 교차하는 비정상적인 정서를 사람들의 마음속에 심어주지 않기 때문이다.

아무래도 나는, 조금 덜 재미있더라도 극단적인 비교의 정서로부터 벗어난 이 나라를 떠나기 힘들 것 같다.

비교比較는 언제나 안락의자에 앉아 있는 나를 순식간에 흙탕물 속으로 던져 버리는 마음속의 요물妖物이다.

깨진 유리창의 법칙

재미있는 실험이 있다.

치안이 허술한 골목길에 상태가 비슷한 두 대의 자동차를 세워둔다. 두 대 모두 자동차의 보닛을 열어두고 일주일 동안을 골목길에 그대로 방치해 두는 것이다. 다만 그 중의 한 대는 일부러 유리창 한 곳을 깨뜨려 놓는다.

일주일 동안 그렇게 세워둔 두 대의 자동차에 확연한 차이가 나타났다. 단지 보닛만 열어놓은 차는 눈에 보이는 아무런 변화도 일어나지 않았는데, 유리창을 깨뜨려 놓은 차는 그렇게 방치된 후 겨우 10분 만에 배터리가 없어지고 그 다음날 타이어가 모두 사라졌다.

그러자 지나가는 사람 하나가 유리창에 돌을 던진다. 이틀이 지나기도 전에 모든 유리창이 파손된다. 동네 아이들은 차에 낙서를 하기 시작했고 길을 가던 사람들이 차를 있는 힘껏 발로 걷어차기도 했다. 일주일 만에 자동차는 이런저런 부품들이 뜯겨나가고 찌그러지고 깨지고 부서져 흉측한 고철덩어리가 되고 말았다.

처음에는 단지 유리창 하나가 깨진 것뿐이었다.

1969년 미국의 명문대학인 스탠포드의 심리학자 필립 짐바르도 교수에 의해 실행되었던 흥미로운 실험결과이다. 이 실험을 통해 '깨진 유리창의 법칙Broken Window Theory'이라는 새로운 이론이 만들어졌다.

1980년 후반의 뉴욕지하철은 그야말로 악명 높은 범죄의 온상이었다.

라토가스 대학의 겔링 교수는 '깨진 유리창의 법칙'을 범죄심리에 적용해 지하철 당국에 낙서를 지우는 방안을 제안했다. 겔링 교수는 지하철의 낙서가 깨진 유리창과 같은 의미라고 생각했기 때문이다. 뉴욕 교통국에 의해 겔링 교수의 제안이 받아들여지고 지하철의 낙서 지우기가 시작되었다. 무려 5년에 걸쳐 엄청나게 많은 낙서들을 지운 결과 뉴욕지하철 안의 범죄율이 75%나 급감하게 되는 뜻밖의 성과를 거두게 되었다.

그 이후, 낙서를 지우고 길거리에 빈 깡통이나 담배꽁초를 버리는 경범죄 단속이 전세계로 확산되었다. '깨진 유리창의 법칙'으로 얻은 성과가 한국에 영향을 미친 것도 바로 그 무렵이었다.

영국 생활에 지쳐간다.

처음엔 그냥 사소한 감정의 변화라고 생각했었다. 그런데 지금은 내 삶이 물에 쓸려 무너져 내리는 모래성 같은 느낌이다. 어쩌면 '깨진 유리창의 법칙'이 내 삶 가운데서 그대로 적용되고 있는 것인지도 모른다는 생각이 들었다. 사실 돌아보면 모든 일들이 처음에는 유리창 하나에 금이 간 것처럼 사소한 일들이었다.

마음이 여린 사람은 상처를 받기 쉽다. 상처가 난 가슴은 언제나 쉽게 금이 가고 깨어지게 마련이다. 그러나 그것은 누구를 탓하거나 환경을 탓하기 어려운 본인의 여린 심성의 문제이다. 모든 사람이 그런 환경과 일들로 금이 가고 깨지는 것은 아니기 때문이다.

문제는 그 다음이다.

스스로 금이 가고 깨지면 사람들은 깨진 마음을 그대로 내버려두지 않는다. '깨진 유리창의 법칙'이 보여주듯 그때부터 이미 깨어진 것을 망가뜨리려는 인간의 범죄심리가 발동하기 때문이다. 내가 깨뜨려도 무관해 보이는 하찮은 놀이감으로 전락하게 되고 마는 것이다.

자신을 사랑하는 비결은 나 자신을 사람들 앞에 깨진 유리창 그대로 세워두지 않는 것이다.

서재를 정리하던 중에 거꾸로 꽂혀있는 책을 한 권 발견했다. 〈죽음의 수용소〉였다. 그렇다고 그 의미를 뒤집으려는 나의 철학적 해학으로 일부러 그렇게 꽂아 놓았던 것은 아니다. 그런 수준이라도 된다면 이렇게 지쳐 있는 영국 생활을 하고 있지는 않았을 것이다.

그 책은 2차 세계대전 당시 아우슈비츠에서 죽음의 순간을 넘나들며 살아남은 의사이자 유명한 심리학 교수인 빅터 프랭클의 자서전적인 이야기다. 썩 번역이 잘 된 책은 아니었지만 그럼에도 불구하고 사람의 마음에 잔잔한 감동을 주었던 책이다. 아우슈비츠에서 살아남기 위해 처절한 몸부림을 쳤던 빅터 프랭클은 결국 아우슈비츠에서 살아남아 93세까지 살았던 '전설'이 되었다.

책의 내용 중에 가장 기억에 남는 내용이다.

"가능하면 매일같이 면도를 하게... 유리조각으로 면도를 해야 하는 한이 있더라도... 그것 때문에 마지막 남은 빵을 포기해야 하더라도 말일세. 그러면 더 젊어 보일 거야. 뺨을 문지르는 것도 혈색이 좋아 보이게 하는 한 가지 방법이지. 자네들이 살아남기를 바란다면 단 한 가지 방법 밖에는 없어. 일할 능력이 있는 것처럼 보이는 거야."

빅터 프랭클은 아우슈비츠에서조차 자신을 깨진 유리창 그대로 세워두지 않았던 사람이었다.

〈죽음의 수용소〉를 다시 뒤적이다 내 모습을 거울에 비춰보았다.

그리고 얼른 목욕을 한 후에 색을 맞춰 아래 위 옷을 갈아입었다. 외출할 계획은 없었다. 단지 나 자신을 내게 보이기 위한 노력이었다. 이젠 더 이상 '깨진 유리창 그대로 인생의 골목길에 나를 세워두지 않겠다'는 결심이 섰기 때문이다.

세월을 버틴 것들의 아름다움

100년 된 책상을 하나 샀다. 늘 갖고 싶어 했던 통나무 오크로 만든 책상이다.

책상에 앉아있는 시간이 점점 늘어난다. 학문의 깊이가 더해져 그런 것은 아니다. 언제부턴가 의기소침해진 내 성격 때문이다. 가뜩이나 볼품없는 조그만 책상 앞에 의기소침하게 쭈그리고 앉아 있는 내 꼴이 초라해 보였는지 아내가 마음을 바꿔 쓸 만하고 큼직한 책상을 하나 구해 보라고 했다. 자리 차지하는 큰 책상을 싫어했던 아내의 말에 나도 모르게 반문을 했다.

"큰 책상을...?"

어떤 책상을 살까 고민할 필요는 없었다. 내 마음 속엔 이미 오래 전부터 오크로 만든 통나무 책상 하나가 자리 잡고 있었기 때문이다. 그것은 양쪽으로 서랍들이 있고 책상바닥에 부드러운 느낌의 가죽을 댄 전형적인 빅토리아풍의 영국식 책상이었다.

인터넷경매 사이트인 eBay를 뒤지기 시작한지 두 달이 지났지만 책상을 구하는 일은 쉽지 않았다. 그런 책상이 귀하기 때문은 아니었다. 골동품 수준의 그런 책상들은 eBay에 얼마든지 있었지만 언제나 값이 천정부지로 올라간 후에 낙찰이 되었기 때문이다. 늘 닭 쫓던 개 지붕 쳐다보는 격이었다. 그렇다고 책상 하나에 500파운드(100만원) 이상을 지불할 마음은 없었고 또 그럴 형편도 아니었다.

아무래도 눈높이를 'Solid Oak(통나무)'에서 'Oak Veneer(합판)'로 낮춰야겠다고 생각했다. 그렇지만 내가 원하는 모양의 책상은 오크 무늬 합판으로 만든 것들도 가격이 만만치가 않았다. 결국 책상을 구입하는 것은 이제껏 그래왔듯이 형편이 좀 나아지면 그때 다시 생각해 보기로 결정했다.

그래도 아쉬움이 남는 끝자락에, 그날은 별생각 없이 eBay에 올라온 책상들을 훑어보고 있었다. 페이지를 넘기다 보니 상태가 낡고 형편없어 보이는 만만한 물건이 하나 올라와 있었다. 올려놓은 사진도 작은데다 희미하고 값을 제대로 받고 팔 생각이 없는지 물건에 대한 설명도 전혀 없었다. 단 하나, 그래도 꼴에 재질은 'Solid Oak'였다.

아들 녀석이 너무 낡았으니 사지 말라고 만류하는 것을, 좀 갈아내고 칠을 하면 괜찮겠다 싶어 비딩bidding을 하기로 작정했다. 처음엔 두어 사람이 관심을 보이며 달라붙더니 이내 마음이 바뀌었는지 며칠 뒤에 헐값으로 내 앞에 물건이 떨어진다.

77파운드(15만원).

'아이키아IKEA'에서 파는 조립식 싸구려 책상 값도 되지 않는 가격이다. 순간 괜한 짓을 했나 후회가 되기도 했지만 '그냥 땔감으로 써도 그 값은 하겠다' 위안을 삼으며 그 다음날 박전도사님의 차로 책상을 실어오기로 약속을 잡았다. 65마일(100㎞) 떨어진 북해와 템즈강 하구가 맞닿는 일명 '달동네east end' 중의 하나가 분명했다.

내비게이션은 참 신통하다. 주소를 입력시키고 따라갔더니 그 시골구석을 이리저리 찾아 들어가 바로 집 앞에 정확하게 차를 세워준다.

동네 분위기가 책상에 대한 일말의 기대감을 여지없이 무너뜨린다. '혹시'라도 뜻밖의 물건이 나올만한 동네가 아니었다. '그냥 땔감으로 쓰지 뭐...' 주문을 외듯이 혼자 중얼거렸다.

주인을 따라 들어간 거실에는 책상이 하나 밖에 없었다. 그것이 그 순간의 내 느낌이었다. 책상을 보는 순간 그것 말고 또 다른 하나가 더 있어야 한다는 생각이 들었기 때문이다.

책상은 믿어지지 않을 만큼 상태가 좋았다. 1900년 초에 만든 것이라는데 100년을 버텨낸 세월만큼 아름다운 흔적들이 배어 있는 연한 갈색 오크였다. 더구나 책상바닥의 가죽두 몇 년 전에 전문가의 손에 맡겨 새것으로 갈아놓은 것이라는데, 그야말로 눈먼 놈을 하나 건진 것이다.

서재로 옮겨놓은 책상을 보고 아들 녀석이 한 마디 한다.
"아빠 이게 그 책상 맞아?"
아내는 77파운드에 샀다는 내 말이 믿어지지 않는 눈치다.
"정말 77파운드 맞아요? 저런 책상이라면 비싸게 샀어도 내가 아무 말 안 할 텐데..."

나이가 들수록 오래된 물건이 좋아진다. 새것은 왠지 모르게 내 손에 망가지는 느낌이 들기 때문이다. 그렇지만 더 정확한

143

이유를 말하자면 오래된 물건이 더 튼튼하고 더 품위가 있고 편하게 느껴지기 때문이다.

사람도 마찬가지다. 때가 묻고 낡은 느낌이 들더라도 오래된 사람이 좋다.

어느 날 갑자기 때 묻은 모습으로 나를 놀래킬 일도 없고, 내 앞에서 더 이상 망가진 모습을 보일 일도 없기 때문이다. 더구나 그 묻은 때가 나 때문이라면 그야말로 나의 분신이나 다름이 없다.

오랜 시간을 살아온 아내가 그렇고 남편이 그렇다. 지금은 그냥 '늙으면 데리고 살면서 등긁갱이 대신해서 쓰지 뭐...'라고 한 맺힌 푸념처럼 이야기를 하지만, 세월을 함께 버틴 흔적의 아름다움을 발견하게 되면 그냥 등긁갱이로 대신 쓰기엔 너무나도 아까운 존재라는 것을 깨닫게 된다.

사실 따지고 보면 어쩌다 눈먼 놈을 하나 건지고 어쩌다 눈먼 년이 하나 걸린 것이다.

결코 짧지 않은 인생길

아침 프로그램에서 방송진행자가 방청객을 향해 묻는다.
"What is the quickest way to get to Edinburgh from London?"
방청객 가운데 한 사람이 '헬리콥터~'라고 대답을 하자 모두들 어이없는 웃음을 웃는다. 누군가 비행기를 타는 것이라고 대답을 하자, 비행기를 타느니 Express GNER(고속열차)을 타는 것이 빠르다는 현실적인 대답을 하는 사람도 있었다. 그냥 맘 편하게 자동차를 몰고 고속도로를 달리다가 중간중간 휴게소를 들어가는 것도 결코 느린 방법은 아니라고 설명하는 사람의 이야기는, 물리적 스피드만이 속도의 의미가 아니라는 인생철학 비슷했다. 그러나 그 어느 것도 방송진행자가 원하는 대답은 아니었다. 프로그램이 원하는 대답이 나와야 아침방송의 주제 토론으로 자연스럽게 넘어갈 수 있었기 때문이다.

물론 계획된 질문과 대답이었겠지만 방청객 가운데 의미 있는 대답으로 진행자를 포함한 모든 사람들의 공감을 얻어낸 명답이 있었다. 그것은 '사랑하는 사람과 함께 그 길을 가는

145

것'이었다. 그것이 모든 사람들의 고개를 끄떡이게 만들었던 직선거리 480마일 770㎞... 부산에서 평양쯤 되는 거리를 단숨에 달려갈 수 있는 비결이었다.

아내와 나는 차를 타고 달리면서도 싸울 때가 많다. 사실 싸운다기 보다는 일방적으로 융단폭격을 당하면서 운전을 하게 되는 것이다. 그럼에도 불구하고, 난 언제나 길을 떠나기 전에 아내의 눈치를 살피며 함께 가지 않겠느냐고 묻는다. 스스로도 그런 나 자신을 이해할 수 없어서 속으로 '빙신~'소리를 해 볼 때도 있다. 그런데 가만히 보면 아내도 그런 눈치다. 간혹, 혼자 가도 좋을 길을 굳이 나를 달고 떠나려는 그 마음을 이해할 수 없다. 나를 태우고 길을 달리다가 결국 속이 부글부글 끓게 될 것을, 오늘도 혼자 떠나지 못하고 함께 가잔다.

별 도리 없이 궁시렁대며 따라 나선다. 도무지 그 이유를 알 수가 없다.

어쩌다 혼자 떠난 길이 운치가 있을 때도 있다. 그렇지만, '진작에 이렇게 여행을 할 걸' 하는 생각이 드는 것도 잠시 뿐이다. 그런 생각이 들기가 무섭게 갑자기 적적하고 외로운 길이 되고 만다.

아무 말도 하지 않고 그냥 피곤해서 곯아떨어진 아내라도 옆에 있는 것이 얼마나 마음 넉넉한 여행이 되는지 모른다. 그런데 그걸 꼭 세월이 지나고 나서야 깨닫게 된다.

춥지 않을까... 실내온도에도 신경이 쓰이고, 혹시 잠이 깰까 싶어 브레이크를 밟는 것도 조심스러운 마음을 쓰며, 몇 번 자는 모습을 들여다보면 어느새 내비게이션이 나를 목적지에 데려다

놓는다. 인생이 그런 것이다.

지지고 볶으며 주름살이 늘도록 부대끼게 될 것을 왜 그렇게 결혼을 못해서 안달들인지 모르겠다는 이야기를 하면서도 다들 결혼하게 되는 이유와 별반 다르지 않을 것이다.

혼자 살겠다는 독신주의자들을 보면 '지금 가는 인생길이 제법 운치가 있는 모양이군'이라는 생각을 하게 된다. 그러나 그리 머지않아 운치 있는 인생길이 적적한 외로움 앞에 이미 지나간 풍경이 되고 말 것이다. 그러면 갑자기 가야 할 길이 멀고 막막해지는 것은 당연한 이치다.

내가 대학을 다닐 때, 그분은 나이 오십을 코앞에 두고 있었다.

남다른 미모와 내면의 깊이를 가진 분이라 대학을 다닐 때부터 남자들을 줄 세워 달고 다니셨다는 전설을 동인들을 통해 여러 차례 듣고 있었다. 글 쓰는 동인모임과 관련된 분이라 붙임성 있게 따르며(미인을 좋아하는지라) 가깝게 지냈는데 하루는 나를 앞에 앉혀놓고 이런 이야기를 했던 기억이 난다.

"일배야 넌 꼭 결혼해라. 혼자 사는 것은 혼자 여행을 떠나는 것과 같은 일이란다. 하루는 몸이 아파서 누웠는데 몸이 아프다는 사실보다 혼자 앓고 있다는 것이 너무 너무 서러워서 울었단다. 나 좋다던 사람들... 그 누구라도 내 옆에 있어주었다면... 그런 생각이 들더라. 그래서 말인데... 지금이라도 결혼할까 생각 중이야. 내가 좀 웃기니? 그런데 다른 사람한테는 이야기하지 마... 망신스러우니까"

그분은 지금도 독신이다. 아마도 몸 져 눕는 날이면 더 아픈 외로움에 시달리면서 울고 계실지도 모른다. 고독한 여행은 언제나 끝자락이 더 지루하고 더 적적한 법이기 때문이다.

차라리 혼자 떠날 걸 그랬나 싶은 마음처럼, 그냥 혼자 살걸 그랬다고 가슴을 치며 후회했던 시절이 있었다. 사실 그리 먼 과거의 이야기가 아니다. 불과 몇 개월 전에도 그랬다.

어느 날, 내키지 않는 길을 함께 떠나온 아내가 여행길에 지친 듯 옆에서 잠을 자고 있는 것처럼, 이제 싸울 기력도 없다며 조용해졌다. 갑자기 싸우다 잠든 아내가 춥지 않을까... 실내온도에 신경이 쓰이고, 혹시 잠이 깰까 싶어 브레이크를 밟는 것도 조심스런 마음이 들었던 것처럼 지친 아내의 모습이 신경 쓰인다. 그런 내 삶이 그다지 싫지 않다.

오늘, 병원을 다녀온 후에 아내에게 말했다.

"당신 말야... 혹시 나 일찍 죽으면 그 땐 혼자 속 편하게 맘껏 살아"

그랬더니 아내가 말을 받았다.

"당신은 그 나이가 되도록 아직도 싸우는 재미를 모르는구나... 당신 죽으면 누구랑 악을 쓰며 싸우겠어... 그냥 오래 살아"

그리고는 돌아눕는다.

외유내강 명품내공

영국에 온지 얼마 지나지 않아 이해할 수 없는 사고현장을
목격했다.

명품 BMW 자동차와 포드 한 대가 정면충돌한 사고였다. 아
쌉게도 BMW는 앞부분이 크게 부서졌는데, 포드 자동차는 그다
지 많이 찌그러지지도 않아서 상태가 멀쩡해 보였다. 늘 상상했
던 대로라면 BMW 앞에서 포드가 무참하게 부서졌어야 했다.

어디서 나타났는지 순식간에 몰려든 경찰차 몇 대와 구급차
두 대가 길을 차단했다. 구급차 두 대에 사고로 다친 사람들이
이미 옮겨져 있었는데 응급처치를 마친 한 대가 급히 사이렌을
울리며 병원을 향해 달려갔다. 포드에 타고 있었던 승객이라는
데 많이 다친 모양이었다. 또 다른 한 대도 잠시 후에 사이렌을
울리며 사고현장을 빠져나갔다.

혼자 타고 있었던 BMW의 운전사는 정신적인 충격을 받은
듯했지만 외관상 다친 곳은 없어 보였다. 어깨에 담요를 걸친
채 누군가가 건네준 커피 잔을 두 손으로 감싸들고 있었다. 서류

를 작성하는 경찰 앞에서 뭔가를 설명하면서 믿어지지 않는다는 표정으로 간간히 고개를 가로저었다.

그 무렵은 한국 사람들이 외제차에 대한 환상을 가지고 황당한 이야기를 많이 하던 때였다.

벤츠(한국 사람들은 그 차를 그렇게 부른다) 승용차와 트럭이 부딪쳤는데 벤츠는 멀쩡하고 트럭이 부서졌다느니, 영국의 롤스로이스는 자격이 되지 않는 한국 대통령에게도 차를 팔지 않는다느니... 뭐 그런 개그 같은 이야기들을 들으며 입을 다물지 못한 채 고개를 끄떡이던 시절이었다. 그런 이야기를 듣고 살다 영국으로 건너온 내게 그 사고현장은 여간 실망스런 사건이 아닐 수 없었다. 막연한 환상이 내 안에서 여지없이 무너져 내렸다. 최소한 내가 'NCAP Test'의 개념을 이해하기 전까지는 그랬다.

NCAP 테스트는 새로 시판 될 자동차의 안전도를 평가하는 충돌시험이다. 그것은 충돌 후에 차가 얼만큼 부서졌는가를 보는 것이 아니라 충돌하는 과정에 차가 어떻게 부서지는가를 보는 것이다. NCAP의 안전기준과 평가기준은 사고현장에서 차가 상대방보다 많이 부서지더라도 운전자와 승객을 보호하도록 만들어진 차가 좋은 차라는 것이다. 훗날 그 개념을 가지고 사고현장을 돌이켜보며 역시 BMW의 명성이 하루아침에 그냥 얻어진 것은 아니었다는 생각을 하게 되었다.

나는 그날 사고가 났던 차의 상태를 지금까지도 확실하게 기억한다. 그만큼 황당하게 느껴졌던 사고였다는 이야기다.

그때, 빨간색 BMW는 앞의 범퍼부터 보닛 중간까지 구겨놓은 휴지조각처럼 밀려들어가 있었다. 그런데 실망 중에도 내가 신기하게 생각했던 것은 그 충격에도 앞 유리창이 깨지지 않았다는 것이었다. 그리고 금색 포드는 범퍼가 깨지고 보닛 앞부분이 조금 찌그러졌을 뿐이었는데 앞 유리창이 쏟아져 내렸다. 충격이 운전석까지 전달되었다는 이야기가 된다.

좋은 차는 사람이 다치지 않을만한 충격에서는 차가 망가지지 않는 절대강도를 보여주어야 한다. 그렇지만 더 큰 충격에서는 운전자를 보호하기 위해 효과적으로 부서져야 하는 것이다. 차가 부서지지 않으면 그 충격이 그대로 운전자와 승객에게 전달되어 차가 부서지지 않은 만큼 사람이 부상을 당하게 되기 때문이다.

BMW 자동차가 그렇게 많이 부서졌던 것과 그런 상황에서도 유리창이 깨지지 않았던 이유를 이해할 수 있었다.

외유내강外柔內剛이라는 말이 있다.

사람들은 이 말을 성공하는 사람의 처세술쯤으로 생각하지만, 내가 생각하는 외유내강은 복잡한 관계 속에서 상처가 많아지는 현대인에게 필요한 안전장치이다. 그것은 살아가기 위해 필요한 겉과 속이 다른 사람의 이중성이 아니라, 망가져서는 안 되는 깊이 있는 내 자신의 내면을 지키기 위해 번듯한 체면쯤은 과감하게 구겨버릴 줄 아는 명품내공인 것이다.

구겨진 체면은 나를 지켜낸 자부심에 비하면 아무 것도 아니다. 그러나 대다수의 사람들은 번듯한 체면을 지키기 위해 내면을 망가뜨리는 싸구려 인생을 선택한다. 명품내공으로 무장한 명품인생은 결코 쉽게 만들어지는 것이 아니기 때문이다.

'강한 사람'은 상대방의 체면을 무참하게 구겨줄 수 있는 두껍고 무식한 철판으로 무장한 사람이 아니다. 오히려 두껍고 무식한 철판으로 무장한 사람들을 구겨지는 체면으로 받아들이며, 소문만 듣고 뭘 모르는 사람들이 조금 실망하더라도, 그 현장에서 문을 열고 기적같이 살아나오는 사람이다.

혹시 이름에 환상을 가진 사람들이 실망을 해도 좋다. 사람들이 무슨 BMW가 이렇게 망가지느냐고 실망할 때 NCAP가 그 가치를 인정해 주었던 것처럼, 무참하게 체면이 구겨졌지만 내면을 지켜낸 사람의 가치를 향해 엄지손가락을 세워 보이는 명품의식이 세상에는 여전히 존재하기 때문이다.

을도 행복할 수 있다

비행기에 몸을 실었다. 5년만의 고국방문이다. 물론 이코노미 클라스, 일반석이다. 대기실에 앉아있었던 수 백 명이나 되는 그 많은 사람들을 다 태우고, 그 무거운 짐까지 때려 실은 비행기가 가뿐하게 하늘을 날아오른다. 경이롭다.

5월초와 11월초에 영국 상공을 날아 보는 것은 정말 특별한 경험이 아닐 수 없다. 5월초에는 영국이 온통 노란 유채꽃으로 뒤덮이고, 11월초에는 집집마다 쏘아 올리는 폭죽으로 영국 하늘이 아름다운 불꽃놀이 축제가 되기 때문이다.

혹시나 하는 기대감으로 창밖을 내려다 보았다. 그러나 밤 비행기에 몸을 싣고 노란 유채꽃 밭을 꿈꾸는 것은 낮 비행기를 타고 가이 폭스Guy Fawkes 나이트의 불꽃놀이를 기대하는 것과 다를 바가 없는 어리석은 환상이었다. 유채꽃 밭이 눈에 들어오긴 했지만 이미 날이 저물어 풍경은 흑백이 된지 오래였다. 영국으로 돌아올 때는 낮 비행기가 되겠지만 그때는 이미 유채꽃이 다 지고 난 후가 될 것이다. 내가 하는 일은 언제나 그 모양이다.

발 딛고 사는 땅에서만 차별이 존재하는 것은 아니다. 사람이 모인 곳은 어디에나 '갑甲'과 '을乙'이 있게 마련이다. 하늘을 날고 있는 이 좁은 공간에서도 '갑을甲乙의 논리'는 여전히 존재한다. 언제나 그랬듯이 나는 을이다. 전혀 이상할 것도 없는 익숙한 일상이다.

비행기는 재미있는 인생의 축소판이다.

앞자리부터 등급을 나누어 사람들을 앉혀놓더니 하늘을 날아오르기가 무섭게 차별대우를 하기 시작한다. 점유한 공간의 넓이와 수준도 그렇지만 먹고 마시는 모든 것의 수준이 다르다. 하다못해 같은 비빔밥을 먹더라도, 밥을 비비는 밥그릇의 크기가 달라진다. 와인의 맛을 아는 사람들은 와인의 수준에서 갑과 을의 차이를 더 크게 느끼고 있을 것이다.

그러나 어차피 목적지가 같은 여행이다. 더구나 시간은 모든 사람에게 똑같이 주어진 스탠더드 옵션이다. 어느 곳에 앉아있는가의 문제는 사실 그다지 중요하지 않다.

내 앞 자리에 영국인 부부가 앉았다. 무엇이 그리도 즐거운지, 몸이 비틀리는 이코노미 클라스에 앉아서도 전혀 불편한 기색이 없다. 아내를 향한 남편의 배려가 느껴지고 남편을 향한 아내의 관심이 느껴진다. 행복해 보인다. 과연 이들에게 '갑을의 논리'는 어떤 의미가 있는 것일까? 이들은 클라스 따위에는 전혀 관심이 없어 보인다. 어차피 어디에 앉혀놔도 행복할 사람들이다.

확실히, 행복은 내가 어느 곳에 앉아 있는가의 문제가 아니라 누구와 함께 어떤 생각을 나누며 지금 이 순간을 살아가고 있는

가의 문제다.

　한국 사람들의 신분상승의 욕구는 지나칠 만큼 유별나다. 물론 그런 성향이 국가경쟁력에 긍정적인 영향을 미치고 있는 것은 분명하다. 그렇지만 그런 성향 때문에 마음이 부대끼고 우울한 삶이 되어가고 있다는 사실 또한 부인할 수 없다.
　이번에 한국을 가면 체면유지비가 좀 들것이라고 조언을 하며 껄껄 웃던 선배목사님의 이야기가 생각난다. 한국은 드라마를 보더라도 그렇다. 주인공의 갑작스런 신분상승이 빼놓을 수 없는 중요한 스토리의 구성요소가 되었다.

　나는 자부심으로 똘똘 뭉친 영국 사람들을 그다지 좋아하지 않는다. 그렇지만 그들의 성숙한 삶의 이해에 대해서는 저절로 고개가 끄떡여진다. 그들에게서는 우리와 같은 막연한 신분상승의 욕구가 느껴지지 않기 때문이다. 오히려 신분상승을 꿈꾸며 우리가 내 팽개쳐 버린 소중한 것들을 잃지 않으려는 노력과 집착이 엿보인다. 퇴근과 동시에 차를 몰고 집으로 달려가는 영국인들의 모습이 아마 그런 집착 중의 하나일 것이다. 더구나 주말은 말할 것도 없다.
　아내는 회사에서 영국인들로 구성된 부서의 팀장이다. 하루는 아내가 이해할 수 없다는 표정으로 투덜거리며 퇴근을 했다.
　"참 이해가 안 되는 애들이야!"
　장단을 맞춰주지 않으면 안 될 분위기라 "왜?"하고 물었더니 커피 한 잔을 끓여달라며 이야기를 시작했다.
　"팀원 중의 하나에게 승진과 임금인상을 제안했더니 글쎄...

그냥 지금이 맘 편하고 좋다며 고사를 하더라구..."

신분상승에 목마른 우리의 사고방식으로는 도저히 이해할 수 없는 이야기다.

얼마 전에 들었던 이야기 하나가 생각난다.

매일 밤늦게 퇴근하고 허구한 날 출장을 가는 아빠에게 아들이 전화를 걸었단다.

"아빠 우리 집에 자주 좀 놀러오세요."

찜질방과 해장국

한국에 도착하면 먼저 해장국을 먹고 불가마 찜질방으로 달려갈 생각이었다.

영국 생활을 처음 시작했던 20년 전에는 한국을 떠나온 지 얼마 지나지 않아서 짜장면 생각이 간절해졌다. 나만 그런 줄 알았더니 평소에 짜장면을 즐겨먹지두 않던 아내까지 짜장면 타령을 했다. 짜파게티라도 끓여 먹었으면 소원이 없겠구만... 우리가 살던 스코틀랜드 에든버러에는 그 흔한 짜파게티도 없었다. 감기몸살을 앓던 어느 날은 식은땀을 흘리며 앓다 잠들었는데, 정신없이 땀을 흘리며 짜장면 곱빼기를 시켜먹는 꿈을 꿨다. 다음 날 아침에 일어났더니 아내가 묻는다.

"당신 무슨 국수 먹는 꿈 꿨어?"

2년을 짜파게티도 못 먹고 버티다가 한국 나갈 기회가 생겨 밤낮으로 짜장면을 먹어댔다. 지금도 몇 년 만에 먹었던 그때 그 짜장면 맛을 잊을 수가 없다.

그 이후로 10년 동안은 냉면 생각에 시달리며 살았는데 그

놈의 냉면 생각은 한국을 갈 때마다 퍼질러지게 먹어대도 떠날 생각을 하지 않았다

아버지가 돌아가셨다는 전화를 받고 정신없이 한국으로 달려 나갔을 때도 틈이 날 때마다 냉면집을 찾았다. 아마 내 평생에 가장 많은 냉면을 먹었던 때가 아니었나 싶다. 그렇게 질리도록 먹어댔더니 냉면 생각도 잠잠해졌다.

언제부턴가 갑자기 입덧을 하듯 평소 좋아하지도 않았던 해장국 생각이 간절해졌다.

한국에서 대학을 다니던 시절에 친구들과 밤새 고스톱을 치다가 이른 아침에 해장국을 먹으러 갔던 기억이 났다. 30년이 지난 지금 뜬금없이, 그때 먹었던 선지해장국과 깍두기 국물이 생각난다.

공항에 마중 나온 친구목사가 오리고기를 먹으러 가자고 했다.

"뭔 얘기야? 해장국 먹는다니까..."

"해장국?"

5년 만에 귀국한 친구에게 딸랑 해장국 한 그릇을 먹이는 것이 당혹스러웠는지 "오리고기가 좋겠는데..."를 되뇌며 해장국집을 몇 개나 그냥 지나친다.

선지해장국 대신 뼈다귀해장국집을 찾아 들어갔다.

게 눈 감추듯 두 그릇을 먹고 났더니 친구목사가 어이없다는 듯 웃는다.

"거기서 굶고 살았어?"

그 다음은 불가마 찜질방이었다.

깨끗한 모텔로 가자는 친구목사에게 그냥 찜질방이나 가자고

했더니 또 다시 난감한 표정을 짓는다. 나는 그렇게 5년 만에 귀국한 첫날밤을 찜질방에서 보냈다. 친구목사와 몇 번씩이나 불가마를 들락날락거리며 밤새도록 마음에 쌓인 이야기들을 나눴다. 얼음식혜는 그야말로 둘이 먹다 하나가 죽어도 모를 맛이다.

아침식사는 당연히 해장국이다. 풋고추를 넣고 새우젓으로 간을 하는 황태해장국 맛이 일품이었다.

컨퍼런스와 총회기간 동안 우리에게 배정된 숙소는 워커힐호텔이었다.

빡빡한 일정을 끝내고 호텔로 돌아온 후에 산책을 하려고 밖으로 나가는데 미국에서 참석한 목사들 몇 명이 찜질방을 간다며 몰려나온다.

"호텔보다 찜질방이 낫지."

미국이든 영국이든 찜질방 구경을 못한 사람들의 생각은 모두 같은 모양이었다. 오죽하면 5년 만에 한국을 방문하면서 찜질방에 가는 것을 작정하고 나오겠는가!

뭐 눈에는 뭐만 보인다고 찜질방 이야기에 귀가 번쩍 뜨여 산책을 나가다말고 돌아서서 찜질방을 따라나섰다.

호텔 프런트에서 가깝고 좋은 찜질방을 물었더니 황당한 얼굴로 우리를 바라본다. 국내 간판호텔 중의 하나인 워커힐에 투숙한 후에 찜질방을 찾아나서는 사람들을 이해할 수 없다는 표정이었다.

어차피 사람의 인생은 그런 것이다. 상대방의 상황을 이해하지 못하면 상대방의 생각도 이해할 수 없게 된다. 나라간의 문화가 다르고 지방색이 다르고 가풍이 다르고 하물며 성별이 다른 남녀간의 이해차이는 두말 할 것도 없다. 일류호텔을 등지고 찜질방을 찾아나서는 사람들의 아쉬움과 불갈비 대신 짜장면을 먹고 냉면을 먹고 해장국을 먹는 간절함을 어떻게 이해할 수 있겠는가!

그러나 우리 역시도 외국을 동경하는 수없이 많은 사람들의 막연한 꿈을 이해하기 힘들다.

인생을 살면서 두 마리 토끼를 모두 잡을 수는 없다. 이것을 잡으면 저것이 도망가고 저것을 잡으면 이것이 슬금슬금 뒷걸음질을 치며 도망치기 시작하는 것이 세상만사이다.

워커힐을 빠져나와 고덕동에 있는 찜질방을 찾아갔다. 얼마나 신이 나서 땀을 빼고 몸을 지져댔는지 벌겋게 부어오른 얼굴이 가라앉지를 않는다. 미련하게도 화상을 입은 것이다. 뭐 그래도 문제될 것은 없다. 그 얼굴로 해장국을 먹으며, 지금 나는 너무나도 행복하기 때문이다.

거시기한 내 나라 내 고향

영국으로 돌아가는 비행기에 올랐다. 결코 짧지 않은 보름간의 여정이 사나흘 지나가듯 순식간에 지나갔다. 눈코 뜰 새 없이 바쁜 일정 중에, 만나야 할 사람들을 만나고 인사를 드려야 할 사람들에게 인사를 드리는 것이 쉽지 않았다.

15일 가운데 총회일정 4일, 두 번의 주일, 3일간의 집회설교, 수요기도회 설교 한 번을 빼고 나면 한가하게 남는 시간이 없었다. 더구나 두 번의 주일 가운데 한 번은 총회에서 보내는 대로 자매노회인 전라도 남원을 가야 했기 때문에 연고도 없는 곳에서 사흘씩이나 시간을 보내야 했다.

빠르게 갈 수 있는 KTX를 타고 싶었지만 남원은 KTX도 서지 않는 인구 9만의 작은 도시였다. 시간을 쪼개 꼭 만나고 싶었던 문집사님 가정과 이른 점심식사를 나누고 남원행 무궁화 열차를 탔다. 뭐 눈에는 뭐만 보인다더니 열차가 4시간을 달려 남원에 도착하기까지, 내내 교회건물들만 눈에 들어왔다.

전라도는 정말 듣던 대로 '거시기' 했다. 남원역에 도착하기가

무섭게 '거시기' 소리를 듣게 된다.'

"목사님~ 오시는 길이 좀 거시기 하셨저 이~잉."

뭐 바쁜 일정에 좀 거시기 하긴 했지만 나쁘지 않았다는 생각을 했다. 정말 나쁘지 않은 기차여행이었다. 그런데 정말 거시기한 일이 벌어졌다. 원래 계획된 일정은 토요일 오후에 남원에 도착해서 그 다음날 동북교회 주일예배 설교를 하고 오후 2시 30분경 기차를 타고 저녁에 수원에 도착해서 처가에 인사를 가는 것이었다. 그런데 남원에 도착해 보니 주일날 저녁설교가 한 번 더 추가되어 있었다.

좋은 방을 준비했으니 남원에서 하루 더 묵고 월요일 아침에 새마을호를 타고 올라가라는 노회장님의 배려에도 불구하고 예매했던 기차표를 남원발 0시 45분 밤열차로 바꾸었다. 기차에서 불편한 잠을 자는 한이 있더라도 한나절을 더 벌어보려는 생각 때문이었다.

앞에 강이 흐르고 멀리 광한루가 내려다보이는 전망 좋은 호텔방에 짐을 풀었다. 설교를 하러 간 것이 아니라 여행을 간 것 같은 착각이 들었다. 팔자(?)에도 없는 남원으로 설교하러 가게 되었다고 투덜대던 내게, 오히려 잘 된 일이라며 머리를 비우고 좀 쉬다 오라던 아내의 목소리가 생각났다.

남원은 추어탕이 유명하다더니 친구 녀석의 예언대로 남원에서 제일 맛있다는 추어탕 집으로 끌려갔다. 그때까지 추어탕을 먹어본 적도 없고 구경해 본적도 없는 내게 추어탕은 보신탕 다음가는 혐오음식이었다. 더구나 낯선 음식을 가리는 내 식성인지라 '끌려 갔다'는 표현으로도 설명이 부족한 거시기한 상황이었다.

여섯 명이 모인 자리에 미꾸라지전골 두 개가 놓여진다. 목사님들과 장로님들이 오셔서 미꾸라지를 더 많이 넣었다는 주인 아주머니의 말씀대로 손가락 굵기 만한 미꾸라지들이 전골냄비에 가득했다. 당혹스럽고 고민스런 내 표정을 읽으셨는지 장로님 한 분이 '미꾸라지가 보기보다 훨씬 맛있다'며 나를 격려하셨다. 죽기 아니면 까무러치기였다.

깻잎에 쌈장과 마늘 한쪽을 얹고 가장 작은 미꾸라지를 한 마리 골라 꾹꾹 눌러 한 입에 들어갈 만한 쌈을 싼 후에, 눈을 딱 감고 입에 넣었다. 지느러미가 씹히는 느낌이 좀 거시기 했지만 입안에 남는 맛이 전혀 거슬리지 않았다. 사실... 맛이 있었다. 늦바람이 무섭고 늦게 배운 도둑질이 재미있다고, 나이 오십에 처음 먹는 미꾸라지전골과 추어탕 맛에 홀딱 빠져 마지막 남은 국물까지 닥닥 긁어 먹었다.

그 다음 날은 오전예배를 마치고 다른 교회에서 저녁설교를 하기 전까지 장로님 두 분과 지리산여행을 했다. 가파른 언덕길을 차로 거슬러 올라가보니 말로만 듣던 해발 1,172m 고지 '정령치'였다. 동쪽으로는 '노고단'과 '천왕봉'이 보이고 남쪽으로는 '성삼재'와 '왕시루봉'이 보였다. 남쪽 등 뒤로는 남원 시내가 손수건을 펴놓은 것처럼 한 눈에 들어왔다.

돌아오는 길에 저녁식사로 먹었던 삼계탕도 별미였다. 잊을 수 없는 여행이었다.

지난 20년 동안은 비행기를 타고 영국으로 돌아가는 길에 늘 같은 생각을 했었다.

'다시 돌아오고 싶지 않는 나라...'

그러나 지금 나는 전혀 다른 생각을 하고 있다.

'떠나고 싶지 않은 내 나라 내 고향...'

비행기가 아름다운 영종도 바다 위를 날아오른다. 가슴이 울컥해진다. 이제 겨우 내 나이 오십인데, 노인네들처럼 내 나라 내 고향이 그리울 나이는 아니다. 그런데 이번엔 뭔가 이상하다. 전라도사람들의 표현대로 거시기한 내 나라 내 고향에 대한 느낌이 다르다. 그 전엔 거시기했던 그 느낌이 이젠 전혀 낯설지 않고 나쁘지도 않다.

믿음으로 함께 가는 길, 동행

동행

주택부금을 부어야 하는 날과 원고마감은 정말 눈 깜짝할 사이에 들이닥친다. 일주일에 〈에세이〉를 하나 쓰고, 분량이 적지 않은 〈십일조 이야기〉를 쓰는 것이 쉽지 않을 때가 있다. 물론 실타래가 풀리듯 글이 술술 풀리면 에세이든 십일조 이야기와 같은 신학논단이든 두어 시간 만에 뚝딱 해치우기도 하지만, 마감을 앞두고 밤새도록 붙들고 있다 시작도 못한 채 머리통이 터지는 날도 허다하다.

그렇지만 단 한 번도 글 쓰는 것이 짜증스럽다는 생각을 해본 적은 없다. 글을 쓰는 것만큼 나 자신에게 충실한 시간이 없기 때문이다. 글을 쓰면 세상의 모든 것이 다 나의 이야기가 되고, 머릿속에 널브러진 관념과 명제들이 조각조각 내 생각에 맞춰지는 직소퍼즐이 된다. 마지막 피스를 끼워 넣기 전에 잠시 일어나 머그잔을 두 손으로 감싼 채 마셔보는 잉글리시 티는 내 삶에서 결코 빼놓을 수 없는 기막힌 '판타지'이다.

시계가 4시를 지나고 있다. 오후 4시가 아니라 오전 4시이다. 시차적응에 완전히 실패했다. 2시부터 일어나 한밤중에 욕실청소를 하고 아내가 미처 끝내지 못한 설거지를 하며 부산을 떨었는데도 겨우 두 시간 밖에 지나지 않았다.

평소보다 우유를 많이 넣은 티를 한 잔 들고 책상에 앉았다. 이제 겨우 3개월 된 새끼고양이 앰버가 무릎위로 올라온다. 주인을 향한 아름다운 예배가 아닐 수 없다. 지난 3월에 교통사고로 죽은 마샤가 남긴 새끼이다. 앰버는 죽은 아빠를 그대로 빼어 닮았다. 그래서 다른 집으로 분양을 하지 않았다.

고양이를 기르면서 나 자신을 많이 돌아보게 된다. 고양이는 사람과 많이 닮았다. 높은 곳을 좋아하고, 올라가지 말아야 할 곳까지 올라가려는 성향이 닮았고, 제 몸을 꾸미느라 여기저기 핥아가며 하루 종일 몸치장에 정신을 못 차리는 것도 닮았다. 자기가 필요할 때는 사람을 찾아다니지만 내키지 않을 때는 이리저리 피해 다니는 것도 사람과 닮았다. 그러나 무엇보다도 결정적인 순간에 주인을 향해 발톱을 드러내는 독한 본성이 사람과 닮은꼴이다.

이른 새벽부터 열심히 몸을 비벼대며 예쁜 짓을 하는 앰버가 사랑스럽다. 그러나 나는 그 맹랑한 위선에 더 이상 속지 않는다. 고양이가 몸을 비벼대는 것은 결코 애정의 표시가 아니라는 사실을 알게 되었기 때문이다. 몸을 비벼대는 것은 단지 자기의 영역을 표시하는 행위에 불과하다. 강아지로 말하자면, 길을 가다가 다리를 들고 오줌으로 영역을 표시하는 것과 같다. 고양이가 몸을 비벼대는 것은 강아지가 내게 오줌을 뿌리는 것과 같은 의미이다. 단지 그런 행위가 강아지에 비해 우아해 보일 뿐이다.

그런 앰버가 사랑스럽다는 것은 내게 몸을 비벼 냄새를 묻히며 "너는 내 거야"라고 선언하는 그 가소로움이 사랑스럽다는 이야기다. 그때마다 나는 앰버에게 이렇게 말한다.

"네가 아무리 비벼대도 너는 내 꺼야 임마."

영국은 애완동물의 천국이다. 공원 어디를 가나 개를 데리고 나온 사람들로 가득하다.

그런데 참 이상하다. 아직까지 고양이를 데리고 산책을 하거나 고양이를 데리고 공원에 나온 사람들을 본 적이 없기 때문이다. 고양이가 사람을 따르지 않기 때문에 그런 것은 아니다. 지난 3월에 죽은 마샤는 아들 녀석이 베개 삼아 베고 잘 만큼 사람을 잘 따르고, 내가 친구목사님들과 펍Pub을 가면 그곳까지 따라다니던 이상한 고양이였지만 함께 산책을 하는 것은 꿈도 꾸지 못할 일이었다.

그 이유는 간단하다. 고양이는 언제나 자기의 길만 인정하기 때문이다. 그러나 개는 동행하는 사람의 길이 자기의 길이 된다. 그래서 동행이 가능한 것이다.

성경을 읽다 보면 '동행同行'으로 믿음을 인정받은 '에녹'이라는 사람이 등장한다. 나는 목사가 된 후에도 왜 동행이 믿음이 되는 것인지 이해가 되지 않았다. 그런데 고양이를 기르기 시작하면서 동행이 믿음이 되는 이유를 깨닫게 되었다. 동행은 믿음이 전제되지 않으면 절대불가능 한 것이기 때문이다. 동행은 상대방의 길을 믿는 믿음이 있을 때 가능하다.

그 길이 흙탕길이라도, 그 길이 가파르고 먼 길이라도, 때론 내키지 않는 어느 지점을 통과해야 하는 길이라도... 끝까지 함께 걸어주는 것이 바로 동행이기 때문이다.

아내는 이제 고양이처럼 돌아설 만도 하다. 그런데 지친 걸음으로 터덜터덜 걸으면서도 끝까지 동행할 모양이다. 나야 당연히 그렇게 동행해 주는 아내가 눈물겹도록 고마울 뿐이다.

아내의 로망

아내는 오메가 시계를 갖고 싶어 했다. 15년 세월이 지나면 취향도 바뀌고 마음도 바뀔만한데, 그동안 단 한 번도 마음이 바뀐 적이 없었다.

'Omega Constellation'. 아내의 로망이다.

대개 사람들은 '스틸stainless steel'에 '골드18ct gold'를 보기 좋게 섞어놓은 콤비를 좋아하는데 아내는 그냥 심플하고 깔끔한 스틸을 좋아했다. 가장 싸고 기본적인 모델이다. 사주지도 못하면서 '스틸을 좋아하니 그나마 다행'이라고 생각했다.

지난 15년간 단 한 번도 빼놓지 않고 해마다 '내년...' 타령을 했다. 아내의 생일이 다가오면 보석가게를 지나치다가도 걸음을 멈추고 오메가 시계를 들여다보게 된다. 발걸음이 떨어지지 않는다.

"내년에는 무슨 일이 있어도 꼭 사줘야지..."

우리 형편에 무슨 명품시계냐고 아내에게 쓴소리를 해야 마땅했지만 그것만은 꼭 사주고 싶었다. 해마다 쇼 윈도우에 진열

된 시계의 가격을 확인하지만 기본 모델이라도 가격이 만만치 않았다. 그동안 모델이 두 번이나 바뀌었지만 크게 달라진 것은 없다. 선이 좀 더 부드러워지고 느낌이 좀 더 우아해졌다는 것뿐이다.

몇 번이고 카드로 긁고 싶은 충동을 참고 또 참았다. 카드빚을 죽기보다 싫어하는 아내의 성격에 카드로 긁은 시계를 생각 없이 차고 다닐 사람이 아니라는 것을 누구보다도 잘 알고 있었기 때문이다.

사실 쌈짓돈을 모아보지 않은 것은 아니다. 없는 형편에 쌈짓돈이 꼬박꼬박 얌전하게 쌓일 리가 없었다. 벌써 몇 번이나 엉뚱한 곳으로 모아 둔 돈이 끌려 들어갔다.

5년 만에 다니러 간 한국에서의 바쁜 일정 가운데 해결해야 할 일들이 몇 가지 있었다. 스크린이 망가진 채로 지난 일 년간 사용했던 노트북을 수리하는 일과 안경을 새로 하는 일도 꼭 해결해야 할 일이었다. 5년 동안 시력도 변했지만 노안이 심해져서 다초점 렌즈가 절실한 상황이었기 때문이다.

평택에서 노트북을 들고 삼성서비스센터를 찾아갔더니 수리비 견적이 너무 많이 나와 그냥 새로 구입하는 편이 낫겠다는 진단이 나왔다.

친구목사가 담임으로 목회를 하는 교회에서 사흘간 말씀사경회를 인도하는 중에, 용산전자상가에 가서 볼일을 봐야 한다는 친구목사를 따라 나섰다. 그곳에서 노트북을 맡겼더니 스크린을 새것으로 갈고 하드디스크를 포맷 한 후에 윈도우를 다시 깔아주는 가격으로 12만원을 받는다. 믿어지지 않을 만큼 저렴

한 가격이었다. 혹시라도 수리가 여의치 않으면 노트북을 새로 구입할 생각으로 친구를 따라 나섰는데 정말 횡재가 아닐 수 없었다. 더구나 수리와 서비스를 받는데 걸리는 시간이 불과 두 시간 밖에 되지 않았다.

냉면을 한 그릇 먹고 커피를 한 잔 마시며 수다를 떨고 났더니 그 사이에 스크린을 새로 갈고 프로그램을 다시 깔아놓는다. 한국은 정말 재미있는 나라다.

그 다음날은 짬을 내어 종로에 있는 보석도매상가를 찾아갔다. 그곳에 가면 보석상에서 깨끗한 중고명품시계를 저렴한 가격에 구입할 수 있다는 정보를 얻었기 때문이다.

수백 개가 넘는 가게에서 아내가 원하는 시계를 찾는 것은 그다지 어려운 일이 아니었다. 가격도 만만(?)했다. 영국에서 새것을 구입하는 가격의 35%선이면 거의 새것에 가까운 시계를 구입할 수 있었다. 아내가 원하는 모델에 줄의 길이까지 맞는 놈을 찾았다. 중고딱지가 어색할 만큼 깨끗하다. 망설일 필요가 없었다. 지갑에 가지고 있는 돈을 모두 털면 살 수 있는 가격이었고 '지금 사지 않으면 평생 후회를 하게 될 것'이라는 생각이 들었기 때문이다.

영국으로 돌아오는 비행기 안에서 몇 번 시계를 꺼내봤는지 모른다. 집회를 마치고 받은 강사 사례비를 털어 딸랑 시계를 구입한 엽기목사가 되었지만 그렇게 흐뭇할 수가 없었다. 아내의 생일을 음력으로 짚어보니 20일쯤 남았다.

"그때까지 시계를 감춰둬야 하는데..."
이만하면 행복한 고민이라고 할 수 있다.

집에 도착하자마자 시계부터 꺼내놓는 한심한 나 자신을 정말 나 스스로도 이해할 수가 없다. 그러나 그런 마음이 드는 것도 잠시였다. 뜻밖의 선물을 받아 든 아내는 정말 믿어지지 않는다는 표정을 지으며 감격했다. 그런 아내를 바라보면서 일찍 꺼내주기를 잘했다는 생각을 하게 된다.

내 마음에 너무나도 기뻐하던 아내의 예쁜 얼굴이 각인된다. 나 스스로에게도 나이 칠팔십을 넘어 틀림없이 돌아보게 될 감격스런 순간이었다.

그 다음날 출근길에 시계를 손목에 걸며 아내가 활짝 웃는다. 못난 남편을 만나 15년 만에 얻어 가진 겨우 중고시계였다. 그러나 그 시계에는 아내를 향한 내 사랑이 담겨있고 지난 15년간의 미안한 마음이 담겨 있고, 부끄러운 이야기지만 나의 아픔이 담겨 있다.

쿠키 이야기

어느 공항에서 젊은 여자가 자신이 탈 비행기를 기다리고 있었다.

긴 시간을 기다려야 했기 때문에, 그동안 읽을 책을 한 권 사면서 맛있게 보이는 쿠키도 한 봉지를 샀다. 여자는 공항대합실에서 한가하고 조용한 구석에 자리를 잡은 후에 가방을 내려놓고 책을 읽기 시작했다.

잠시 후에 한 남자가 다가오더니 여자가 쿠키를 내려놓은 바로 옆자리에 앉는다. 그리고 가방에서 잡지를 꺼내 펼쳤다.

여자는 별 생각 없이 쿠키봉투를 열고 첫 번째 쿠키를 꺼내 입에 넣었다. 그러자 남자도 태연하게 자기의 것인 양, 묻지도 않고 쿠키를 하나 집어 든다.

"뭐 이런 남자가 다 있지? 한 대 때려 줄까 보다"라고 생각을 하긴 했지만 남자에게 아무 말도 하지 않았다.

그런데 여자가 쿠키를 한 개씩 꺼내 먹을 때마다 남자도 똑같이 쿠키를 집어 먹는 것이었다. 그때마다 너무 화가 났지만 내색은 하지 않았다.

마침내 쿠키가 하나 남았다.

"도대체 이 무뢰한無賴漢이 어떻게 하는가 두고 봐야지..." 생각을 하는 순간, 남자가 마지막 남은 쿠키를 집어 들더니 반으로 쪼개 절반을 여자에게 건넨다. 정말 어이없는 순간이었다. 더이상 참을 수가 없었다. 여자는 경멸하듯 남자의 얼굴을 한 번바라본 후에 가방과 책을 들고 탑승구를 향해 걸어갔다.

비행기가 하늘 높이 날아올랐을 때 여자는 안경을 꺼내기위해 가방을 열었다. 무슨 일인지... 여자가 신음에 가까운 외마디 탄성을 속으로 삼키더니 난처한 표정으로 입술을 살짝 깨문다.

공항에서 샀던 쿠키 한 봉지가 가방에 그대로 들어있는 것이었다. 정신없는 공항에서, 쿠키를 사자마자 아무 생각 없이 가방에 넣었던 것을 새까맣게 잊고 있었던 것이다.

여자는 그 남자가 무뢰한이 아니라 자기 자신이 무뢰한이었다는 사실을 깨닫고 너무 망신스럽고 부끄러워 쥐구멍이라도찾아 들어가고 싶은 심정이었다.

남자는 자기의 쿠키를 아무렇지도 않게 여자와 나눠먹었던것이다. 그럼에도 불구하고 그 남자가 자기의 쿠키를 먹고 있다고 오해하면서 경멸의 시선까지 보냈으니... 쿠키를 나눠주던그 남자가 얼마나 황당했을까? 그러나 이젠 남자에게 사과도할 수도 없고 자초지종을 설명할 수도 없는 상황이 되어 버렸다. 비행기는 이미 공항을 떠나 높은 하늘을 날고 있었기 때문이다.

다시 돌이킬 수 없는 것이 네 가지가 있다.

내 손을 떠나 버린 것...

내 입을 떠나 버린 말...

잃어버린 기회...

그리고 흘러가버린 시간...

공항에서 일어난 일쯤은 입술을 한 번 깨물고 망신스러워 죽겠다는 표정으로 고개를 흔들고 나면 그만이다. 그러나 그런 일들이 꼭 공항에서만 일어나는 것은 아니다. 우리는 지금도 태연하게 남의 쿠키를 집어 먹으며 너무나도 당당하게 사람들을 무뢰한으로 몰아가고 있기 때문이다. 차라리 그 대상이 생면부지의 사람이라면 시간이 지난 후에 느껴질 부끄러움이나 자책감이 덜 할 텐데 문제는 흔히 가장 가까운 사람이 그 대상이 되기 때문이다.

어쩌면 우리들의 결혼생활이 그렇게 시작되는 웃지 못 할 갈등의 드라마인지도 모른다.

너무나도 태연하고 뻔뻔하게 내 쿠키를 집어먹고 있는 남자.

너무나도 태연하고 뻔뻔하게 내 쿠키를 집어먹고 있는 여자.

상담을 하다 보면 이런 무뢰한을 만나서 살고 있다며 닭똥같은 눈물을 뚝뚝 흘리는 사람들을 만나게 된다. 그런데 사실 그런 이야기의 주인공을 멀리서 찾을 필요도 없다. 바로 내 아내와 내가 그런 억울한 사연을 서로 20년이나 참으며 살고 있기 때문이다.

그러나 분명한 것은 인생의 어느 시점에서 전혀 뜻밖의 쿠키를 발견하게 될 것이라는 사실이다. 이미 그때는 곱고 아름답던 아내의 인생이 다 흘러간 후가 될지도 모른다. 아내 역시 그럴 것이다. 지금은 너무나도 태연하고 뻔뻔하게 쿠키를 집어먹고 있는 남자, 더 할 수 없는 무뢰한과 살고 있다고 답답한 가슴을 두드리지만, 인생의 어느 지점에서 입술을 깨물며 자신의 숨겨진 쿠키를 발견하게 될 수도 있다. 아마도 그때는 굵고 깊게 주름졌던 내 얼굴이 잘 떠오르지 않아 가슴을 치며 통곡하게 될지도 모를 일이다.

어차피 결혼은 내 쿠키를 그 무뢰한無賴漢과 아무렇지도 않게 나눠먹으며, 마지막 남은 것까지 반을 쪼개 상대방에게 건네줄 수 있는 마음으로 살아야 겨우 행복할 수 있는 갈등의 드라마니까...

뿌리

이젠 꽃바구니를 사다 걸어도 '개 발의 편자Horseshoe'가 되지는 않을 것이다.

해마다 이 맘 때가 되면 집집마다 경쟁을 하듯이 현관에 꽃바구니를 걸어 놓는다. 아내와 동네를 산책하면서 이집 저집 꽃바구니를 심사하는 것도 쏠쏠한 재미가 있다. 그렇지만 그런 산책은 언제나 그랬듯이 싸움으로 끝이 나고 만다. 한마디로 말하자면 '우리 집도 꽃바구니를 걸어놓고 사람답게 살자'는 이야기다. 물론 꽃바구니를 걸어야 사람답게 사는 것은 아니지만, 그 문제가 그리 간단하지만은 않았다. 딸랑 꽃바구니만 사다 건다고 끝이 날 문제가 아니었다. 망가질 대로 망가진 집 앞 가든을 그대로 둔 채 꽃바구니만 사다 걸면, 누가 봐도 개 발의 편자가 될 것이 뻔했기 때문이다.

"여보, 이제 우리도 꽃바구니 사다 걸까?"
집 앞에서 일명 노가다土方를 뛰고 있는 나를 바라보던 아내의 표정이 정리된 가든처럼 환하다. 한가한 토요일 아침 내내 흐뭇한 표정이다. 누가 얄미운 여자 아니랄까 봐 커피 잔을 손에 들고 십장什長처럼 내 앞을 왔다 갔다 한다. 그러더니 겨우 마시다 남은 커피를 내게 건네며 하는 말이었다.

"꽃바구니?"

사실 내가 먼저 그럴 생각이었다. 앞 가든 정리가 끝나는 대로, 월요일쯤 가든센터에서 보기 좋게 꾸며놓은 꽃바구니를 사다 걸어놓고 퇴근하는 아내를 놀래켜 줄 심산이었다. 그런데 갑자기 김이 샌 느낌이다. 시켜서 한 일과 마음이 내켜서 한 일은 본질적으로 다르기 때문이다. 나는 좀 유치해서 그런지 이 나이가 들어서도 아직까지 내 앞에서 감동하는 아내의 모습이 보고 싶다.

꽃바구니를 사다 거는 일은 나중으로 미뤄야겠다는 생각을 했다.

B&Q에 가보니 체리토마토로 만든 바구니가 있었다. 언젠가 '데일리 텔레그라프'에서 'Best tomatoes for hanging baskets'라는 기사를 본 적이 있었는데, 그때 그 기사와 함께 붙여 놓았던 멋진 토마토바구니 사진이 생각났다. 그렇지 않아도 늦은 감이 있었지만 뒷마당에 옮겨 심을 만한 토마토 모종을 찾고 있던 중이었는데, 토마토 모종에 꽃바구니까지 해결할 수 있는 1타 2피, 안성맞춤이었다. 게다가 속된 말로 가격까지 착했다. 7.99 파운드.

그런데 이게 웬 횡재인가! 붙어있는 바코드를 스캔 하는데 1.75파운드가 찍힌다. 다시 가든코너로 달려가서 트롤리에 3개를 더 싣고 와서 계산을 했다. 옆에서 지켜보던 직원이 뭔가 잘못된 것이 아니냐며 확인하더니 이해할 수 없다는 표정으로 고개를 갸우뚱거린다. 토마토 모종을 심지 않은 빈 바구니 가격이 5.99파운드이니 여자가 고개를 갸우뚱거릴 만도 했다. 영국에서 이해할 수 없는 일들이 한 둘인가? 몇 년 전에는 노르웨이 가는 비행기표를 단돈 1파운드씩에 구입해서 여름휴가를 다녀왔는데...

바구니 하나는 현관에 걸고 나머지 세 개는 뒷마당 사과나무에 보기 좋게 매달았다. 옆집 사는 마크가 토마토바구니를 보더니 자기 집 앞에 심어놓은 토마토와 바꾸자며 너스레를 떤다. "짜식~ 보는 눈은 있어가지고..."

생뚱맞게 현관에 걸린 토마토 바구니를 보더니 아내가 아무 말도 하지 않는다. 당연한 반응이라고 생각했다. 아내가 원하는 화려한 꽃바구니는 다음 주에 한국 출장을 다녀오는 귀가 길에 걸어 놓을 생각이다.

바람이 유난히 많이 부는 하루였다. 토마토바구니에 물을 주려고 나갔더니 아뿔싸... 바람에 가지 두 개가 부러지고 잎새가 말라 붙었다. 지난 일주일 동안 잘 자라고 있었는데 그 잘난 바람에 어이없이 망가진 것이다. 옆집 토마토 역시 꼴이 사납기는 매 한가지였다. 토마토 전용 비료를 물에 섞어 뿌려주고 부러진 가지는 잘라냈다.

아침에 일어나자마자 현관문을 열고나가 토마토 바구니를 들여다본다. 많이 회복은 되었지만 앓고 난 기색이 역력하다. 그런데 옆집 토마토를 보니 몰골사납던 놈이 언제 그랬냐는 듯이 멀쩡하게 살아나 가지를 흔들고 있었다. 어쩌면 인생살이와 그렇게도 닮은꼴일까!

나를 돌아보게 된다.

그 잘난 바람에 가지도 부러지고 인생몰골이 말이 아니다. 그러나 세상에는 마크네 토마토처럼 그런 바람쯤은 훌훌 털어내고 더 강하게 일어서서 또 다른 바람을 향해 도전장을 내는 사람들도 있다.

많은 사람들이 허울 좋게 허공에 매달린 'Hanging Basket' 같은 인생을 꿈꾸며 산다. 그러나 인생 어느 지점에서 바람을 만나면 그때까지 보이지 않았던 깊이 있는 뿌리의 의미를 깨닫게 될 것이다.

뿌리는 꽃을 피울 때 더 악착같은 세월을 보내야 하는 '아픔'이다. 더구나 사람들의 눈앞에서 허울 좋은 위선으로 허공에 매달려서는, 결코 만들어질 수 없는 '숨겨진 진실'이기도 하다.

친구에게

물론 상황이 복잡하고 어려울 것이라는 사실은 이해가 되지만 자살까지 생각했다니... 그것도 자식 줄줄이 딸린 아빠가...

갑자기 난감하고 착잡한 마음이 들었다.

잠을 설쳤다. 밤늦게 커피를 마신 것도 아닌데 새벽 3시가 넘도록 잠을 이룰 수가 없다. 한밤중이데도 점점 더 또렷해지는 생각과 근심 때문이다. 좀 더 정확한 원인을 말하자면 뜬금없이 걸려온 네 전화 때문이다.

민석아!

우리 나이가 벌써 50이라니 믿을 수가 없다. 마음은 이팔청춘이라고 몇 년 만에 듣는 네 목소리와 함께 30년 세월을 거슬러 올라간다. 갑자기 소년이 되고 청년이 된 기분이었다. 지금이라도 당장 수원에서 만나 둘이 꼭 해보고 싶었던 그 일을 하고 싶어진다.

생각나지?

몇 조각 되지 않는 KFC(켄터키 후라이드 치킨)를 함께 먹으며, 목구

멍에서 닭똥 냄새가 날 때까지 '한 번 원 없이 KFC를 먹어 봤으면 좋겠다'던 그날 말이다. 아쉬운 마음에 너나 나나 오도독뼈까지 다 뜯어먹었던 그때 그 맛을 잊을 수가 없다.

역시 사람이 꿈꾸는 행복은 과거의 꿈을 이루는 것이 아니라 현재의 꿈을 이루는 것이라는 사실을 절감하게 된다. '원 없이 KFC를 먹는 꿈'이 이제 더 이상 우리들의 행복이 될 수 없으니 말이다.

직장을 그만두고 시작한 사업이 실패로 끝났다는 이야기를 듣는 순간 어떻게 위로를 해야 할 지 난감했다. 목사인 내가 그렇게 난감했던 이유는 '목사'가 아닌 '친구'에게 전화를 걸고 있는 복잡한 네 심정을 알고 있었기 때문이다.

민석아!

한밤중에 갑자기 들려주고 싶은 이야기가 생각나서 메일을 쓴다. 물론 너도 알고 있는 이야기겠지만 지금 그 사람의 삶을 돌아보는 것이 우리에게 또 다른 의미가 있을 것 같다는 생각이 들었다.

커넬 할랜드 샌더스Colonel Harland Sanders라는 사람이 있었다.

그는 여섯 살, 어린 나이에 아버지를 잃었다. 일곱 살부터는 삯바느질을 하던 어머니를 도와 어린 두 동생을 돌봐야 했고 초등학교마저 중퇴를 했다. 재혼을 한 어머니가 가정을 떠난, 10살부터 농장에 나가 일을 시작하면서 페인트공, 대장장이, 외판원, 유람선 종업원을 전전하며 고단한 인생을 살았다. 그렇게 닥치는 대로 일을 하다가 겨우 황혼의 나이에 주유소를 겸한 괜찮은 식당을 소유하게 된다.

그러나 거의 모든 사람들의 인생이 그렇듯이 지뢰밭 같은 악재를 만나게 되어, 1년도 되지 않아 경제대공황으로 모든 것을 잃는다. 그때가 그의 나이 65세였다. 그에게 남은 것은 사회보조금 105달러와 나이든 몸뚱아리가 전부였다.

65세의 노인이 105달러를 가지고 무엇을 할 수 있단 말인가? 아마도 자살하고 싶은 충동을 느꼈을지도 모른다.

그러나 노인은 그 돈으로 낡아빠진 트럭을 한 대 구입했다. 그동안 식당을 운영하면서 개발했던 음식을 팔아보기로 작정을 한 것이었다. 쉽지 않은 도전이었다. 시간이 흐를수록 더 많은 돈이 필요했고 재정후원자가 절실했다. 그는 2년 동안 재정후원자들로부터 1,008번의 거절을 당하면서도 포기하지 않았다. 그리고 1,009번째 만에 첫 후원자를 만나게 된다. 드디어 그의 요리법을 사겠다는 사람을 만나게 된 것이었다. 그렇게 해서 그 노인은 이동식 트럭에서 하던 닭튀김 사업을 본격적으로 시작하게 된다. 바로 그 노인이 '켄터키 할아버지'로 유명한 KFC의 창업주이자 CEO였던 커넬 할랜드 샌더스(1890~1980)이다.

"훌륭한 생각을 하는 사람은 많지만 행동으로 옮기는 사람은 드물다. 나는 65세가 넘도록 포기하지 않았다." 켄터키 후라이드 치킨의 전설 샌더스의 고백이다.

민석아!
우리나이 50은 아직 65세가 되려면 15년이나 더 여유가 있고 넉넉한 나이다. 더구나 평균수명도 길어졌으니 어쩌면 가장 의미 있는 시간이라고 말할 수도 있겠지...

인생을 살다 보니 결단이 필요한 때가 되었다는 생각이 든다. 자살이니... 이혼이니... 도피니... 그런 결단을 말하는 것이 아니다. 그 노인의 말대로 '생각을 행동으로 옮기는 결단' 말이다. '이 나이에...'라는 부정적인 생각을 떨쳐버리는 결단이지.

민석아!

목사로 살고 있는 나 역시 지뢰밭같은 인생의 위기를 맞고 있다. 그러나 밤잠을 설친 고민과 생각 끝에 얻은 결론은 앞으로 3년을 지난 30년보다 값지게 살아보자는 것이었다. 자살에 대한 생각은 3년 후에 다시 한 번 신중하게 고려해 보기로 하자.

그리고 친구가 아닌 목사로 꼭 하고 싶은 말이 있다. 건강까지 나빠졌다니 이번 주부터 담배는 끊고, 그동안 끊었던 교회를 다시 나가 보도록 하자. 그 길만이 살 길이다.

런던에서 박목사

쌈장 이야기

    친구목사가 텃밭에서 농사를 지은 것이라며 상추를 비닐봉지에 가득 담아왔다. 들여다보니 대가 억세지도 않고 가장 맛이 있을 때에 따낸 것들이라 크기가 모두 손바닥만 했다.

    먹음직한 상추를 보니 어머니의 쌈장이 생각났다. 된장에 맛살(맛조개)을 넣고 달박달박 뚝배기에 끓이는 것인데, 이상하게도 몸이 아플 때면 뜬금없이 그 쌈장이 생각나곤 했다.

    아무리 생각해 봐도 정말 그냥 먹기 아까운 상추였다. 아무 반찬도 없이 제대로 된 쌈장 하나만 식탁 한 가운데 올려놓고, 식구들이 둘러 앉아 먹어야 제 맛이 날 명품상추였다. 떡본 김에 제사 지낸다고 아내가 퇴근하기 전에 한 번 쌈장을 만들어보기로 했다.

    5년 전쯤인가... 어머니가 영국에 계실 때, 쌈장 만드시는 것을 어깨너머로 본 적이 있었다. 밑져야 본전이라고 그 기억을 더듬어 보기로 한 것이다. 어차피 영국에서 구하기 힘든 맛살은 잊고 산지 오래라 홍합과 새우를 대신 넣으면 그만이었다. 어머니도 그때 '맛살도 없는 나라...' 타령을 하시며 그렇게 만드셨던 기억이 난다.

너무 크지도 작지도 않은 중간 크기의 뚝배기를 하나 꺼냈다. 뭐 그렇다고 설렁탕집처럼 뚝배기를 쌓아놓고 사는 것은 아니다. 크기가 다른 것으로 딱 세 개를 가지고 있지만 아내나 나나 뚝배기를 좋아해서 거의 하루도 빠짐없이 사용하게 된다.

냉동 해물들을 꺼내 이것저것 조금씩 섞어 물에 담갔다. 그리고 해동을 하는 동안 큼직한 양파 하나를 벗겨 잘게 다졌다. 휘발성이 강한 프로페닐... 어쩌고 하는 성분 때문에 눈이 쓰렸다. 해동이 된 해물들을 손가락 한마디 크기로 썰어 양파와 함께 뚝배기에 담았다. 홍합, 새우, 오징어, 조개...

맛살이 없는 마당에 그냥 입맛에 따라 아무거나 넣어도 상관이 없다. 쌈장이라는 것이 원래 격식을 따질 음식이 아니기 때문이다.

일단 준비가 끝났는데 물과 된장을 어떤 비율로 넣어야 하는 것인지 감이 잡히질 않는다. 혹시라도 비율을 잘못 맞추면 짜디짠 해물 된장찌개가 되는 수가 있다. 너무 된 것은 물을 더 넣으면 그만이지만 물이 너무 많아 묽어지면 되돌리기 힘든 낭패가 된다.

우선 된장을 큰 숟가락으로 5개를 떠 넣고 물을 조금 넣어봤다. 요리를 할 때 '조금'이라는 말과 '약간'이라는 말처럼 애매한 것도 없다.

난 아무래도 목사가 되기보다는 요리사가 되는 편이 나을 뻔했다. 익숙하게 여러 번 해 본 음식처럼 단 번에 농도가 맞아떨어진다. 스스로 감격하는 사이에 그 두꺼운 뚝배기가 벌써 달박달박 끓기 시작했다. 티스푼으로 하나 가득 설탕을 넣고 좀 더 끓인 후에 뚜껑을 열고 맛을 보았더니 맛이 그만이었다.

"음... 이 맛이야!"

쌀을 씻어 압력밥솥에 앉히고 '취사버튼'을 눌렀다. 이제 상추만 씻어놓으면 아내를 위한 완벽한 저녁식사준비가 끝나는 것이다.

아내가 퇴근을 했다.

"여보~ 된장찌개 태웠어요?"

문을 열자마자 너무 진한 된장냄새가 진동을 하니 당연한 질문이라고 생각했다. 문 앞에 가방을 내려놓고 부엌으로 달려간다.

"아니 이게 뭐야...?"

"뭐긴 뭐야 쌈장이지."

맛이 궁금했는지 아직도 열기가 남아있는 쌈장을 손가락 끝으로 찍어 맛을 본다. 눈가에 웃음이 번진다.

"우와~ 너무 맛있다."

다른 반찬은 필요가 없었다.

쌈장 뚝배기를 식탁 한 가운데 놓고 윤기가 흐르는 흰밥을 펐다. 그리고 쌈장 옆에 씻어 놓은 상추를 한 바구니 올려놓았더니 정말 임금님 수라상이 부럽지 않은 환상의 식탁이 되는 것이었다. 출장을 다녀와서 시차 때문에 입맛이 없다며 라면을 끓여 먹던 아내의 손놀림이 바빠진다. 이미 표정은 행복에 겨운 밝은 얼굴이었다.

아들 녀석은 애피타이저로 '크리스피 덕'을 전병에 싸 먹는 것 같다며 재미있어 했다.

"아빠... 그런데 이거 정말 맛있어."

종자는 속일 수가 없었다. 누가 한국 사람 아니랄까 봐...

쌈장을 먹다 보니 어머니의 18번과 다른 것이 있었다. 풋고추를 썰어 넣는 것을 잊은 것이다. 아내는 풋고추가 빠졌어도 충분히 맛이 있다며 먹다 남은 쌈장을 그 다음날 아침까지 먹고 출근을 했다.

갑자기 성경구절 하나가 생각났다.

"우리가 사방으로 우겨쌈을 당하여도...(고후 4:8)" 우겨쌈밥... 쌈밥집 이름으로 썩 괜찮다고 생각하며 혼자 웃었다.

쌈을 싸는 것처럼 사방으로 꾹꾹 눌러 우겨쌈을 당하여도 예수를 믿으면 위로가 있고 살아날 희망이 있다는 이야기다(고후 4:7-10).

허물벗기

뱀은 허물을 벗는다. 허물을 벗어야 살기 때문이다.

어린 시절, 내 옷은 늘 작아졌다. 그것이 그 시절 내 생각의 한계였다. 내가 자라는 것이 아니라 '옷이 작아진다'는 생각에서 벗어나지 못했던 것이다. 궁금증이 발동한 어느 날, 어머니를 올려다보며 질문을 했다.

"엄마... 왜 옷은 맨날 작아지는 거야?"

옷이 작아지는 것이 아니라 내가 자라는 것이라는 어머니의 설명에도 불구하고, 옷이 줄어드는 느낌을 떨쳐 버릴 수가 없었다.

언제부턴가 더 이상 옷은 작아지지 않았다. 그때부터 내 키도 더 이상 자라지 않았다. 그 후로는 옷이 낡기 시작했다.

뱀의 허물은 늘 작아진다. 옷과 같이 질긴 뱀의 비늘껍질은 자라지 않기 때문이다. 뱀이 허물을 벗는 것은 더 이상 맞지 않는 작은 옷을 벗어버리는 것이다. 허물을 벗지 못하면 단단하게 말라 굳어지는 껍질 안에 갇혀 서서히 말라 죽게 된다.

암처럼 치명적인 병도 없지만 뱀에게는 암보다 더 한 것이 허물을 벗지 못하는 병이다. 허물을 벗지 못하는 병에 걸리면 그것은 곧 죽음을 의미하기 때문이다.

언제부턴가 고집스럽게 나이든 사람들처럼, 내 생각이 옳다는 고정관념에 사로잡히기 시작했다. 그때부터 내 생각은 어쩌면 그렇게도 완벽하고 빈틈이 없는지... 다른 사람들의 생각을 받아들일 틈이 없었다. 돌아보니 바로 그때가 굳어지고 작아지기 시작한 내 허물을 벗어야 할 시점이었다. 그때 벗지 못한 생각과 관념의 껍질은 점점 더 메말라 단단하게 굳어지기 시작했고 '내가 옳다는 생각'은 더 이상 벗어나기 힘든 감옥처럼 나를 가둬버렸다. 성장은 이미 그때 끝나 버린 것이다.

이민생활은 마치 허물을 벗지 못하는 병과 같다. 그래서 허물을 벗지 못한 사람들끼리 부대끼며 모여 산다.

매미도 허물을 벗는다.

그러나 살기 위해 허물을 벗는 것은 아니다. 매미는 허물을 벗어야 비로소 매미가 될 수 있기 때문이다.

매미는 가을에 알을 낳는다. 그리고 겨울이 지나 10개월이 지나면 알에서 꿈틀거리는 굼벵이로 부화된다. 굼벵이는 땅속으로 들어가 7년쯤을 살면서 네 번의 허물을 벗는다. 허물을 벗을 때마다 점점 매미의 모습을 닮아가는 것이다. 그리고 마지막 여름이 되면 땅 위로 올라와 나무 위에서 날개가 달린 매미가 되기 위한 마지막 허물벗기를 한다.

그렇게 태어난 매미는 겨우 20일 짧은 시간을 원 없이 노래하다 죽는다.

벗어놓은 허물처럼 흉측 맞은 것도 없다. 허물을 벗지 못하면 그 모양 그 꼴로 살게 되는 것이다. 그럼에도 불구하고 사람들은 좀처럼 허물을 벗으려 하지 않는다. 스스로 허물을 벗지 못한 자화상을 보지 못하기 때문이다.

이제 겨우 16살 먹은 아들놈이 어이없다는 표정을 지으며 내게 한마디를 던졌다.

"아빠... 좀 더 다르게 받아들일 수 없어요? 아빠는 목사님이 잖아요"

그 한마디로 아들놈은 내게 수없이 많은 이야기를 한 셈이었다.

오래 전에 내가 꿈꾸던 인생은, 하루하루를 사는 동안 그리스도를 닮아가는 것이었다. 굼벵이처럼 서러운 바닥 인생을 살더라도 그리스도를 닮아가는 허물벗기를 하겠다는 결단이었다. 그보다 가치 있고 의미 있는 삶은 없을 것이라고 생각했다. 그래서 목사가 된 것이다. 그러나 허물벗기는 결코 쉬운 일이 아니었다. 언제부턴가 스스로 허물벗기를 포기한 인생을 살고 있었다.

때늦은 허물벗기를 시작했다.

나이 50에 허물을 벗지 못한 자화상을 보게 되었기 때문이다. 무엇보다도 16살짜리 아들놈에게 들켜버린 허접스럽고 낡아빠진 나의 고정관념이 너무 부끄러워서 견딜 수가 없다. 그러나 결코 쉬운 일이 아니다. 이미 너무도 단단하게 굳어버린 생각과 관념의 껍질을 빠져 나오는 것이 그리 만만한 일은 아니기 때문이다.

언젠가 아들놈에게 꼭 듣고 싶은 이야기가 있다.

"아빠... 아빠는 목사님이라 그렇게 받아들일 수 있지만 나는..."

내가 벗어놓은 흉측한 허물을 보기 전에는 결코 들을 수 없는 이야기가 될 것이다.

부메랑효과

런던의 한 귀족 아들이 스코틀랜드로 여행을 떠났다가 늪에 빠지는 사고를 당하게 되었다. 늪에서 빠져 나오려고 몸부림치다 지쳐, 거의 죽을 지경이 된 귀족의 아들은 있는 힘을 다해 살려달라고 소리쳤다. 마침 근처에서 일을 하던 농부가 그 소리를 듣고 달려가 수초로 가득한 늪에서 허우적대는 귀족의 아들을 건져주었다.

다음날 농부의 집 앞에 화려한 마차 한 대가 멈춰 섰다. 마차에서 기품 있어 보이는 사람이 내리더니 농부에게 자기를 소개했다.

"어제 늪에서 구해주신 이 아이가 제 아들입니다."

아들을 살려준 생명의 은인 앞에서 그 사람은 정중하게 예의를 갖춰 인사를 했다.

"뭔가 보답을 하고 싶은데..."

"아닙니다. 저는 그냥 당연히 해야 할 일을 했을 뿐입니다."

농부는 귀족 앞에서 두 손을 내저으며 거절을 했다.

바로 그때, 농부의 아들이 문을 열고 밖으로 나와 신기한 듯한 표정으로 마차와 사람들을 둘러본다.

"아들입니까? 총명하게 생겼군요."

귀족은 자기의 아이보다 훨씬 더 어려 보이는 농부의 아들을 잠시 바라보다가 농부에게 말했다.

"앞으로 이 아이가 내 아들처럼 좋은 교육을 받을 수 있도록 모든 것을 지원 하겠습니다."

농부의 아들은 그렇게 해서 훗날 런던에서 공부를 하게 되는 기회를 얻게 된다.

사립학교를 졸업한 후에 런던대학 의대를 진학하게 된 농부의 아들은 학문적으로 뛰어난 세균의학자가 된다.

1928년 어느 여름날, 농부의 아들은 여느 때와 같이 세인트 메리 병원 실험실에서 연구를 하고 있었다. 포도상구균이 배양되는 것과 관련된 실험이었는데 시험관 하나에 실수로 콧물이 들어가 배양균이 푸른곰팡이에 의해 오염이 되고 말았다. 농부의 아들은 오염된 배양접시를 쓰레기통에 버리려다가 뭔가 이상한 것을 발견하게 된다. 푸르스름한 곰팡이가 핀 근처에는 포도상구균이 다 죽어있는 것이었다. 푸른곰팡이가 포도상구균들을 다 죽여 버린 것이다.

농부의 아들은 우연한 실수로 인해 기적과 같은 의학적 발견을 하게 된다. 푸른곰팡이의 배설물이 박테리아를 죽인다는 사실을 발견하게 된 것이다. 게다가 푸른곰팡이의 분비물은 양이 아무리 많아도 적혈구가 손상되지 않았고, 그것을 아주 묽게 만들어도 실험 효과에는 전혀 지장이 없었다. 그 실험으로 농부의 아들은 페니실린을 발견하게 된다. 그러니까 농부의 아들이 훗날 노벨 의학상을 받게 되는 '알렉산더 플레밍Alexander Fleming'이었던 것이다.

한편, 귀족의 아들은 정치적으로 뛰어난 재능을 보이며 스물여섯 살의 어린 나이로 국회의원에 당선된다. 그러나 2차 세계대전 중에 과로한 업무로 폐렴에 걸려 사경을 헤매는 인생의 막다른 골목에 서게 된다. 당시에는 폐렴이 치료하기 어려운 난치병이었기 때문이다. 그 무렵에 발견된 페니실린은 그렇게 죽어가는 귀족의 아들을 살려낸다. 농부의 아들이 귀족의 아들을 살려낸 셈이다.

페니실린은 그냥 평범한 정치인을 살려낸 것이 아니었다. 페니실린 때문에 살아난 귀족의 아들이 바로 2차 세계대전을 승리로 이끌며 영국을 구해냈던, 영국의 수상 '윈스턴 처칠Winston Churchill'이었기 때문이다.

처칠의 인생 가운데 플레밍과의 만남은 예정된 운명과도 같은 것이었다. 플레밍 역시 처칠과의 만남이 없었다면 페니실린으로 노벨 의학상을 받게 되는 영광의 순간도 존재하지 않았을 것이다.

만남은 역사를 만들고 수많은 이야기들을 만들어 낸다. 너와 나의 만남도 예외는 아니다. 가수 노사연의 노래 말처럼 우리의 만남은 우연이 아니기 때문이다.

부메랑효과Boomerang effect는 부정적인 경제용어에만 국한되지 않는다. 우리의 만남 가운데서 부메랑효과는 더 빈번하고 확실하게 일어나고 있기 때문이다. 인과응보因果應報, 사필귀정事必歸正

은 이미 우리에게 만남 속의 부메랑효과를 가르쳐 주었다.

그러나 그런 만남이 사람과 사람 사이에만 존재하는 것은 아니다. 어느 날 실수로 오염된 배양균과 플레밍과의 만남. 그 만남을 그냥 쓰레기통에 버렸다면 어떻게 되었을까.

사실 인생을 돌아보면 실수와 실패의 모양으로 내 앞에 나타났던 수많은 만남들이 있었다는 것을 깨닫게 된다. 나는 그때마다 '절망과 낙심'은 마음에 남기고, 그 '만남의 의미들'은 모두 다 쓰레기통에 쑤셔 넣었다.

'절망과 낙심'을 쓰레기통에 쑤셔 넣고 그 '만남의 의미들'은 마음에 남겼어야 했다. 후회가 된다.

아름다운 만남은 대개 연꽃처럼 흙탕물 가운데서 피어오른다.

고부갈등

아무리 시어머니가 좋아도 시어머니는 시어머니다. 에덴동산이 에덴동산 될 수 있었던 이유는 그 곳에 시어머니가 없었기 때문이다.

아버지가 돌아가시자 어머니는 70에 혼자 되셨다. 뭐 하나 마음에 드는 구석이 없다며 그렇게 미워하시던 아버지가 돌아가셨는데 어머니는 세상이 무너진 것처럼 허탈해하셨다. 나는 그때 처음, 미운 정도 정이라는 사람들의 이야기를 이해할 수 있을 것 같았다. 그 이후로 속 썩이는 옆지기가 죽어야 내 인생이 필거라고 입버릇처럼 떠드는 여자들의 푸념을 믿지 않게 되었다.

우울증에 걸린 어머니가 영국으로 건너오신 것은 2002년이었다. 다들 혼자되신 어머니를 아들이 모시는 것이 당연하다고 생각하는 분위기였다. 어머니도 십여 년을 떨어져 살았던 아들과 함께 살기를 원하셨다. 그러나 내가 사는 곳은 내 나라 밖이었다. 낯설고 물 설은 타국에서 정말 살 수 있으시겠느냐고 묻고 또 물어도 대답은 한 가지였다.

"다 사람 사는 곳인데..."

어머니가 영국에 오시는 것이 부담스럽다거나 맘에 내키지 않았던 것은 아니다. 누구보다도 생각이 깊고 매사에 사려 깊은 분이시라, 모시고 살아도 전혀 문제 될 것이 없었기 때문이다. 더구나 그때 겨우 여덟 살 된 아들놈에게는 할머니가 영국에 오시는 것이 로또 당첨과 마찬가지였다.

이민목회는 담임목사가 아니라 '매일 머슴'으로 살아야 한다. 물론 개척교회의 이야기다. 아이들 학교입학과 전학에서부터 교우들의 비자문제까지 해결해 주어야 했던 당시에는 기러기엄마들의 뒤치다꺼리가 교회 일의 반이었다. 하다못해 한밤중에 전구까지 바꿔 끼워줘야 했고, 물이 빠지지 않는 하수도까지 달려가 뚫어줘야 했다. 그러다 보면 정작 아들놈은 천덕꾸러기가 되어 이집 저집 맡겨지기 일쑤였다. 직장에서 일을 하면서도 늘 아이 걱정을 했던 아내의 심정도 말이 아니었다. 그런 상황에서 어머니의 영국행을 마다할 사람은 아무도 없었다.

공항에서 만난 어머니는 비행기를 원 없이 타보는 것이 소원이었는데 12시간은 좀 길더라며 깔깔 웃으셨다. 어머니의 영국생활은 그렇게 시작되었다.

어머니는 이미 기억 속에 각인되었던 내 어린 시절의 완벽한 어머니의 전형이 아니었다. 어머니에게 그토록 모순투성이의 논리와 고집이 있었다는 사실이 놀라울 뿐이었다. 조금 서운하면 방문을 닫고 며칠씩 식사를 거르시기 일쑤였고, 당신의 뜻이 옳다는 것을 끝까지 고집하셨다.

200

하다못해 음식까지도 그랬다. 이미 내 입맛은 아내에게 길들여져 어머니의 음식이 입에 맞지 않을 때도 있었다. 어머니는 며느리의 음식을 더 맛있게 먹는 아들을 몹시 서운해 하셨다. 시간이 지나면서 이런 저런 일들로 어머니와 아내 사이에서 샌드위치가 되기 시작했다. 그러나 문제 될 것은 없었다. 아들에게 어머니는 어머니였기 때문이다. 그때마다 나는 어머니의 편을 들었다. 그렇게 6년이 흘렀다.

직장을 다니는 아내가 탈진했다. 직장이 힘들기 때문이 아니라 집이 편치 않았기 때문이다. 그렇다고 시어머니가 어떻게 했다는 이야기가 아니다. 그것이 바로 불편한 시어머니의 존재감인 것이다. 힘든 것은 어머니도 마찬가지였다.

급격하게 가정이 균형을 잃기 시작했다.

결정을 해야 할 때가 되었다는 생각이 들었다.

영국에서 공부하는 동안 배웠던 성경적인 결정은 옳든 그르든 아내의 편에 서는 것이다.

"그러므로 남자가 부모를 떠나 그의 아내와 합하여 둘이 한 몸을 이룰지로다."(창 2:24)

결혼으로 부모를 떠나야 하는 것은 여자가 아니다. 성경은 남자가 부모를 떠나야 행복한 가정이 될 수 있다는 원리를 가르친다.

어머니에게 한국으로 돌아가시는 것이 좋겠다고 말씀을 드렸더니 많이 서운해 하셨다. 그러나 아들을 사랑하는 어머니의 마음은 궁지에 몰린 아들의 의견을 존중하셨다. 그 다음날, 어머니는 많이 우시며 어느 집에서 얻어 오셨는지 뒷마당에 라일락을 심으시며 마음을 달래셨다. 별로 내키지 않는 볼품없는 나무

였지만 뜻대로 하시도록 그냥 지켜봤다.

　얼마 전에 뒷마당을 정리했다. 볼품없는 라일락을 베어 버릴까 고민하는데... 그 나무에서 어머니의 마음과 향기가 느껴졌다. 몇 해 더 키워서 보기 좋은 자리를 잡아줘야겠다는 생각이 들어서 그대로 뒀다. 죄송한 마음에 눈시울이 뜨거워졌다.
　아내도 괜찮은 사람이지만 어머니도 괜찮은 분이시다. 그런데 전혀 조화가 되지 않았다.
　당연한 이야기다. 그것은 마치 좁은 공간에 현대가구와 고가구를 조화 있게 배치하려는 이상주의자의 정신 나간 발상이기 때문이다.
　그러나 공간과 삶의 오묘한 여건(?)에 따라 드라마틱하게 조화가 되는 경우도 없지 않다.

오래된 냉장고 저 남자

이십년 함께 산 저 여자 이혼하고 싶다 만나기만 하면 가슴
열어보고 싶던 그녀

언제부터인지 누르팅팅 추레하게 보이는 여자 찬바람 서릿발
로 돌던 그 냉정함

어디로 가고 맘 내키는 대로 얼었다 녹았다 변덕만 늘어가는
여자 그 큰 덩치

좁은 주방 차지하고 앉아 목소리만 커지는 건망증까지 심한
여자 배추김치 총각김치

닥치는 대로 먹어치우던 식탐 툭하면 신트름 게워내는 여자
위하수증 만성위염

골다공증 요실금 들여다보면 어느 한 곳 멀쩡한 곳 없는 저
여자 살다보면

고운 정 미운 정 사랑 없어도 산다고 쌓인 정은커녕 정나미
떨어져 가는 여자 이십년

함께 살았으면 많이 참았지

요즘 내 심사 눈치 챘는지 날마다 질질 우는 오래된 냉장고
저 여자

김영희의 시를 읽고 있다.

때론 성경을 읽는 것보다 김영희의 시 한 줄이 더 마음에
와 닿는다. 가수 강산에의 노래가 소절소절 공감이 되어, 복음성
가보다 더 좋다고 느껴지는 것과는 또 다른 이야기다. 정체성의
혼란과 함께 자꾸 잉여인간을 떠올리게 되는 나의 실존을 김영
희의 시 안에서 발견하게 된다.

그냥 웃으며 재미있는 시라고 생각했던 〈오래된 냉장고 저
여자〉. 그 시를 다시 읽어보게 되는 이유는 혹시 오래된 냉장고
그 여자, 김영희와 동병상련의 마음을 느낄 수 있을까 하는 까닭
이었다.

우리 집 오래된 냉장고는 내 아내가 아니다. 집구석에 처박혀
알아주지도 않는 글이나 쓰면서 끼니때마다 생각 없이 꾸역꾸
역 먹어대는 내 신세가 바로 오래된 냉장고를 닮았다. 이젠 김영
희의 시를, 그냥 웃으며 재미있게 읽을 수가 없다. 곱씹어 읽어
볼수록 어쩌지 못할 내 신세와 잉여인간이 되어가는 나의 실존
이 마음에 각인되기 때문이다.

'오빠는 석고상을 닮았다'느니 '오빠는 살아있는 지성知性'이라
느니... 철없던 그 시절 아내의 이야기는 이미 잊고 산지 오래다.
그렇지만 아내 앞에서 내 인생이 이렇게 궁상맞은 애물단지
신세로 전락하게 될 줄은 몰랐다. 물론 그것이 나의 자격지심이
라는 사실을 나 자신도 잘 알고 있다. 그것이 더 견디기 어렵다.

여자든 남자든 그 성별을 막론하고 집에 있는 사람은 왜 유독

오래된 냉장고를 닮아가게 되는 것일까? 큰 누이뻘 되는 김영희 시인과 얼굴을 맞대고 앉아 궁상맞은 우리의 이야기를 나누고 싶다.

그리 머지않아 정나미 떨어져가는 우리 집 냉장고는 퇴출되고 말 것이다. 어쩌면 그때쯤, 냉장고와 함께 버리고 싶은 목록 0순위에 내가 오르게 될지도 모를 일이다. 사실 아내가 원하는 것은 자산목록으로서의 내 가치 상승이 아니라, 절제되고 정리된 내 삶의 모습이다. 혹시 세상에서 인정을 받지 못해 잉여목사가 되더라도, 스스로 쓸 만한 남편이 되고 아이에게 좋은 아빠가 되는 것은 또 다른 문제라는 것이 아내의 이야기다. 그것을 푸념으로 듣고 듣기 싫은 바가지로 들었더니 어느새 내 신세가 잉여인간으로 치닫기 시작했다.

김영희의 시는 많은 것을 생각하게 한다. 인간은 오래된 냉장고를 닮아갈 수 있지만, 그 실존은 결코 냉장고와 같지 않다는 것을 암시한다. 그것을 깨닫는 순간 우리는 스스로 얼마든지 퇴출목록에서 벗어날 수 있기 때문이다.

궁상맞은 내 삶을 바꿔보기로 했다. 아내의 기억에서 점점 사라져가는 오래 전의 나를 떠올려본다. 그 세월을 거슬러 올라갈 수는 없지만 나를 회복하려는 노력은 얼마든지 가능하다. 언제부턴가 망가지기 시작했던 삶의 습관들과 뒤틀린 생각들을 기억 속에서 하나씩 더듬어 본다. 그러다가 '좁은 공간 차지하고 앉아 목소리만 커지는 건망증까지 심한 나'를 발견하게 되었다.

거울 앞에 선다. 나이든 내 얼굴보다 더 몰골이 사나운 것은 마치 큰 옷을 입은 것처럼 여기저기 볼품없이 늘어진 내 몸뚱이다.

작정하고 운동을 시작했다. 뛰는 것보다는 몸에 무리가 적은 수영을 하면서 다이어트를 병행하기로 했다. 얼마 전부터 시작한 '식초 마시기'도 잉여인간이 되지 않으려는 나의 마지막 발악 가운데 하나이다. 그렇게 발악을 하고 있는 나를 바라보는 아내의 표정이 재미있다. 그렇게 살아만 준다면 퇴출을 재고해 보겠다는 듯한 의미심장한 얼굴이다.

아들놈도 한마디를 한다.

"아빠... 요새 왜 그래?"

'나? 저 냉장고와 함께 버려지고 싶지 않아서...' 그냥 마음속으로 대답하고 말았다.

아버지와 아들

아들놈을 보면 그냥 좋다. 나를 그렇게 바라보시던 아버지가
생각난다. 아들놈은 그런 내 마음을 헤아리지 못한다. 그때는
나도 아버지의 마음을 헤아리지 못했다. 어느새 내 키와 같아진
아들놈이 대견하다. "녀석 키가 나랑 같다!"며 아버지는 귀가
입에 걸리도록 껄껄 웃으셨다. 내 바지를 입어보며 "아빠는 거
인 같다"던 아들놈의 어린시절이 눈에 선하다. 아버지의 바지를
입고 걷다 넘어진 나를 번쩍 들어 올리시던 아버지...

아들놈과 운동을 하는 것은 뭔가 특별하다. 겨울방학이 되면
나를 깨워 동네 스케이트장으로 달려가시던 아버지의 마음을 알
것 같다. 함께 농구를 할 때나 골프를 칠 때, 아들놈은 나를 이겨
보려고 기를 쓰며 달려든다. 멋지게 얼음을 지치시던 아버지를
가랑이가 찢어지도록 추격하던 내 모습을 닮았다. 이젠 아들놈을
이기기도 쉽지 않다. 여유 있게 달리시던 아버지의 이마에 어느
날부터 땀방울이 맺히는 것을 보았다. 녀석이 친구들과 운동하는
것을 더 좋아한다. 친구들과 스케이트를 타기 시작했다. 그 이후

로 단 한 번도 스케이트를 타는 아버지를 보지 못했다.

공부하라는 이야기가 싫은 모양이다. 공부하라는 아버지의 이야기가 그때는 왜 그렇게 싫었을까... 아들놈은 명문공립학교를 다니고 있다. 고등학교 시험 발표가 있던 날, 통닭을 사 들고 들어오셨던 아버지는 나보다 더 뿌듯한 자부심을 느끼고 계셨다. 녀석이 캠브리지대학을 갔으면 좋겠다. 서울대를 가면 평생 소원이 없겠다던 아버지의 마음이 그랬을 것이다. 아들놈은 내 생각과 전혀 딴판이다. 눈높이가 낮아지는 내 모습을 보며 마른 멸치를 안주 삼아 소주잔을 기울이시던 아버지가 생각난다. 나처럼 살지 말아야 하는데... 돌아보니 그것은 아주 오래된 아버지의 푸념이었다.

녀석은 언제나 제 엄마 편이다. 나도 언제나 어머니 편이었다. 서운하다. 많이 서운하셨을 것이다. 아내와 다툰 날은 아들놈이 베개를 들고 싱글벙글하며 엄마 품으로 기어든다. 어머니의 품이 왜 그리 좋았을까! 아버지의 품이라는 말은 정말 어색하기 짝이 없다. 뭐가 필요한지 열심히 제 엄마를 설득하고 있다. 어머니를 설득하는 것은 그다지 어렵지 않은 일이었다. 학교에서 여행을 떠난 아들놈이 전화를 했다. "아빠... 엄마 있어?" 영국에서 전화를 걸면 아버지의 첫마디는 늘 똑 같았다. "네 엄마 바꾸랴?" 난 그래도 그놈이 좋다. 아버지도 나를 그렇게 좋아하셨다는데...

녀석을 데리고 다니는 것이 좋다. 아버지와 다니는 것은 정말 재미없는 일이었다. 함께 쇼핑을 나가면 아들놈은 '각자 쇼핑을 하고 두 시간 후에 다시 만나자'는 제안을 한다. 핸드폰이 없던 그 시절에 나도 아버지에게 그런 제안을 했다. 늘 "그러자"고 말하지만 사실 그러고 싶지 않다. "그러자"고 말씀하시던 아버지의 얼굴은 늘 그러고 싶지 않은 표정이었다. 녀석이 제 엄마는 쫄랑쫄랑 잘 따라다닌다. 장바구니를 들어드려야 한다며 나도 어머니를 잘 따라다녔다.

영국에서 자란 놈이 식혜를 좋아한다. 식혜를 유난히 좋아하는 나를 보며 어머니는 "지 아버지를 닮았다"고 그러셨다. 건축과를 가겠다며 미술을 선택한 아들놈이 못마땅하다. 자동차 디자이너가 되고 싶었던 내가 미술부를 그만 둔 것은 아버지 때문이었다. 어린놈이 벌써 이마에 주름이 잡힌다. 깊이 패인 내 이마의 주름살은 아버지를 닮았다. 닮지 말았으면 하는 것들까지 닮는다. "하필이면 그런 것까지 아버지를 닮느냐"며 속상해 하시던 어머니... 아내도 같은 이야기를 하기 시작했다.

내 구두가 망가졌다. 언제부턴가 내 구두를 신고 학교를 가기 시작하더니 그 구두를 신은 채로 공을 찼던 모양이다. 아버지의 신발을 망가뜨린 것이 한 두 번이 아니었다. 아들놈이 구두를 새로 샀다. 지난 주일에는 내가 그 구두를 신고 교회를 갔다. 내 신발을 신고 나가시는 아버지를 이해할 수 없었다. 아들놈과 신발을 같이 신는 것도 이제 잠깐 일 것이다. 언제부턴가 아버지의 신발은 너무 작아 신을 수가 없었다.

더 늦기 전에 아들놈과 더 많은 추억을 만들고 싶다. 아버지와 함께 올랐던 관악산 꼭대기를 잊을 수가 없다. 내 평생에 아버지의 손을 그렇게 많이 잡아봤던 날이 또 있었을까... 아버지가 그립다. 그때는 왜 몰랐을까! 내가 아버지의 희망이자 아버지의 모든 것이었다는 사실을... 마른멸치를 안주삼아 소주잔을 기울이시던 아버지의 모습이 동상처럼 내 마음 한복판에 자리 잡는다.

천적

　다른 사람들은 모두 죽은 청어를 팔고 있는데 혼자만 살아있
는 청어를 파는 어부가 있었다. 어부는 청어를 산 채로 런던까지
운반하는 비법을 어느 누구에게도 가르쳐주지 않았다. 어느 날
그의 아내가 슬며시 그 비법을 물었더니 익살스런 표정으로
그 비법을 말해주었다.

　"비법이랄 것도 없어. 난 그냥 나무어항에 청어를 잡아먹는
천적天敵 한 마리를 집어넣을 뿐이야. 그러면 처음에 몇 마리는
잡아먹히지만 나머지 수백 마리는 잡아먹히지 않으려고 정신없
이 도망을 다니게 되거든... 한 마디로 죽을 새가 없는 거야.
그러다 보면 산 채로 런던에 도착하게 되는 거지."

　어디를 가나 눈의 가시는 있게 마련이다. 중학교를 다닐 때도
있었고 고등학교를 다닐 때도 있었다. 초등학교 때라고 눈에 가시가
없었던 것은 아니다. 대학을 졸업하고 나면 그런 것들이 눈앞에서
사라질 줄 알았는데 직장을 잡고 보니, 그 곳에는 눈을 시뻘겋게

뜨고 나를 밟고 일어서려는 더 끔찍한 것들이 기다리고 있었다.

아버지는 평생 중학교에서 영어를 가르치셨다. 부리부리한 눈매와 석삼자로 깊게 패인 주름살 때문에 학생들은 아버지를 '백두산 호랑이'라고 불렀지만, 사실 아버지의 성품에서 독毒한 곳이라고는 눈을 씻고 찾아볼래야 찾아볼 수 없었다. 아버지는 조용한 성품에 좀 기분이 좋아지시면 어깨너머로 배우신 아코디언이나 피아노를 치시면 흥겹게 노래를 부르시던 분이셨다. 그렇지만 사람에게 마음이 부대껴 울적하실 때는 아무 말씀도 없이 밤늦도록 마루에 앉아 그림을 그리셨다.

아버지는 어머니와 단 한 마디 의논도 없이 자주 어려운 아이들의 학비를 내 주셨는데, 그때마다 의로운 고난을 당하시던 그리스도처럼 어머니에게 고난에 가까운 바가지를 긁히셨다. 그런 날은 어머니의 화가 다 풀릴 때까지 자리를 뜨지 않으시고 아무 말씀도 없이 어머니 옆에 앉아 계셨다.

평소에 아버지는 "그놈 때문에 두무지 직장을 다닐 맛이 안 난다"는 말씀을 자주 하셨다. 지금도 '그놈'의 정체를 알 수 없지만, 그놈이 아버지를 괴롭혔던 아버지의 천적이었다는 사실 하나만은 분명하다. 아버지는 '그놈' 때문에 자주 그림을 그리시면서 상처 받은 자존심을 스스로 회복하시고, 때로는 거친 붓의 터치로 솟구치는 분노를 삭이셨다. 그렇지만 그래도 분이 풀리지 않으실 땐 마른 멸치를 안주 삼아 소주잔을 기울이셨다.

지금 생각해 보면 정년퇴직을 앞두고 계시던 그 무렵에 젊은 나이로 교장이 되었던 재단이사장의 조카가 바로 '그놈'이 아니었나 싶다. 아버지는 그런 천적이 도사리고 있는 학교 교무실을 하루도 빠짐없이 출근해야 하는 부대끼는 인생을 사셨던 것이다. 그렇지만 그것이 내 아버지만의 독특하고 유별난 삶은 아니다. 그것은 아마도 이 땅에 발붙이고 사는 거의 모든 사람들의 일상이리라!

정년퇴직을 하신 후부터 아버지의 건강이 급격히 나빠지기 시작했다. 천적에게 부대끼던 학교 교무실 대신 매일 좋아하는 분들과 여유롭게 낚시를 즐기시는데 특별히 건강이 나빠질 이유가 없었다. 결국 천적에게 부대끼는 하루하루가 아버지의 '삶의 원동력'이었던 셈이다. 아버지는 정년퇴직을 하신지 삼 년 만에 기어이 세상을 등지셨다.

나는 예수를 믿고 하나님의 사랑 가운데 살면 천적이 피해가는 폼 나는 인생을 살게 될 것으로 생각했었다. 그런데 세월을 경험 할수록 하나님께서는 사랑하는 자녀들을 위해 더 많은 천적을 준비하신다는 사실을 실감하게 된다. 천적에게 부대끼며 마음고생을 하다 보면 슬그머니 없던 오기도 생기고, 그러다가 이리저리 몰려 막다른 골목에 서게 되면 그때서야 등 뒤에 서서 나와 함께 천적을 마주보시는 하나님을 깨닫게 되기 때문이다.

우리가 기대하는 삶은 '천적 없는 죽음의 나무어항이 아닐까' 라는 생각을 하게 된다. 그런 의미에서 볼 때 하루 종일 부대끼는 우리 현실이 '천적을 집어넣은 지혜로운 어부의 나무어항'쯤 된다고 볼 수 있다.

내가 누군가를 바라보면서 부대끼는 것처럼 또 누군가는 나를 바라보며 부대껴야 하는 것이 우리들의 인생이다. 그렇지만 우리가 깨달아야 할 분명한 것 하나는 '천적天敵이 있어야 내가 산다'는 사실이다.

칭찬

"당신 그걸 글이라고 쓰고 있는 거예요?"

아내는 나를 칭찬할 줄 모른다. 대학에서 문예창작을 전공하고 월간지에 소설도 몇 편 올렸던 필력筆歷이 있는지라 아내 앞에서 '글'을 가지고 토를 달았다가는 뼈도 못 추리기 쉽다.

오늘은 참 우울하다. 이런 날은 아내에게 칭찬을 듣고 싶다. 그런데 아내는 정말 속이 상할 정도로 칭찬에 인색하다. 그렇다고 글이 형편없다는 아내의 이야기 때문에 우울해진 것은 아니었다.

아내의 이야기에 대꾸도 하지 않고 슬며시 문을 열고 집을 나와 목적지도 없는 드라이브를 시작했다. 재미있는 이야기가 흘러나오는 한국 라디오가 듣고 싶어진다.

'칭찬은 고래도 춤추게 한다!'

제목이 내용보다 몇 배나 더 감동적이었고 더 설득력 있었던 책이다. 3톤이 넘는 범고래를 훈련시킬 때 확실하게 칭찬을 해준다는 내용으로 전개되는 그 책을 읽으며 사람들은 대개 "앞으

로 나도 사람들을 칭찬해야지!"라는 반응을 보이겠지만 내 경우
는 달랐다.

　"칭찬을 하면 고래도 춤추게 된다는데... 아내의 칭찬을 들으
면 내 인생이 얼마나 신바람이 날까..."

　칭찬이 그립다. 혹시 내가 허풍을 치더라도 "허풍 떨지 말라"
고 찬물을 끼얹을 것이 아니라 그냥 어설픈 장단을 맞춰주었으
면 좋겠다는 이야기다. 조금 낯이 간지럽더라도 "당신은 참 괜
찮은 남자예요."라고 한마디만 해주면 남자들은 그냥 신바람이
나는 깡통 같은 존재라는 것을 아는 여자들이 그다지 많지 않다.
아마 그래서 우리의 지혜로운 선조들이 여자들을 '닭대가리'라
고 말한 것이 아닌가 싶다.

　작은 누이는 큰 누이보다 훨씬 더 똑똑하고 냉정하다. 당연히
결혼을 하면, 작은 누이보다는 사람 좋은 큰 누이가 남편에게
더 사랑을 받을 것이라고 생각했었다. 그런데 정작 남편 사랑을
받는 쪽은 작은 누이였다. 얼음장 같았던 작은 누이는 결혼을
하자마자 여우로 변하기 시작했는데, 사람 좋던 큰 누이는 곰이
되어버린 것이다. 작은 누이는 매형이 퇴근하면 발을 씻겨 주는
엽기적인 여자가 되었고, 큰 누이는 매형이 퇴근하기도 전에
깊은 잠이 들어버리는 맹탱이로 변해 버렸다. 게임은 끝난 것이
다.

　내가 허풍을 떨면 대뜸 "허풍 떨지 말라"고 판을 깨던 작은
누이는, 황당하게 허풍을 떨고 있는 매형의 이야기에 정말 닭살
돋는 장단을 맞춰주고 있었다. 작은 매형은 언제 봐도 행복하다.
작은 누이는 그런 매형보다 몇 갑절 더 행복해 보인다. 사업

실패로 형편이 어려워져서 명문대학을 나온 자존심과 체면을 길바닥에 훌훌 던져버리고 야쿠르트를 배달하는 억순이 아줌마로 살아가지만 작은 누이는 단 한 번도 매형을 원망하는 법이 없었다.

요즘 들어 갑자기 영국 생활이 더 갑갑하게 느껴지고 더 많이 우울해진다. 지난주에는 '레미제라블'로 시작해서 '햄릿'을 포함한 셰익스피어의 단편 열네 개와 톨스토이의 단편들을 닥치는 대로 다시 읽어댔다. 짧은 시간에 그렇게 많은 책을 읽을 수 있다는 사실에 나 스스로도 많이 놀랐던 한 주간이었다.

책은 정말 좋은 친구이다. 변덕도 부리지 않고, 절대 배반하지도 않는다. 하지만 오늘은 아니다. 읽던 책을 내려놓고 턱을 괴고 앉아 생각해봐도, 지금 내게 있어서 '책'은 그냥 곰이 되어버린 내 큰 누이의 실존實存에 불과할 뿐이다. 지금처럼 힘들 때는 칭찬만큼 좋은 보약이 없다. "칭찬은 고래도 춤추게 한다는데…"

어쩌면 날마다 파김치가 된 채로 퇴근하는 아내도 지금 나와 같은 생각을 하고 있는지도 모른다. 그러고 보니 정작 칭찬에 인색한 것은 아내가 아니라 내 쪽이었다.

"거 돈 드는 것도 아닌데 오늘 저녁에 내가 먼저 입에 침이 마르도록 아내를 칭찬해 줘야지."

그런데 참 이상하다.

그런 생각을 하는 순간, 갑자기 내 마음이 춤을 추기 시작한다.

다이어트 이야기

다이어트 1

"여보~ 난 당신 백 킬로 넘어가면 같이 안 살 거야. 그날로 끝인 줄 알아요."

내 체중이 96kg을 넘었을 때의 이야기다.

대학 다닐 때 겨우 65kg 나가던 삐쩍 마른 나를 좋아했던 아내였으니 100kg이 넘어가면 안 살겠다는 이야기가 나올 만도 했다. 그나마 내 키가 180cm에 뼈대까지 굵은 집안(?)이라 어느 누구도 내 체중을 96kg으로 보지 않는다는 것이 다행이었다. 아무리 그래도 아내와 갈라설 생각이라면 모를까 살을 빼지 않고 버틸 재간은 없었다. 나의 첫 번째 다이어트는 그렇게 시작되었다.

친구목사와 매일 아침 테니스를 치며 겨우 겨우 식사량을 줄였더니 6개월 만에 88kg이 되었다. 8자까지는 봐주겠다는 아내의 이야기를 듣자마자 그날로 다이어트를 중단했다. 그렇지만 사실, 겨우 한 달에 1kg 남짓 감량했던 다이어트랄 것도 없는

216

다이어트였다. 그 후로 90kg을 넘기지 않기 위해 신경을 썼다. 체중 96kg. 생각만 해도 끔찍하다. 벌써 8년 전의 이야기다.

다이어트 2

두 번째 다이어트가 시작되었다. 그렇다고 또 다시 아내가 뭔 소리를 한 것은 아니었다. 나이 오십이 넘어가면서 술 담배도 하지 않는데 지방간에 신장결석까지 그야말로 몸이 말이 아니다. 지난 연말부터는 초기당뇨 증상까지 겹쳐 잔뜩 긴장이 되었다. 운동 삼아 즐겨 치던 골프도 그만두고 허구한 날 책상에 앉아 뭉갰더니 체중도 늘고 몸이 급격하게 나빠지기 시작했다. 기름기가 있는 음식을 먹고 나면 여지없이 오른쪽 명치끝에 둔통이 느껴졌다. 종합병원이 따로 없었다. 중년의 모든 질병은 내장비만에서 시작이 된다는데 너무 오랫동안 과체중을 유지하며 살았던 것이다.

인터넷 다이어트 프로그램에 내 키와 나이를 입력하고 체질량지수BMI를 계산해 보았더니 78kg까지 감량을 해야 겨우 내장비만에서 벗어날 수 있는 정상체중이 된다. 얼마 전부터 시작한 '식초 마시기'와 함께 다이어트에 좋다는 수영을 하기로 작정하고 동네 가까운 헬스클럽에 등록을 했다.

얼마나 오래되었을까? 보기에도 낡디 낡은 아날로그 저울에 체중을 달아봤더니 89kg이었다. 나쁘지 않았다. 그러나 그 저울이 고장 난 것이라는 사실을 알게 된 것은 본격적인 다이어트를 위해 전자저울을 하나 구입한 후였다. 전자저울과 비교해 언제나 2~3kg의 오차가 나는 것을 감안하면 헬스클럽에 등록한 첫날 내 체중이 92kg쯤 되었던 것이다.

거의 30년 만에 다시 시작한 수영이라 어색하기 짝이 없었다. 첨벙대며 몸에 힘만 들어가고 숨이 차서, 겨우 손바닥만한 수영장을 몇 번 왕복도 못하고 지쳐버렸지만 보름쯤 지난 후부터는 쉬지 않고 1시간 30분을 왕복해도 견딜만했다. 체중이 빠지기 시작했다. 그렇지만 78kg까지 감량하는 것은 엄두가 나지 않는 수준이었다. 식이요법을 병행하지 않고 운동만으로 체중을 감량하는 것은 한계가 있다는 이야기가 공감이 되었다.

두부 다이어트가 좋다는 이야기를 듣고 두부 다이어트를 병행하기로 했다. 하루 세 끼를 두부와 브로콜리, 양송이버섯, 당근으로 때우는 것인데 원래 두부를 좋아하는 식성이라 그다지 어려워 보이지 않았다. 아들놈은 이상한 식사를 시작한 나를 바라보며 얼굴을 찡그렸지만, 고춧가루와 사과식초 그리고 양파로 맛을 낸 간장을 찍어먹는 두부와 브로콜리의 맛이 생각보다 괜찮았다. 한 달쯤은 거뜬히 버틸 수 있겠다는 생각이 들었다.

정말 신기한 다이어트였다.

매일 아침 저울에 올라설 때마다 500g씩 줄기 시작했다. 다이어트는 과학이라더니 섭취한 열량과 소비한 열량 그대로 저울에 나타났다. 수영을 시작한지 40일. 그리고 두부 다이어트를 시작한지 20일 만에 불가능해 보이던 78kg의 벽이 허물어졌다. 허리가 끼던 바지는 헐렁헐렁 핫바지가 되어버렸고 이젠 어느 것 하나 몸에 맞는 옷이 없다. 얻어 입은 것 같은 헐렁한 옷을 입고 있는 나를 바라보던 아내가 "당신 정말 독하다"며 웃는다.

다이어트 3

남은 인생을 독하게 살아보기로 작정했다. 결국 인생은 나 스스로를 통제하는 게임이기 때문이다. 이제 나는 막 결코 쉽지 않을 세 번째 다이어트를 시작했다.

그것은 아주 오래된 내 야망과 욕망을 덜어내야 하는 '욕심 다이어트'이다.

나는 런던의 택시운전사

나는 런던의 택시운전사다.

그렇다고 런던의 상징인 블랙캡을 운전하는 것도 아니다. 택시운전의 마이너리그이자 서민들의 밥벌이 미니캡 운전사라는 이야기다.

제법 괜찮은 일이다. 한가한 이민교회 목사가 하기에는 정말 더 없이 좋은 부업이다. 일은 대개 하루에 한 번, 아무리 많아도 서너 번을 넘지 않는다. 단 한 번도 일이 들어오지 않는 날도 적지 않다. 그래도 20년의 영국 생활 어느 때보다 주머니가 두둑한 느낌이다. 물론 이민교회 목사들의 주머니 수준을 말하는 것이다.

손님을 태우고 공항을 다녀오면 대학진학을 앞둔 아들놈의 1시간 과외비가 떨어진다. 덕분에 아들놈은 과외스케줄로 빡빡한 하프텀(학기 중의 짧은 방학)을 보내야 했다. 이제 더 이상 과외비가 부담스럽지 않다. 목회를 하느라고 소홀했던 아들놈에게 미안한 마음이 든다. 사실 좀 더 일찍 아이에게 관심을 가졌어야 했다.

운전을 하다보면 문득 홍세화의 책이 떠오른다.

〈나는 빠리의 택시운전사〉

빠리에서 호떡좌판을 벌일만한 종자돈이라도 있었다면 아마 택시운전은 하지 않았을 것(오래 전에 읽었던 책이라 정확한 기억은 없지만)이라던 그는, 빠리를 누비며 택시운전을 하는 동안 삶을 통해 구체화된 '똘레랑스Tolerance'를 가슴에 담게 되었다. 미화하자면 (이미 제목이 시사하듯 미화하는 것은 아니지만), 택시운전이 홍세화의 철학 실습장이었던 셈이다.

홍세화는 서울대학교 외교학과를 졸업하고 1979년 유신말기 최대의 공안사건으로 기록된 남민전 사건에 연루되어 프랑스로 망명했다. 소위 '인텔리겐짜Intelligentsia'로 불리던 그가 망명하기 이선부터 이미 볼테르(프랑스, 1694~1778)의 사상적 이해쯤은 지식으로 가지고 있었을 것이 분명하다. 그러나 그는, 정작 운전 중의 대화와 논쟁들을 통해 똘레랑스가 존재하는 수준 있는 볼테르의 나라 프랑스를 체험하게 된다.

운전을 하면서 홍세화를 떠올리게 되는 이유가 단지 그와 나를 동일시하려는 어떤 보상심리 때문만은 아니다. 사실 그런 마음이 전혀 없는 것도 아니다. 그러나 좀 더 정확한 이유를 찾자면 운전을 하는 동안 '홍세화의 똘레랑스'를 생각하게 되는 상황을 자주 경험하게 되기 때문이다.

"나는 당신이 하는 말에 찬성하지는 않지만, 당신이 그렇게 말 할 권리를 지켜주기 위해서 내 목숨이라도 기꺼이 내놓을 용의가 있다."

똘레랑스에 관한 글이나 책에서 자주 인용되는 볼테르의 문장이다. 프랑스인들에게서 그 사상적 영향이 몸에 배어있는 것을 발견할 수 있었다는 것이 홍세화의 이야기다.

한국 사람들처럼 토론과 대화에 서툴고 미숙한 민족도 없을 것이다.

나와 다른 견해를 용납하지 못하는 대화... 내가 반대하는 의견을 무조건 죽이려는 토론... 사실 우리가 자라면서 보고 배운 대화와 토론문화가 그랬다. 그것이 우리의 무의식과 태도에 그대로 녹아 든 것이다.

'뽄때'가 없다는 말이 있다. 그것은 '본 데'가 없다는 말에서 유래된 평안도 사투리다(국어사전참조). '본 데'가 없으니 말 그대로 '뽄때'가 없는 것은 당연한 이치다.

영국 사람을 태우고 운전을 하다 보면 끊임없이 대화를 하게 된다. 서로의 생각이 다른 것은 전혀 문제가 되지 않는다. 문제가 되지 않도록 대화를 하는 것은 언제나 영국 사람의 몫이다. 속된 말로 어떤 경우에도 대화의 '루저'는 존재하지 않는다.

한국 사람들은 거의 대화를 하지 않는다. 사실 운전을 하는 입장에서는 대화를 하지 않는 것이 편할 수도 있다. 우리들의 '뽄때'없는 서툰 대화는 마치 좁은 택시 안에서 언제라도 시한폭탄이 될 수 있기 때문이다. 그러나 대화는 꼭 언어로만 하는 것이 아니다. 말이 오고 가지 않아도 우리는 서로의 몸짓과 태도를 통해 끊임없이 자신을 보여주고 설명하기 때문이다.

'쎄느강은 좌우를 나누고 한강은 남북을 가른다' 홍세화가 남긴 의미심장한 말이다.

똘레랑스는 나와 다른 지점에 서 있는 상대방을 존중하는 것이다. 한강처럼 위 아래로 사람을 가르지 않고 쎄느강처럼 나와 다른 내 옆의 너를 바라보는 것이다.

어쩌다 사람을 남북으로 가르며 목사로 잘못 살았던 나를, 런던의 택시운전사로 살아가면서 수없이 반성하고 또 반성하게 된다.

나도 한 번 잘 살아봤으면 좋겠다

참 이상하다. 왜 우리나라 사람들은 돈 많은 집을 '잘 사는 집'이라고 부르는 것일까?

사실 이 나이가 되도록 단 한 번도 그 이유가 궁금했던 적은 없었다. 그런데 갑자기 생선을 먹다 목에 가시가 걸린 것처럼 아침부터 뚱딴지같은 생각이 덜컥 마음에 걸려버렸다. 나는 잘 살지 못하기 때문이다.

"잘 살아 보세~ 잘 살아 보세~ 우리도 한 번 잘 살아보세"

70년대에 방방곡곡 울려 퍼지던 노래가사는 확실히 우리 민족의 독특한 가치관을 보여준다. '잘 사는 것'은 누가 뭐래도 떵떵 거리며 잘 사는 것이라는 생각이 우리민족의 무의식을 지배한다.

프랑스의 카르카손 미술관에는 자크 가믈랭Jacques Gamelin의 유화가 한 점 걸려있다.

그림의 중앙에는 멋진 갈색 말을 타고 빈민촌에 나타난 젊은

224

이의 모습이 그려져 있다. 갑옷에 붉은 망토를 두른 그의 화려한 행차는 그림 오른쪽 한 구석에 걸인처럼 주저앉아 있는 남루한 노인 앞에 멈춰 섰다.

'알렉산더와 디오게네스'(Alexandre et Diogéne, 1763년)

그림의 제목이다. 누가 보더라도 그것은 알렉산더 대왕과 디오게네스의 유명한 에피소드를 그려놓은 것이 분명하다.

루브르박물관에 가면 비슷한 구도를 가진 피에르 퓌제Pierre Puget의 대리석 조각(1693년경)을 볼 수 있다. 알렉산더 대왕이 말에서 내리지 않은 것을 제외하고는 자크 가믈랭의 그림과 너무나도 구도가 비슷하다. 요즘 같았으면 충분히 표절시비가 일어나고도 남을만한 수준이다. 그러나 그것은 그리 중요한 문제가 아니다. 더 중요한 것은 두 사람모두 알렉산더 대왕과 디오게네스의 유명한 에피소드를 자신의 작품세계에 끌어들이고 싶었을 만큼 그 일화가 감동적이었다는 사실이다.

세계를 정복했던 알렉산더가 정복전쟁을 통해 세상의 대왕으로 군림하던 시절, 패전국의 거지철학자 디오게네스가 사람들의 입에 오르내리고 있었다. 그 이야기를 들은 알렉산더 대왕이 사신을 보내 디오게네스를 궁궐에 초대하지만 디오게네스는 대왕의 초대를 번번이 거절했다.

알렉산더와 디오게네스의 그 유명한 일화는 알렉산더가 친히 '그의 집－술통'을 방문하는 것으로 시작된다. 대왕이 디오게네스의 술통집에 도착했을 때 디오게네스는 가믈랭의 그림에서처럼 다리를 길게 뻗고 낮잠을 자고 있었다. 왕의 행차에 눈을 뜬 그에게 대왕은 '원하는 것이 있다면 모든 것을 들어 주겠다'는 제안을 하지만 돌아온 대답은 너무도 뜻밖이었다.

"그러하시면 자리를 비켜주십시오... 왕 때문에 따뜻한 햇빛이 가려집니다" 그리고는 돌아누워 다시 잠이 들었다는 이야기다. 그 일화는 무려 2,300년이 지난 지금까지, 수많은 화가와 조각가들이 묘사한 작품들과 함께 후손들에게 전해지고 있다.

사실 디오게네스는 시니시즘Cynicism으로 불리는 그의 철학세계보다 대왕과의 에피소드로 더 많이 알려진 특이한 철학자이다. 그만큼 그 이야기가 우리에게 던지는 메시지가 심오하다는 뜻이다.

알렉산더 대왕의 정복전쟁은 채워지지 않는 인간의 욕구를 보여준다. '좀 더 좀 더'의 노예가 된 대왕이 바로 우리들의 모습인 것이다. 디오게네스는 대왕의 행차 앞에서조차 시니컬한 삶의 태도를 보여준다. 바로 그것이 화가 자크 가믈랭이 그리고 싶었던 '잘 사는 인간의 이상적인 모습'이었던 것이다.

비교를 통한 상대적 행복의 소유자 알렉산더. 그리고 마음 가운데 스스로 행복의 씨앗을 뿌린 절대적 행복의 소유자 디오게네스.

"If I were not Alexander, then I should wish to be Diogenes."
알렉산더가 훗날 디오게네스와의 만남을 추억하면서 신하들에게 했던 말이다.

"만약 내가 알렉산더가 아니었다면 디오게네스와 같은 사람이 되고 싶었을 것이다."

'If I were not Alexander'라는 말은 정말 많은 의미를 포함하고 있다. 나는 그 안에서 알렉산더의 어쩌지 못할 야망과 욕구를 발견하게 된다. 사실 그는 '빈손으로 돌아가는 자신의 두 팔을 관 밖으로 꺼내 사람들에게 보여주라'는 유언을 남긴 것으로

인생의 마지막 순간에 디오게네스가 되고 싶은 꿈을 이룬 셈이
다.

'잘 산다'는 것은 내게 어떤 의미인가?

정말 나도 한 번 잘 살아봤으면 좋겠다.

현실이 된 환상들

　날개가 있었으면 좋겠다.

　도대체 어떻게 된 영문인지 런던의 새들은 날기를 싫어한다. 해안선에서 템즈강을 따라 도심으로 날아든 갈매기나 도로에 내려앉아 먹을 것을 찾고 있는 비둘기나 한결같이 모두 날고 싶지 않은 모양이다. 비행하는 모습이 아름다운 캐나다 기러기 조차 날고 싶어 하지 않는다.

　내 차를 가로 막은 채 종종걸음으로 도망치던 비둘기는 언제나 내 시야에서 사라진 후에야 겨우 마지못해 날개를 편다. 공원이나 골프장에서 사람을 피해 뒤뚱거리며 몸을 피하는 것이 상책인 캐나다 기러기의 차선次善은 언제나 가까운 물을 찾아 뛰어 드는 것이다. 짓궂은 개들이 함께 연못으로 뛰어들면 그때 서야 극단의 상황이 느껴져 접었던 큰 날개를 펼쳐들고 퍼덕이며 근사한 비행을 시작한다. 땅에서 뒤뚱거리던 모습이 도저히 믿어지지 않을 정도로 아름다운 모습이다.

　뒤뚱거리며 뛰는 것이 나는 것보다 편하다는 이야기인가!

날기를 귀찮아하는 새들이라니... 세상은 정말 요지경 속이
다.

나는 '용불용설用不用說'을 믿지 않는다.

'Lamarckism' 혹은 'Use and disuse theory'로 불리는 '용불용설'
은 프랑스의 라마르크가 제창한 진화론이다. 말하자면 모든 생
물은 환경에 적응하는 능력이 있어 자주 사용하는 기관은 발달
하고 반대로 사용하지 않는 기관은 퇴화해서 점점 기능을 상실
하게 되어 없어진다는 학설이다.

목사라는 종교적 신념을 떠나서도 그렇다. 기린이 더 높은
나무의 먹이를 먹기 위해 목을 늘이다가 목이 길어졌다는 이야
기는 어린 시절에도 듣는 순간부터 나를 웃겼던 우스꽝스런
이론이었다.

그렇지만 그런 우스꽝스런 이론에도 불구하고 나는 라마르크
를 좋아한다. 그의 이론과 학설에서 그의 건강한 삶의 철학이
느껴지기 때문이다. 과학으로서의 용불용설은 황당하지만 삶의
철학으로서의 용불용설은 나이가 들수록 더 공감이 되는 진리
에 가깝다.

태평세월 속에서 날개가 퇴화되어 없어졌다는 '도도새'의 이
야기에 공감을 하게 되는 것도 그런 이유 때문이다.

도도새가 살았던 인도양의 모리셔스 섬에는 도도새를 위협하
는 천적이 없었다. 도도새는 땅에 둥지를 틀고 나무에서 떨어진
과일을 먹고 살았다. 도도새의 게으름은 결국 자신의 가장 날렵
하고 튼튼한 생존수단이었던 날개를 포기하게 만들었다. 그것
은 너무나도 자연스런 일상 가운데 주어진 긴 세월 속의 무의식

적 선택이었던 것이다.

1505년 포르투갈 사람들이 모리셔스를 발견하게 된 이후로 그 섬은 무역을 위한 선박들의 중간경유지가 되었다. 날지 못하는 도도새는 섬에 정착한 사람들에게 사냥하기 쉬운 고기덩어리가 되었고, 1681년을 마지막으로 도도새는 멸종이 되고 말았다.

런던의 새들을 보면서 도도새를 생각하게 된다.

그렇지만 런던의 새들이 도도새의 전설처럼 날개를 잃게 되는 일은 일어나지 않을 것이다. 과학으로서의 용불용설은 더 이상 설득력을 잃었기 때문이다.

날개가 있었으면 좋겠다.

그런 내게, 날기를 싫어하는 새들과의 만남은 신선한 충격이었다. 이제 나는 '날개가 있었으면 좋겠다'는 생각이 막연한 환상에 불과하다는 것을 안다. 새들의 우아한 비행이 '고단한 노동'이라는 사실을 깨닫게 되었기 때문이다.

아마 나는 날개가 있었더라도 날기를 싫어했을지 모른다. 튼튼한 다리가 있음에도 불구하고 걷기를 싫어하고 달리기를 싫어하는 나의 일상도 일상이지만 이제까지 걸어왔던 내 삶의 흔적들이 그런 개연성을 말해주고 있기 때문이다.

사실 가지고 싶었던 것은 날개뿐만이 아니었다.

돌아보면 그 중에서 많은 것을 가지게 되었지만 거의 모든 것이 막연한 환상에 불과했다. 환상은 언제나 실체를 왜곡시키며 존재하는 비현실이기 때문이다. 우아한 비행을 꿈꾸는 날개의 환상도 현실이 되면 '고단한 노동'이 될 것이라는 사실을 이제야 겨우 깨닫게 된 것이다.

따뜻한 커피를 한 잔 끓여 두 손으로 감싸 들고 앉아 현실이
된 환상들을 떠올려 본다.

이젠 날개가 없어도 좋다.

이미 내게는 날개보다 더 소중한 현실이 존재하기 때문이다.
오래 전의 환상이었던 아내와 가정... 유학과 영국 생활...

돌아보니 정말 한결같이 환상이 깨지던 고단한 현실이었다.
그렇지만 결코 나쁘지 않았다. 결국 그것이 내가 꿈꾸던 '비행
flying'의 실체이기 때문이다.

피할 수 없다면 즐겨라

영국의 겨울이 시작됐다. 뼈 속으로 스며드는 이상한 추위...
얼음이 땡땡 얼고 고드름이 주렁주렁 달리는 한국 겨울보다
춥다. 겨우 영하1도. 그러나 체감온도는 영하10도 수준이다. 더
구나 마음까지 얼어붙는 날은 시베리아가 따로 없다.

아들놈은 레깅스처럼 생긴 내의를 두 겹이나 끼어 입고 깔깔
웃으며 바쁜 등굣길을 나섰다.

"아빠 이거 무지 따뜻해!"

그래도 안심이 되지 않았는지 늦은 출근길에 서두르던 아내
가 목도리 하나를 들고 내려와 눈에 넣어도 아프지 않을 아들놈
의 목에 칭칭 감는다. 보기 좋은 그림이었다. 아쉬운 점이 있다
면 하필 그 목도리가 겨우 하나 가지고 있는 내 것이라는 사실이
다. 아들과 엄마는 전생에 못 이룬 연인사이라더니...

아들놈은 겨울을 즐기고 있다.

추워서 짜증스러운 것이 아니라 오히려 그까짓 내의 따위로
기분 좋은 온기를 느낄 수 있다는 사실이 즐거운 모양이다. 더구

나 내 목도리를 자기의 목에 걸어주는 엄마를 통해 오이디푸스 콤플렉스와 맞물린 묘한 나르시스까지 즐기고 있다. 마음이 얼어붙지 않은 까닭에 가능한 이야기다.

겨울을 피할 수는 없다. 더구나 내 마음을 털어놓을만한 친구들과 피붙이조차 없는 영국겨울은 더더욱 피하기 힘들다.

우리는 피할 수 없는 상황을 현실이라고 부른다. 그 현실은 문득 영국의 겨울에 전혀 도움이 되지 않는 아내와 남편을 떠올리게 하기도 한다.

지난겨울은 유난히 춥고 음습했다. 짧게 움츠러든 수은주 탓이 아니라 꽁꽁 얼어붙은 내 마음 때문이었다.

인생의 내리막 능선에 걸쳐 겨울과 함께 들이닥친 2009년 한 해의 끝자락은 나를 우울증 환자로 만들기에 충분했다. '피할 수 없으면 즐기라'는데 피하지도 못하고 즐기지도 못한 최악의 한 해였다. 겨울은 나를 마음껏 유린했다. 말하자면 꽁꽁 얼어붙은 동태가 된 셈이다.

2010년 겨울도 그렇게 찾아왔다. 그러나 문제될 것은 없다. 나는 더 이상 우울증으로 시달리던 지난해의 동태가 아니기 때문이다. 피할 재주는 없지만 이제 겨우 즐길 줄 아는 인생의 해법을 터득한 것이다.

흔들의자에 등을 기대고 앉아 심각하게 겨울을 분석하는 것으로 들이닥친 겨울을 피할 수는 없다. 겨울은 우리 아들놈처럼 내의를 끼어 입고 깔깔 웃다 보면 기분 좋은 온기로 즐겨진다. 피할 수 없다면 즐기는 것이 가장 좋은 해법이다.

2010년은 내게 많은 변화를 가져왔다.

어느 날 겨우 정신을 차리고 보니 이미 정상과 멀어진 내리막 능선이었다. 그렇다고 정상 어디쯤에 올랐던 기억도 없다. 내게 있어 내리막은 피할 수 없는 상황이자 현실이었다.

'피할 수 없다면 즐겨라.'

좀 더 일찍 깨달았어야 했다. 그러나 나이 오십에 깨달은 것도 그나마 다행이었다.

내리막길은 경쟁심에 시달리지 않아도 좋다. 더구나 정상을 등지고 서니 오직 꼭짓점 하나만 눈에 보이던 시야가 온 세상을 향해 열린다. 즐기는 인생이 시작된 것이다.

잃었던 건강이 급속하게 회복되기 시작했다. 내가 즐기고 있다는 사실을 몸이 먼저 느끼기 시작한 것이다. 마음도 가볍다. 마음 가득했던 욕심과 미움들을 많이 덜어냈다는 이야기다.

상황은 달라진 것이 없다. 오히려 지난해 겨울보다 올 겨울이 더 나빠 보이지만 그래도 나는 행복하다. 흔들의자에 등을 기대고 앉아 겨울을 고민하던 지독한 트라우마에서 완벽하게 벗어났기 때문이다.

"아빠~ 추우면 내의를 끼어 입으면 되지 뭐가 걱정이야?"라고 되묻던 아이의 단순함이 해법이었다.

카탈로그를 뒤적이며 조금 일찍 아내의 크리스마스 선물을 고민하고 있던 내 등 뒤에서 목도리를 감듯 아내가 두 팔로 내 목을 감으며 속삭였다.

"올해는 당신이 내 선물이야."

십일조 이야기

십자가의 은혜와 율법적 십일조

영국에 건너와 박사과정을 하고 있을 때였다.

논문과 관련된 '안식일 논쟁'과 '십일조 논쟁'을 정리하던 중에, 각각 다른 두 개의 논쟁을 위해 접근하는 성경적 코드가 전혀 다르다는 것을 생각하게 되었다. 극단적으로 말하자면 성경을 적용하는 기득권층에 의해 성경이 '귀에 걸면 귀걸이 코에 걸면 코걸이耳懸鈴鼻懸鈴'가 된 셈이었다.

어머니의 십일조

어머니는 어느 날 갑자기 예수에 미친 아들에게 전도를 받아 뒤늦게 예수를 믿으신 분이다. 그렇지만 좋은 신앙인이 되기 위해 노력하셨다.

함께 교회를 다니던 아들딸들이 목사님에게 시험이 들어 모두 교회를 떠나 다른 교회로 옮겼을 때에도, 신앙생활은 그렇게 하는 것이 아니라며 처음 다니기 시작했던 그 교회를 떠나지 않으셨다.

그런 어머니에게 신앙생활의 씁쓸한 고민이 시작된 것은 '권사투표' 때문이었다. 권사가 되고 싶다고 사람들에게 말을 꺼낸 적도 없는데 후보를 추천할 때마다 사람들은 자연스럽게 연세 많으신 어머니를 추천했다.

문제는 어머니가 십일조를 하지 못하는 신앙인이었다는 것이다.

한국 교회는 십일조를 하지 못하는 사람은 권사가 되기 힘든 분위기다. 준비된 투표용지에 '십일조를 하지 못하는 후보'라는 표시를 해 두고 투표를 하기 때문이다.

하루는 권사투표 때문에 괜히 마음이 상하신 어머니께서 푸념을 하시며 전화를 하셨다.

"박목사... 나 아무래도 매달 십일조 대신 작정헌금으로 드렸던 감사헌금을 십일조 봉투에 넣어서 그냥 십일조로 드려야겠어... 교인들에게 너무 망신스러워서..."

말씀을 듣고 나서 그렇게 하지 않으시는 것이 좋겠다고 권면했지만, 매번 낙선으로 체면을 구기신 어머니께서는 그달부터 '아름답게 드리던 감사헌금'을 중단하고 '가짜 십일조'를 드리기 시작하셨다.

그리고 그 이듬해에 권사가 되셨다.

교회가 정해 놓은 액수대로 어머니는 권사취임을 하시면서 넉넉하지 않은 형편에 300만원을 할부로 작정헌금을 하셨다.

내가 목사가 되겠다고 했을 때는 시원치 않은 아들이라 그랬다고 치더라도, 명문대 성악과를 졸업한 괜찮은 딸이 개척교회 사모가 되겠다고 했을 때에도 전혀 아쉬워하지 않으셨던 어머니였다.

그런 딸이 개척교회를 하며 가난에 찌들어 살 때, 300만원을

'권사값'으로 나눠 갚으시던 어머니는 결국 스스로 시험이 드시고 말았다.

그 후, 영국에 오셔서 6년을 계시다 한국으로 귀국하신 어머니는 자연스럽게 큰 딸이 다니고 있는 작은 교회로 평생 처음 교회를 옮기셨다.

안식일과 십일조 논쟁

'안식일 논쟁'은 신약성경의 가르침에 초점을 맞추고 '십일조 논쟁'은 구약성경에 맞춰 강조하는 것이 보편적 교회의 입장이다.

우리가 잘 아는 대로 율법적 안식일은 그리스도의 부활사건 이후 주일로 바뀌게 된다. 그것이 정통개신교의 가르침이자 성경적 해석이다.

그럼에도 불구하고 '안식일 논쟁'이 지금까지도 여전히 박사학위를 위한 논지가 되고 있는 이유는 간단하다. 한미디로 십자가 사건을 통해 안식일이 주일로 바뀌게 되었다는 성경적 근거가 애매모호하기 때문이다.

그렇다고 문제될 것은 없다. 개신교가 애써 그런 근거들을 제시하기 이전부터 이미 교회(가톨릭)는 1200년 동안이나 주일을 하나님께 예배하는 날로 지켜왔기 때문이다.

이제 안식일은 더 이상 율법적 개념으로 존재하지 않는다. 안식일은 십자가의 은혜로 거듭난 주일의 또 다른 이름이 되었다.

구약시대의 안식일과 십일조는 하나님의 율법적 '관습Institution'

이라는 같은 DNA를 가지고 있다. 그렇기 때문에 안식일이 그리스도의 십자가 사건으로 은혜의 변이variation를 일으켰다면, 십일조도 같은 은혜 안에서 함께 변이를 일으켜야 마땅하다.

그러나 불행하게도 교회 안에서의 십일조는 아직도 십자가의 은혜로 변화되지 못한 채 여전히 구약시대의 축복의 담보로 머물고 있다.

결론부터 말하자면 안식일이 더 이상 율법적 개념으로 존재하지 않듯이 십일조도 더 이상 율법적 개념으로 교회 안에 존재해서는 안 된다는 것이다.

그렇다고 '십일조를 폐지해야 한다'는 비신앙적인 이야기를 하려는 것은 아니다. 단지 성도들에게 성경적 십일조 혹은 바른 십일조를 가르치자는 것뿐이다.

"성직자들의 잘못된 가르침 때문에 많은 돈을 잃은 사람들이 있다면 교회를 팔아서 갚아주어야 할 것이다."

목사가 이런 불경스런 이야기로 글을 시작한다고 이상하게 생각하거나 불쾌할 필요는 없다. 이것은 내 이야기가 아니라 종교개혁을 시작했던 마틴 루터가 비텐베르그성 교회 문 앞에 써 붙였던 '루터의 95개 조항' 가운데 51번째 조항이기 때문이다.

당시 가장 큰 교회였던 '베드로 성당을 팔아서 갚아주어야 할 것'이라는 조항의 내용을 그냥 교회라고 바꿔 본 것뿐이다.

종교개혁은 헌금에 대한 개혁이었다.

잘못된 가르침으로 성도들의 주머니를 쥐어짜 베드로 성당을 지었던 교황청을 향해 헌금에 대한 반박문을 썼던 것이 종교개혁의 시작이다.

'오직 믿음으로 구원을 받는다'는 구원에 대한 내용은 바른 헌금을 가르치자는 루터의 성경적인 반박논리로 사용되었던 것이다.

칼빈에게 많은 영향을 주었던 종교개혁자 쯔빙글리는 십일조를 면죄부(속죄권)와 연속선상에서 다루고 있다.

쯔빙글리의 '개혁 67개 조항' 마지막 부분에는 언제든지 궁금증이 있는 사람에게 십일조에 대한 정확한 답변을 해주겠다고 언급을 하고 있다.

율법적 십일조 폐지론을 주장했던 쯔빙글리는 가톨릭 군대와 싸우다 잡혀 갈기갈기 찢겨 죽었다.

서구교회의 십일조 논쟁은 우리나라에서 세종대왕이 훈민정음을 창제했던 시절로 거슬러 올라간다.

그 이후에 아담 스미스의 〈국부론〉에서도 십일조에 대한 내용을 다루었을 만큼 '십일조'는 많은 사람들이 관심을 갖는 종교적 주제였다.

19세기 중반에 세금으로 징수되던 십일조가 서방의 모든 국가에서 폐지되기 전까지 1300년 동안, 십일조는 헌금이 아니라 예배와 관계가 없는 세금으로 받아들여졌다.

그리스도의 십자가 사건 이후, 두 번의 밀레니엄을 지나는 동안 교회는 이미 교리에 관한 거의 모든 신학적 해답을 얻었다고 믿는 분위기다. 더구나 개신교는 성경적이라는 확신까지 가지고 있다.

그렇지만 성경적이라는 말은 얼마나 애매모호한 표현인가!

불행하게도 교회는 성경에서 가장 많이 언급되고 가장 중요하게 다루고 있는 '구원론'에서 조차 교단간의 합의를 보지 못했다. 성경을 어떻게 해석하느냐에 따라 구원에 대한 이해가 달라지기 때문이다.

그러나 구원에 대한 논쟁에 비하면 '십일조 논쟁'과 '안식일 논쟁'은 어렵지 않게 답을 얻을 수 있는 수수께끼에 불과하다.

그럼에도 불구하고 십일조 논쟁은 시대를 거듭하면서 '세금'과 '헌금' 사이에서 비틀거리며 쓰러졌다 일어나는 불안한 행보를 계속하고 있다.

삼겹살과 십일조

'십일조는 헌금인가 세금인가?'

성도들에게는 여전히 고개가 갸우뚱거려지는 문제다.

'십일조'라는 단어를 보면 우리나라에 복음이 전해지던 시절, 선교사들의 십일조에 대한 생각을 어렵지 않게 짐작해 볼 수 있다. '십분의 일'이라는 뜻을 가진 'Tithe'라는 단어를 하필이면 십일조十一租, 즉 '10% 세금'이란 의미로 번역해 놓았기 때문이다. 물론 십일조라는 이름이 구약시대에 붙여진 것이기 때문에 번역상의 아무런 문제는 없다. 오히려 정확한 번역이라고 말할 수 있다. 그렇기 때문에 더더욱 우리는 '왜 세금의 성격을 가지고 있는 십일조를 예배시간에 헌금으로 드리고 있는가?' 생각해 볼 필요가 있다.

곳간에 드려 쌓아놓던 것을 왜 갑자기 예배 중에 헌금으로 드리게 되었는지, 또 언제부터 그렇게 되었는지 그 정도는 알고 십일조를 헌금으로 드리는 것이 마땅하다. 그 이유를 정확하게 알지 못한다면 구약적인 의미로 볼 때 무슨 일이 있어도 제단에 올려서는 안 될 것을 제물(헌금)로 드리는 어이없는 잘못을 범하게 되기 때문이다.

그러나 성경적으로 명백한 것은 지금 우리가 드리는 십일조가 하나님께 드리는 헌금이라는 사실이다. 그리스도의 십자가 사건으로 율법이 완성되었을 때 율법적 십일조도 함께 완성이 되었기 때문이다.

율법의 완성과 삼겹살

구약성경의 율법은 우리에게 '삼겹살을 먹지 말라'고 가르친다.

그뿐만이 아니다. 꼼장어도 먹지 말고 민물장어도 먹지 말아야 한다. 한술 더 떠서 그 맛있는 스시Sushi도 먹을 수 없다. 왜냐하면 비늘 없는 생선인 참치도 먹을 수 없고 광어도 먹을 수 없고 한치와 문어도 먹어서는 안 되는 음식이 되기 때문이다. 더구나 스시를 먹는 것은 비늘 없는 생선을 날것으로 먹으니 죄에 죄를 더하는 격이 된다.

그리스도의 십자가 사건은 우리에게 이 모든 것을 먹을 수 있는 은혜를 베풀어주었다. 십자가 사건으로 부정한 음식을 금하던 율법을 완성하셨기 때문이다. 그러나 구약성경을 펼치면 여전히 삼겹살은 우리가 먹지 말아야 할 음식이다.

"목사님 구약성경도 하나님의 말씀인데 삼겹살을 먹으면 안 되잖아요?"

"아닙니다. 십자가의 은혜로 모든 것을 먹을 수 있게 되었거든요."

"그 은혜로 죄책감을 가질 필요는 없어져서 감사하지만 그래도 구약성경에서 금하신 것인데 은혜로 허락하셨다고 그것을 일부러 찾아다니면서까지 먹을 필요는 없잖아요? 어쩔 수 없이 먹게 되는 상황은 그렇지만... 그것이 우리가 제일 좋아하는 음식이 되는 건 좀 마음에 걸리네요."

있을 수 있는 고민이다.

실제로 블로그이웃 가운데 구태여 성경이 금한 음식을 먹지 않겠다는 분이 계시기 때문이다. 어느 정도 공감이 되는 부분이 있다. 그러나 지금은 오히려 그런 생각을 하는 것이 이상하게 보이는 교회문화가 되어 버렸다. 성경적인 옳고 그름을 판단하기 이전에 이미 교회 안에 자리잡은 문화에 사람들이 길들여진 것이라고 보는 것이 옳겠다.

도대체 성경적이라는 기준은 어디에 있는 것인가?

시대를 500년만 거슬러 올라가도 이야기는 달라진다.

종교개혁이 시작되던 1500년 초에는 여전히 돼지고기를 부정한 음식으로 생각하고 있었다. 십자가 사건을 통해 부정한 음식에 대한 율법적 해방이 있었음에도 불구하고 구약성경에서 금하고 있는 음식들을 일부러 즐겨먹지 않았던 당시의 분위기를, 우리는 쯔빙글리의 웃지 못할 에피소드를 통해 확인하게 된다.

당시 교회(가톨릭) 안에는 교회가 제정해 놓은 금식일과 사순절 기간 동안의 음식법이 있었다. 그것은 구약성경에서 금하고 있는 부정한 음식을 먹지 않는 것이었다. 쯔빙글리는 교회가 제정해 놓은 음식법은 결코 성경적이지 않다는 것을 주장했다.

1522년에 자신의 첫 번째 종교개혁 저술인 '음식의 선택과 자유에 관하여Vom Erkiesen und Freiheit der Speisen'라는 글을 발표하고 그 해 사순절 기간에 자신이 사제(가톨릭)로 일하고 있었던 교구의 신자들과 돼지고기로 만든 소시지를 함께 먹었다. 콘스탄츠 부주교가 그 일을 쮜리히 의회정부에 고발함으로 쯔빙글리의 종교개혁이 본격적으로 시작된다.

쯔빙글리는 종교개혁사에서 빼어놓은 수 없는 아주 중요한 인물이다.

"쮜리히에서 일어난 쯔빙글리의 개혁운동과 제네바에서 일어난 칼빈의 개혁운동을 가리켜 '개혁파the Reformed 개혁운동'이라고 부른다. 이는 그들이 루터의 개혁운동을 보다 철저히 개혁했다는 (Reforming Lutheranism) 의미에서였다."_ 김명혁

500년 전에는 돼지고기로 만든 소시지를 먹는 것이 개혁의 각오와 성직자의 신앙양심을 걸어야 하는 일이었다. 그러나 이젠 더 이상, 돼지고기를 있는 그대로 썰어 불에 구워먹는 삼겹살도 아무 문제가 되지 않는 세상이 되었다. 소시지가 아니라 목사가 그보다 더한 순대를 질겅질겅 씹어 먹어도 성경과 하나님의 명령을 운운하며 아무도 시비를 거는 사람이 없다.

율법의 완성과 십일조

쯔빙글리가 '그리스도의 십자가로 완성한 율법의 의미'를 외쳤던 것은 삼겹살과 같은 '음식의 선택과 자유'에 관한 것만은 아니었다. 쯔빙글리는 교회(가톨릭)가 율법을 근거로 금하던 '돼지고기'와 교회(가톨릭)가 율법을 근거로 강조하던 '십일조'를 같은 원리로 해석하며, 신약시대를 살고 있는 신앙인들에게 두 가지 모두 성경적이지 않은 가르침이라고 주장했다.

1522년 9월, 쯔빙글리는 '하나님 말씀의 명백성과 확실성에

대하여Von Klarheit und Gewiheit des Wortes Gottes'라는 글에서 오직 성경만이 교회와 신학을 개혁하는데 가장 중요한 권위임을 강조하며 돼지고기의 문제와 함께 율법적 십일조 폐지론을 주장했다. 그 영향으로 1523~1525년 동안 계속해서 많은 사람들이 의회에 십일조의 폐지를 청원했다.

〈율법의 완성과 삼겹살〉이라는 우스꽝스런 제목과 〈율법의 완성과 십일조〉라는 민감한 주제는 사실 시계의 톱니바퀴처럼 맞물려 떨어질 수 없는 관계이다.

하나님 앞에서 부정한 것을 먹지 말라는 계명이 십자가 앞에서 영적인 의미로 바뀌었듯이 '10분의 1'이라는 숫자는 더 이상 우리 앞에 존재하지 않는다. '10분의 1'이라는 굴레 속에서 허우적대는 신앙인의 모습과 혹은 '10분의 1'이라는 굴레 속에서 우쭐대는 인간의 죄성 앞에, 바울은 자신을 산 제물로 드리는 완전한 '드림'을 하나님께서 원하시는 것이라고 가르치고 있기 때문이다.

10분의 1이든 100분의 1이든 숫자는 내 믿음이 결정할 뿐이다. 목사들이 흔히 이야기하는 대로 구약성경이 가르치는 '10분의 1'이 하나님께 드리는 '최소한의 것'이라는 가이드라인이 된다면, 성직자로서 구약의 계명을 지켜보려는 노력으로 최소한 삼겹살과 스시 정도는 먹지 않는 '신앙의 일관성'을 보여 주어야 할 것이다.

십일조는 은혜의 시대에 '10% 세금'이라는 어색한 이름으로 존재하는 '구제 선교 작정헌금'의 또 다른 이름이다. 십일조라는 이름은 십자가 사건 이후에 단 한 번도 성경에 등장하지 않는다. 그렇다고 은혜의 시대에 십일조가 폐지되었다는 이야기는 아니다.

십일조는 하루살이

0.1%도 십일조

아이 둘이 싸운다.

형은 중학생이고 동생은 이제 겨우 초등학교 2학년이다.

싸우는 이유는 핸드폰 때문이다. 핸드폰 안에 있는 게임에 맛을 들인 동생이 게임기를 달라며 징징대는데 큰놈은 거의 울상이 되어 동생을 설득한다.

"이거 게임기 아니야 임마... 전화기야..."

동생에게 시달리는 큰놈이 안쓰러워 엄마가 중재를 한다. 하지만 휴대폰을 게임기라고 굳게 믿고 있는 작은놈에게 아무 소용이 없는 이야기였다.

교회 안에서 벌어진 재미있는 구경거리를 웃으며 지켜보다가 본질을 망각한 십일조논쟁을 떠올리게 되었다.

신약시대의 십일조는 더 이상 '10%'가 아니다. 이제 겨우 겨자씨만한 믿음을 갖게 된 성도에게는 '1%'가 될 수도 있고 경우에 따라서는 '0.1%'도 십일조가 될 수 있다. 문제는 10%든 0.1%

든 '하나님이 받으셔야 온전한 것이 된다'는 사실이다.

교회가 율법적으로 온전한 십일조에 연연하는 이유는 간단하다.

십일조가 교회 전체 결산의 60% 이상을 차지하고 있기 때문이다. 자료에 의하면 건축헌금과 특별헌금을 제외시켰을 경우 십일조 비율은 무려 75%까지 확대된다고 한다.

이쯤 되면 이단교회들 앞에서도 침묵하던 목사들이 십일조논쟁에 거품을 무는 심정을 어느 정도는 이해할만하다.

만일 성도들이 십일조를 드리지 않게 된다면 어떻게 될까?

아마도 성도들은 복에서 멀어지는 것은 아닐까 염려하게 될 것이다. 심지어는 사고를 당하게 되는 것은 아닐까, 혹시 망하게 되는 것은 아닐까 노심초사하게 될지도 모른다. 그러나 그런 일은 절대 일어나지 않는다. 성도들이 십일조를 드리지 않게 된다면 사사기에도 기록되어 있듯이 먼저 레위인에 해당되는 목사들이 생계의 위협을 받게 될 것이다. 그리고 비성경적으로 빚을 내어 건축했거나 빚을 내어 구입한 교회들이 줄줄이 차압을 당하게 될지도 모른다.

그러나 그런 일도 일어나지 않는다. 왜냐하면 성경이 우리에게 십일조 폐지론을 가르치지 않기 때문이다. 하나님께서 그리스도의 십자가 사건을 통해 율법을 완성하실 때 안식일과 같이 율법의 하나인 십일조도 은혜로 거듭나게 되었기 때문이다.

십일조=하루살이
십일조는 신약시대에도 계속된다.

그렇지만 흔히 목사들이 신약적 십일조의 근거로 들이대는 마태복음 23:23의 말씀 때문에 계속되는 것은 아니다.

"그러나 이것(십일조)도 행하고 저것(다른 율법)도 버리지 말아야 할지니라."

나는 십일조논쟁에 이 말씀(마 23:23)을 들이대며 '예수님께서 신약시대에도 십일조를 하라고 가르치셨다'는 주장을 하는 목사들을 볼 때마다 참담한 심정으로 한국 신학의 현주소를 생각하게 된다. 이것은 마치 신약성경에 기록된 '예루살렘 성전'과 '예루살렘 교회'를 혼동하는 너무나도 흔하고 어이없는 실수와도 같은 것이다.

'신약시대'의 개념정리가 필요한 논쟁이다. 신약시대는 예수님께서 십자가에 달려 죽으시고 부활하심과 동시에 시작되었다. 우리는 신약성경에 기록되어 있기 때문에 복음서의 내용을 다 신약시대라고 생각하지만 사실은 그렇지 않다. 십자가 사건 이전의 일들은 아직 신약시대 이전의 일들이다. 바리새인들과의 안식일논쟁도 그렇고 마태복음 23장 23절의 십일조 이야기도 그렇다. 이 말씀은 율법을 완성하신 십자가 사건 이전의 일이기 때문에 결코 신약적 근거가 되지 못한다.

그러나 구태여 그렇다고 우긴다면 그것도 문제될 것은 없다. 같은 성경을 펼쳐 여섯 장만 거슬러 올라가면 그런 주장이 얼마나 황당하고 우스운 것인가를 알 수 있게 되기 때문이다. 마태복음 17장 27절을 보면 예수님께서 물고기 입에서 한 세겔을 건져 베드로와 함께 성전세를 내시는 장면이 기록되어 있다. 영국 교회의 역사 가운데는 마태복음 17장을 근거로 성전세를 받았던 시절이 있었다.

우리가 빌려 쓰고 있는 영국 국교회인 성공회교회는 1845년에 세워졌는데 예배당 입구에 그 당시에 사용하던 성전세를 넣는 오크나무통이 있다. 물론 지금은 사용하지 않는 물건이다.

시대가 변해 지금은 우스운 것이 되었지만, 그 당시에는 예수님께서도 드렸던 성전세를 우리도 드려야 한다고 가르쳤던 성경적 헌금이었다.

예수님께서는 십일조를 드리지 않으셨다. 목수는 십일조를 내지 않아도 되는 직업이기 때문이다. 그럼에도 불구하고 성전세는 드리셨다. 그렇다면 신약교회는 마땅히 예수님처럼 성전세를 거둬야 한다고 가르쳐야 할 것이다. 그러나 성경을 조금만 관심 있게 묵상하면 그렇게 하셨던 예수님의 의도를 알게 된다. 그 말씀이 우리에게 성전세를 내야 한다고 가르치려는 것이 아니라는 사실을 깨닫는데 불과 5분도 걸리지 않는다.

마태복음 23장의 십일조 이야기도 마찬가지다. 그 말씀은 바리새인들에게 다른 율법을 지키지 않으면서 온전한 십일조를 드리는 것은 단지 보이기 위한 행위에 불과하다는 책망이었다. 그래서 그 뒤에 곧바로 '하루살이(율법의 하나! 십일조)는 걸러내고 약대(모든 율법)는 삼키는 도다(마 23:4)'라는 말씀을 하셨던 것이다.

예수님의 말씀에 의하면 '십일조는 율법 가운데 하루살이'에 불과하다.

음식에 하루살이가 들어가면 그냥 모르고 삼키게 되는 경우가 있다. 그런데 음식에 들어간 낙타를 삼킬 수는 없는 일이다. 예수님의 말씀은 하루살이같이 덜 중요한 십일조는 지키면서 낙타처럼 더 중요한 율법들을 지키지 않았던 바리새인들에게 하루살이와 낙타의 비유로 책망하셨던 것이다. 오히려 이 말씀은 십일조를 강조한 말씀이 아니라 율법적 십일조의 위상을 하루살이 수준으로 낮춰버린 사건이었다.

십일조는 율법적으로 10%를 드리면서 하나님의 가장 큰 계명인 '사랑'을 상실한 이 시대의 성직자들과 성도들의 모습이 바로 하루살이는 걸러내고 약대는 삼키는 꼴이 아니겠는가!

총신대학원의 역사신학 교수이자 칼빈대학교의 총장이었던 김의환 목사의 '한국 교회의 기복신앙과 성경적 복'가운데 십일조에 관한 글을 읽다 보면 한국최고의 지성이라고 말할 수 있는 그분의 단편적인 십일조 이해를 보게 된다. 그분에게 배운 목사들의 단편적인 십일조 이해를 짐작하게 되는 부분이다.

"예수님께서 바리새인들을 책망하실 때 십일조 드리는 자의 정신 자세의 잘못된 점을 지적하셨을 뿐 십일조를 금하시질 않았다. 오히려 그것을 하라고 명하셨다(마 23:23). (중략) 바로 십일조 교훈을 주신 하루살이는 걸러내고 약대는 삼키는 소경된 자로서의 바리새성을 책망하셨다. 십일조만 바치고 나머지는 내 것이므로 나머지 십의 아홉은 마음대로 쓴다는 생각은 십일조를 바치지 않은 만큼 잘못이다. 지나친 십일조 강조 때문에 그런지는 모르나 십일조를 바치는 많은 사람들이 (십)의 (일)에는 의무감을 가지나 나머지 (십)의 (구)는 해방감을 가짐으로 청지기 개념에서 오는 즐거운 헌금을 드리지 못하게 된다. 이런 생각은 나의 생 전부가 다 주님의 것이라는 바른 소유관의 결여에서 나온 것이다"_ 김의환

하루살이와 약대의 해석이 도저히 학자라고 믿어지지 않는 수준이다.

김의환 교수뿐만이 아니다. 조직신학자이자 칼빈대학교 신학대학원장이었던 박일민 교수의 십일조에 관한 글도 예외는 아니었다.

"십일조는 신약 시대에도 계속되었다. 예수님께서는 십일조 제도가 하나님께 대한 사랑과 무관하게 행해지는 것을 안타까워하시면서, "이것도 행하고 저것도 버리지 아니하여야 할지니라(눅 11:42)"고 십일조를 지칭해서 말씀하셨다"

_ 박일민, 2006.07.25. 〈교회와 신앙〉

이것이 한국 교회와 한국신학교의 십일조 이해이다. 고난주간을 보내며 신약시대와 구약시대에 대한 이해조차 없는 목사들과 신학자들 앞에 할 말을 잃고 만다.

영적 로또로 전락한 십일조

창고에 쌓을 곳이 없는 축복

나는 지금까지 30년이 넘도록 율법적인 10% 십일조를 해왔다. 그럼에도 불구하고 우리 집 창고에는 내다버릴 잡동사니 고물들만 가득하다. 그렇다고 은행에 현찰로 복이 쌓인 것도 아니다. 19년 가까운 영국 생활은 매달 초과지출로 벌금을 내지 않도록 신경을 쓰며 살아야 하는 살얼음판 같은 살림이었다. 더구나 한도액까지 쌓인 카드빚은 갚을 길이 묘연하다.

지난 세월 살아온 모든 것은 하나님의 은혜였다. 그러나 그것이 십일조 때문에 받은 복이라고 생각하지는 않는다. 십일조가 아니더라도 내가 하나님의 자녀이기 때문에 약속 받은, 성경에 가득한 은혜들 가운데 일부분이기 때문이다. 약속된 축복과 하나님의 은혜는 십일조를 내는 사람에게만 있는 것은 아니다. 십일조와 관련된 약속은 그런 축복들 가운데 겨우 하나일 뿐이다.

말라기 3장 10절의 문자적인 해석대로라면 나는 벌써 부자가 되었어야 한다. 30년이 넘도록 드렸던 십일조도 십일조지만 지난 13년 동안 1년 헌금총액의 1등 자리를 단 한 번도 성도들에게 내어준 적이 없었기 때문이다. 그렇지만 지금까지 창고에 쌓을 곳이 없을 만큼 물질적인 축복은 없었다. 물론 앞으로도 그런 일은 없을 것이다. 또 그런 기대도 하지 않는다. 나는 성경이 말씀하고 있는 축복의 본질이 '돈벼락'이 아니라는 사실을 이미 잘 알고 있기 때문이다.

둘러보면 그래도 내 형편은 다른 이들에 비해 많이 나은 편이다. 평생 한 번도 십일조를 거르지 않고 살았음에도 불구하고 하루하루를 서커스 하듯 불안 불안하게 살아가는 친구목사들이 주변에 많으니 말이다. 목사들이야 성직자니까 그렇다고 치자. 과연 십일조를 거르지 않고 살아온 평범한 성도들의 삶은 어떨까?

13년 동안 개척한 교회를 섬겨오면서 성도들의 헌금생활을 지켜봤다. 교회에는 언제나 헌금하는 것을 부담스러워하는 성도들이 있고, 누가 봐도 어려운 형편에서 십일조를 거르지 않는 성도들이 있게 마련이다. 그런데 재미있는 것은 헌금에 부담을 갖는 성도들이 십일조를 하는 성도들보다 비교적 더 잘 산다는 것이다. 물론 우리교회의 경우에 그렇다는 이야기다. 그렇지만 다른 교회들도 별 다르지 않을 듯 싶다. 크지 않은 교회라면 단지 3분 안에 결론을 낼 수 있는 간단한 Survey가 될 것이다. 한번 냉정하게 교회를 둘러보자.

내 주위에는 십일조를 거르지 않는 집사님들이 계시는데 공교롭게도 이분들은 아직도 월세를 살고 계신다. 월세를 살면서 고급승용차를 굴리는 사람들도 있다지만 이분들은 자동차마저도 각각 10년이 넘은 것들이다. 십일조를 해 온 세월이 나처럼 30년을 넘었다는데, 한마디로 말라기 3장 10절에 약속된 '창고에 쌓을 곳이 없는 축복'과는 좀 거리가 먼 분위기다.

그런데 얄궂게도 십일조는 둘째 치고 헌금생활에 전혀 관심이 없는 교인들 중에는 집을 두 채씩 구입한 분들도 있고 제법 많은 재산을 모은 분들도 있다.

그러나 다행스럽고 귀한 것은 그럼에도 불구하고 십일조를 계속하고 있는 그분들의 신앙이다. 그분들은 결코 복을 받기 위해 십일조를 하는 것이 아니라 그것을 마땅히 해야 할 신앙인의 본분이자 신앙생활의 일부분으로 생각하고 있기 때문이다. 문제는 그것이 '신앙적인 동기'에서 비롯된 것인지 아니면 '거부할 수 없는 신앙적 습관'으로 자리 잡은 것인지 구분하기가 모호하다는 것이다.

둘러보면 십일조를 했더니 복을 받았다는 사람들도 있다. 물론 나 역시도 그런 복을 부정하지 않는다. 그러나 그런 사람들을 모델로 내세워가며 모든 사람들이 십일조를 하면 다 복을 받게 될 것처럼 가르치는 것은 결코 바람직하지 않다. 그것은 마치 로터리(로또)에 당첨된 사람들을 앞세워 복권을 사고 싶은 마음이 생기도록 충동질하는 것과 다르지 않기 때문이다. 사실 확률로 따져 봐도 로터리에 당첨되는 사람들이 훨씬 더 많다. 실제로 지구촌 곳곳에서 일주일에 한 번씩 로터리복권에 당첨되어 인생역전을 하는 사람들이 쏟아져 나온다. 국가별로 따지면 결코 적은 숫자가 아니다.

그러나 십일조를 해서 복을 받은 사람들을 찾는 것은 그리

쉽지 않다. 그러다 보니 사실이 많이 왜곡된 록펠러의 이야기와 십일조를 떼어먹었다가 벼락을 맞았다는 이야기가 대세가 되는 분위기다.

목사가 불경스럽게도 십일조와 로터리를 비교하게 된 이유는 언제부턴가 한국 교회의 십일조가 '영적 로또'로 전락한 느낌이 들었기 때문이다.

십일조에 대한 생각들

이런 질문을 했던 성도가 있었다.

"목사님, 십일조를 하는 사람이 평생직장을 다니고 있다고 생각해 보세요. 월급은 정해져 있고, 다른 데서 돈이 나올만한 곳은 전혀 없는 상황입니다. 십일조를 하면 어떻게 창고에 쌓을 곳이 없는 축복을 받게 될까요? 오직 한 가지 가능한 것은 십일조를 하면 돈 깨질 일이 안 생긴다고 믿는 것입니다. 십일조는 축복이 아니라 마치 보험과 같은 느낌입니다.

일리가 있는 이야기라고 생각했다. 사업하는 사람도 아니고 월급쟁이가 어떻게 십일조를 드리면 십일조를 드리지 않았을 때보다 풍족할 수 있을까? 목사들은 목청을 높여 그것을 시험해 보라고 하지만, 시험해 보다가 그냥 어정쩡한 신앙이 되어버린 사람들이 한 둘이 아니다. 시험해보다가 그만두자니 뭔 일이 생길 것 같은 불안한 마음이 들기 때문이다. '시험Test해 보라'는 말라기 3장 10절의 말씀을 히브리어 원어 성경으로 보게 된다면 목사들이 가르치는 것이 모두 옳은 것만은 아니라는 사실을 알게 될 것이다.

또 다른 이야기가 생각난다.

"목사님, 같은 직장을 다니는 사람 둘이 있는데 한 사람은 받은 월급에서 십일조를 떼고, 한 사람은 받은 월급을 모두 다 쓰는 겁니다. 그러면 당연히 십일조를 내는 사람이 10% 궁핍해지겠지요? 그것을 극복하려면 그만큼 검소해야 하는 것이구요. 저는 기독교인의 검소한 생활이 바로 십일조 때문에 시작되었다고 생각합니다. 언제부턴가 검소한 생활도 하나님의 축복이라고 생각하게 되었고 그것이 신앙인의 경건과도 무관하지 않다는 것을 깨닫게 된 것입니다."

그 집사님의 이야기를 들으며, 듣던 중 가장 정확한 십일조 이해라고 생각했다.

그리고 또 다른 이야기도 있었다.

"목사님, 십일조를 하면 하나님께서 분명히 복을 주십니다."

당연한 이야기다. 그러나 성경에서 말씀하시는 '복'이라는 것은 얼마나 복잡하고 미묘한 개념인가!

망하는 복, 건강을 잃는 복

어떤 사람에게는 돈이 복이 되지만 어떤 사람에게는 있는 돈을 다 빼앗기는 것이 복이 된다.

어떤 사람에게는 건강이 복이 되지만 어떤 사람에게는 건강을 잃는 것이 복이 된다. 하나님께서 당신의 자녀들에게 복을 주시는 것은 '십일조'라는 한 가지 조건에 의한 것이 아니라 모든 성경적 원리와 맞물려있는 하나님의 지고하신 사랑의 결정에 의한 것이다.

그렇기 때문에 수많은 사람들이 '나는 건강을 잃었던 것이 하나님의 축복이었습니다'라고 간증my story을 하기도 하고 '나는 그때 사업에 망했던 것이 오히려 하나님의 축복이었습니다'라는 신앙고백을 하게 되는 것이다. 성경이 가르치는 축복의 의미는 얼마나 심오한 것인가!

  '십일조를 드리면 당장 복을 주시고 십일조를 떼어먹으면 그날로 벼락을 때리시는 하나님'. 토속신앙적 발상에서 벗어나지 못하는 한국 교회의 수준과 신학의 수준을 여지없이 보여주는 '극단적 하나님의 이해'라고 볼 수 있다.

  한국 교회는 산상설교의 '팔복'을 '오복'으로 해석한 〈삼박자 구원〉이 한국 신앙인들의 영성을 토속신앙 수준으로 엎어놓았다고 말을 해도 과언은 아닐 것이다. 또 그런 해석이 한국인의 정서에 맞는다는 것을 증명해 주고 있는 셈이다. 내 생각이 아니라 스펄전 목사님이 목회를 하시던 'Metropolitan Tabernacle'의 담임목사이자 경건주의 신학자인 Dr. Peter Masters 목사님의 이야기다.

흠 있는 소와 온전한 양

하나님이 기가 막히셔서...

성경은 66권이다. 누군가가 '하나님은 어떤 분이신가?'라는 타이틀로 성경 66권에 드러난 '하나님'을 간결하게 표현해 놓았다. 정확하면서도 공감이 되어 고개가 끄떡여지는 내용이었다.

1. 창세기-창조하시는 하나님 2. 출애굽기-구원하시는 하나님 3. 레위기-약속하시는 하나님... 7. 사사기-재판하시는 하나님... 14. 아모스-공의의 하나님 15. 호세아-질투/권면하시는 하나님... 27. 에스라-도우시는 하나님... 35. 시편-찬양 받으실 하나님... 37. 전도서-인생의 의미를 깨닫게 하시는 하나님... 39. 말라기-기가 막혀서 말을 못하시는 하나님.

잉글리시 티를 마시며 창세기부터 읽어 내려가던 나는 말라기의 하나님을 읽다가 그만 입안에 물고 있던 티 한 모금을 그냥 '푸하~'하고 허공에 뿜어내고 말았다. 책상 옆에서 졸고 있던 고양이가 놀라 도망을 가고 책상은 그야말로 엉망이 되고 말았다.

그렇지만 문제 될 것은 없었다. 마른 수건으로 책상을 닦아내며 말라기에 대한 명쾌한 답을 읽은 것으로 충분하다고 생각했기 때문이다. 과연 어느 누가 말라기의 하나님을 이보다 더 정확하게 표현할 수 있겠는가!

발라기는 '제사보다 젯밥의 관심'으로 밥벌이가 되어버린 제사장들의 추한 꼴을 바라보시며 '기가 막혀 말을 못하시는 하나님'의 마음을 말라기 선지자가 대언했던 구약성경의 마지막 예언서이다.

우리는 종종 깨알처럼 쓰여 있는 약관mandate을 읽기 귀찮아서 세일즈맨이 제시하는 좋은 조건만 듣고 물건을 사거나 어떤 계약을 했다가 약관 속에 숨겨져 있던 전혀 다른 내용 때문에 낭패를 보기도 한다. 어찌 보면 우리들의 십일조도 그와 비슷한 이야기일 수 있다.

복사늘이 가르치는 말라기 3장 10절의 말씀을 그냥 문자적으로 이해하면 십일조를 드리지 않는 것은 정말 바보 같은 짓이다. 십일조를 드리면 하나님께서 쌓을 곳이 없도록 넘치는 축복을 해 주시겠다는데 그것을 마다할 이유가 없는 것이다. 사실 그래서 십일조를 드리고 있는 사람들이 없지 않다. 그러나 말라기의 말씀을 처음부터 끝까지, 손가락으로 줄을 그어가며 꼼꼼히 읽어보면 이야기는 달라진다.

"여호와께서 말라기로 이스라엘에게 말씀하신 경고라"

"내 이름을 멸시하는 제사장들아..."

이렇게 경고로 시작되는 1장 1절과 6절 말씀을 보면, 하나님께서 노하실 만큼 심각한 '헌물과 십일조의 문제'가 바로 제사장들에게 있었다는 것을 짐작할 수 있게 된다.

온전한 양과 비둘기 vs 흠 있는 소

말라기의 말씀은 제사에 관한 '하나님의 관심'과 '제사장들의 관심'이 달랐다는 것에서 출발하고 있다.

말씀을 요약하자면 하나님의 관심은 오직 '온전한 제물'에 있고, 제사장들의 관심은 오직 '더 많은 제물'에 있었다는 것이 된다.

하나님께서는 '흠 있는 소'를 제물로 받기보다는 '온전한 양이나 비둘기'를 받기 원하셨다. 그렇지만 제사장들은 온전한 양이나 비둘기보다는 흠이 있더라도 온전한 양과는 비교할 수 없는 절대적 가치를 지닌 소牛를 선호했다.

말라기의 경고는 그런 제사장들을 향해 흠이 있는 똥(말 2:3)같은 제물을 드리지 않도록 하라는 것이었다. 더구나 말씀의 흐름과 순서를 통해 우리는 십일조의 중요성보다 일반적인 헌금이 하나님 앞에 훨씬 더 중요하다는 것을 어렵지 않게 알 수 있게 된다. 그것은 사실 너무나도 당연한 이야기다. 그럼에도 불구하고 한국 교회가 십일조를 더 중요하게 여기고 있는 분위기는, 말라기에 등장하는 온전한 양이나 비둘기보다 흠 있는 소를 더 좋아했던 제사장들의 모습과 닮은꼴이라고 말할 수 있겠다.

우리는 말라기의 경고를 통해 예배에 대한 하나님의 관심을 이해해야 한다.

하나님의 관심은 언제나 '온전한 것'에 있다. 그것이 양羊이든 비둘기든 세상적 가치는 상관이 없다. 그런데 한국 교회는 말라기를 통해 그런 하나님의 관심을 발견한 것이 아니라 어이없게도 경고 가운데 등장하는 말라기 3장 10절의 '축복 이야기'를 발견하게 된다. 엽기가 아닐 수 없다. 결국 그 말씀 한 절로 무수히 많은 성도들이 하나님 앞에 '흠 있는 소'를 드리도록 만들었던 것이다. 당연한 이야기가 되겠지만, 어느 교회든 '온전한 양이나 비둘기 같은 헌금'보다는 '흠 있는 소와 같은 헌금'을 더 선호한다. '하나님께서 받으시는 제물이 되었는가'의 문제보다는 먹고 쓸 물질(교회재정)에 더 관심이 있기 때문이다.

'기가 막혀 말을 못하시는 하나님'이라는 말라기의 제목은 사실 이런 한국 교회의 상황을 꼬집으려는 씁쓸한 해학에서 비롯된 것이다.

경고로 주신 말씀을 가지고 똑 같은 짓을 더 효과적으로 반복하기 위한 도구로 사용하는 꼴이 되어버린 셈이다. 말라기 3장 10절로 십일조를 강조하는 것은 성경의 몰이해이자 하나님의 경고에 대한 무시내지는 무관심이라고 볼 수 있다.

하나님의 저주는 십일조를 떼어먹었기 때문에 오는 것이 아니라 온전한 헌물을 드리지 못했기 때문에 '이미 저주를 받은 상황'이라는 것을 우리는 말라기 2장 2절을 통해 확인하게 된다. 더구나 저주의 직접적인 원인이 되었던 도적질에 대한 것은 '십일조'가 아니었고 정확하게 말하자면 '십일조와 헌물'이었다 (8절). 그러나 더 중요한 것은 말라기가 말하고 있는 '도적질의 실체'가 똥같이 드린 십일조를 '제사장이 횡령했던 사건들(느헤미야 13장)'과 무관하지 않다는 사실을 분명히 짚고 넘어가야 할 것이다.

말라기 3장 10절에서 말씀하고 있는 '온전한 십일조를 창고에 들여 나의 집에 양식이 있게' 하는 문제의 책임은 십일조를 드려야 하는 백성들에게만 있는 것이 아니다. 제사장들의 횡령사건들과 같은 역사적 배경과 말라기의 전체적 흐름으로 볼 때 '나의 집에 양식이 있게' 하는 문제는 오히려 제사장들의 청렴淸廉과 깊은 관련이 있다는 것을 명심해야 한다.

나중에 몇 주간에 걸쳐 다루게 되겠지만 성도를 '도둑놈'으로 모는 '도적놈' 목사들이 널려있는 것이 한국 교회를 위협하는 가장 심각한 문제 중의 하나이다.

신앙인이 헌금에 대한 하나님의 관심을 이해하는 것은 대단히 중요하다.

하나님께서는 믿음이 없어서 드리지 못하는 자들을 저주하지 않으셨다. 그러나 드리는 자를 향해서는 오히려 그 마음을 보시며 저주하시기를 주저하지 않으시는 하나님이시다. 가인의 제사를 받지 않으시므로 가인을 저주하셨고, 아나니아와 삽비라의 헌물을 받지 않으시므로 아나니아와 삽비라를 죽여 버리셨다. 축복이 중요한 문제가 아니다.

헌금과 십일조를 잘못 가르치는 것은 정말 위험한 일이 아닐 수 없다. 차라리 드리지 않았다면 괜찮았을 것을 온전하지 않은 똥 같은 가증한 '헌물과 십일조'를 드리므로 저주를 받게 되는 것이다(말 2:2). 제사장들은 백성들이 기쁨으로 온전한 소를 드리지 못할 때, 기쁨으로 온전한 양을 드리고 온전한 비둘기를 드리도록 하나님 앞에서 겸손하고 깨끗한 마음을 가르쳤어야 마땅했다. 그러나 자신들이 먹게 될 고깃덩어리(소)에 대한 미련 때문에 결국 하나님의 백성들을 망쳐놓았던 것이다.

우리들의 이야기도 결코 다르지 않다.

교회는 십일조를 통한 축복을 가르치기 이전에 온전하게 드

리는 헌물(헌금)을 가르쳐 하나님께서 받으시는 진정한 예배가
되도록 해야 한다. 기쁨으로 온전한 소를 드리지 못한다면 기쁨
으로 온전한 양을 드리고 기쁨으로 온전한 비둘기를 드리도록
가르쳐야 한다. 그 이유는 간단하다. 성도들이 축복을 받는 것
도 중요하지만 축복을 받기도 전에 저주를 받지 않도록 가르치
는 것은 더 중요하기 때문이다. 더구나 죽이시지 않는 것만으로
도 감사해야 할 상황이 될 수 있다.

땅 없는 레위인들의 양식

비난과 격려 사이

명성교회에서 열리는 교단총회 참석차 서울에 왔다. 우리교회가 소속되어 있는 호주노회의 서기 목사님을 만나 반갑게 인사를 나누다가 뜻밖의 이야기를 듣게 되었다. 어느 목사님들께서 교단총회와 호주노회로 십일조 이야기에 대한 문제를 제기하고 제재조치를 취해 줄 것을 요청했다는 내용이었다.

우리 교회도 재영한인교회연합회 회원이고 나 역시도 연합회 부회장을 두 번이나 했던 경력이 있는 연합회 회원인지라 도무지 이해가 되지 않는 처사였다.

글을 쓰면서, 언젠가는 심기가 불편한 목사들이 그런 짓을 할 것이라고 예상은 하고 있었지만 조금 이르다는 생각이 들었다. 일단 노회의 입장은 민감한 문제이긴 하지만 내게 '그런 일이 있었느냐?'고 묻는 정도였고, 다른 노회의 목사님들 가운데는 내 블로그를 통해 내 얼굴을 알아보고 내 의견에 전적으로 동의한다며 격려해 주는 이들도 있었다.

물론 교단 안에서도 전혀 문제 삼지 않는 분위기다. 사실 메일 주소를 통해 누구의 짓인가를 확인하는 것은 시간문제이다. 그렇지만 그래야 할 필요조차 느끼지 못한다.

최근 십일조 논쟁은 한국교단 안에서 뜨거운 감자가 되고 있다. 몇 년 전에는 그 문제가 '목사제명' 사건으로 이어졌는데, 한국교단 가운데 가장 보수 성향을 가지고 있다고 자부하는 예장합동 고신측에서 일어났던 것으로 기억이 된다. 당시 고신 총회는 고신대학원의 교수들과 의견을 조율한 후에 관련된 목사 둘을 소속노회를 통해 '안식일에 대한 견해와 해석'을 문제 삼아 제명 조치했었다. 그렇게 했던 이유는 정작 문제의 발단이 되었던 '십일조에 대한 해석과 견해 차이'로는 징계할 명분이 서지 않았기 때문이었다. 그러나 더 자세한 내용을 들어보니 관련된 목사들 스스로가 교단을 탈퇴한 것이라고 한다. 아직까지 어느 교단에서도 십일조에 대한 견해 차이로 징계를 했다는 이야기는 들어보지 못했다.

영국을 떠나오기 전에 신문사로부터 메일을 한 통 받았다. 십일조 이야기에 대한 독자들의 반응이 긍정적이라는 내용이었다. 그럼에도 불구하고 목회자들의 반응은 여전히 냉랭하다. 혹자는 내 글이 치졸한 방법으로 사람을 유혹하려는 얕은 수작이라며 나를 몰아세우지만 십일조 이야기로 인해 지금 내가 어떤 대가를 치르고 있는지를 알게 된다면 그것이 얼마나 생각 없는 소리인지 알게 될 것이다.

존경하는 선배목사님의 조언대로, 쓸데없이 많은 사람들을

적으로 돌려세워야 하는 일이 되기 때문이다. 그러나 분명한 것은 '성경적 진리는 밝혀져야 한다'는 것이다.

십일조의 기원과 기능

신앙생활의 연륜이 어느 정도 되는 사람이라면 이미 다 알고 있는 내용이라 지루한 이야기가 되겠지만, 이쯤에서 십일조의 기원과 기능을 간단하게 살펴보는 것은 대단히 중요한 의미가 있다.

'10% 세금'이라는 뜻의 십일조什一租는 히브리어로 '마아세르'이다. 10분의 1이라는 뜻이다. 최고의 권위를 가진 헬라어성경 70인역에서는 '마아세르'를 '에피데카토르' 또는 '데카토스'라는 헬라어로 번역해 놓았다. 역시 10%, 10분의 1이라는 뜻이다.

십일조는 하나님께서 당신의 백성들을 가나안 땅으로 인도하실 때 모세를 통해 명령하셨던 율법 가운데 하나이다. 땅의 십분의 일 즉, 곡식과 과실과 소와 양의 십분의 일을 '여호와의 성물'로 구별하여 의무적으로 헌물하도록 계명으로 정하셨다(레 27:30-33). 이스라엘 백성은 하나님께서 명령하신 십일조를 성전 곳간에 드려 레위인에게 분배하도록 해야 했고, 레위인은 그 받은 것 가운데 십분의 일을 제사장에게 드리도록 규정하였다 (민 28:21-32).

가나안에 들어간 이후 열 두 지파에게 땅이 분배될 때, 레위 지파는 다른 열 한 지파들처럼 땅을 기업으로 받지 못했다. 그 이유는 하나님께서 레위인들에게 제사(예배)와 관련된 종교적인 일에만 전념하도록 요구하셨기 때문이다.

십일조는 레위인들의 몫까지 소유하게 된 다른 지파들이 그

땅을 대신 경작해서 그 소출을 레위인들에게 돌려주도록 만드셨던 하나님의 아름다운 제도였다. 십일조는 그렇게 해서 땅을 분배 받지 못한 레위인들의 양식으로 사용되었다(민 28:24). 물론 이 밖에도 매 삼년 마다 구제를 목적으로 드렸던 좀 더 구체적인 십일조의 내용이 있었지만(신 14:28-29) 무엇보다도 십일조는 열두 지파의 소득을 평균케 하시려는 하나님의 영적인 섭리이자 내적 목표였다는 것을 그리 어렵지 않게 알 수 있다.

하나님의 명령대로 온전한 십일조가 드려지고 그것이 레위인들에게 정확하게 분배된다면 하나님의 백성들 가운데는 굶주리는 사람이 존재할 수 없게 된다. 그럼에도 불구하고 말라기 3장 10절 말씀은 누군가의 욕심 때문에 양식을 분배 받지 못해 굶는 레위인들이 존재했던 당시의 상황을 고발하고 있다.

교회는 이제껏 성전 곳간이 채워지지 않았던 모든 이유와 책임을 온전한 십일조를 드리지 않았던 성도들에게 전가했다. 그러나 우리는 말라기 3장 10절을 통해 성도들이 온전한 십일조를 드리더라도 그것이 성전 곳간에 온전하게 채워지기 어려웠던 당시의 분위기를 짐작해 볼 수 있게 된다.

"너희는 열의 하나를 바칠 때 조금도 덜지 말고 성전 곳간에 가져다 넣어 내 집 양식으로 쓰게 하여라...(공동번역)"

횡령이라는 것은 도둑질과 함께 가장 오래된 역사를 자랑하는 범죄 중의 하나이다. 어느 시대 어느 나라를 막론하고 힘없는 자들은 도둑질을 하고 힘 있는 자들은 횡령을 했다. 사실 성전 곳간에서의 횡령은 그다지 놀랄만한 사건은 아니다. 하나님을 두려워하는 마음이 없다면 성전 곳간에서의 횡령은 너무도 쉽고 간단한 일이었기 때문이다. 따지고 보면 그런 일들은 오늘날 교회 안에서도 다반사로 일어난다. 횡령하기로 작정한다면 교회 돈보다 쉬운 것이 어디 있겠는가! 성전 곳간의 열쇠를 쥐고 있는 자들과 교회 재정권을 쥐고 있는 자들의 횡령은 어디까지나 하나님 앞에서의 신앙적 양심과 하나님을 두려워하는 믿음에 달려있는 문제이기 때문이다. 목사들이 누구를 재정부장으로 세우는가에 관심을 갖는 것은 어찌 보면 쉽게 열수 있는 십일조창고를 만들겠다는 의지로 해석이 될 수도 있다.

5년 만에 온 한국은 나로 하여금 많은 것을 생각하게 만든다.

교회들마다 '교회를 짓기 위해 목회를 하는 것은 아닌지...' 착각이 들 정도로 많은 교회들이 건축 중이거나 건축을 계획 중이다. 교회를 건축한 후에 교회가 성장하면 곧바로 재건축을 계획한다. 문제는 건축비용이다. 한국 교회의 '빚잔치 교회건축'은 정말 심각한 수준이 아닐 수 없다. 한마디로 빚 없는 교회를 찾아보기 힘들 정도였다.

내가 방문했던 교회 가운데 하나는 교인 100명에 12억의 은행 빚을 지고 있었는데, 지난해 교회결산의 60%가 은행에 지불한 이자였단다. 그 이야기를 해주던 친구목사가 "한국 교회 가운데 빚 없는 교회가 어디 있느냐?"며 껄껄 웃는다. 웃을 이야기가 아니었다.

서울에 있는 대형 교회 가운데 하나인 'OO교회'는 몇 년 전까지 교회재정의 80%를 은행이자로 지출하고 있다는 이야기가 있었다. 그뿐만 아니라 교인들의 명의로 카드를 만들어 카드빚까지 끌어들였다는 그 교회 권사님의 이야기를 듣고 놀라 벌어진 입을 다물지 못했던 기억이 난다.

십일조 이야기를 끝내고 한국 교회 이야기를 연재하게 될 때 다시 심도 있게 다루게 될 내용이기는 하지만 은행 빚으로 성전을 건축하는 것은 전혀 비성경적이다. 교회건물이 목사의 명함이 된 느낌이었다.

한국 교회의 헌금 가운데 십일조의 평균비율을 아무리 작게 잡아도 통계는 65%를 넘어선다. 빚잔치로 건축한 교회의 이자를 성도들의 십일조로 때우고 있다는 이야기가 된다. 그렇게 되면 자연스럽게 굶는 레위인이 발생할 수밖에 없다. 그것이 바로 제사장들을 향한 말라기 선지자의 경고였던 것이다.

목사들의 십일조

목사들의 십일조-1

말귀를 못 알아듣는 사람들이 많다.

'십일조 이야기'는 성도들에게 십일조를 드리지 말라고 가르치는 것이 아니다. 십일조를 드리되 하나님이 기뻐하시는 온전한 것이 되도록 믿음의 십일조를 드리자는 이야기다. 그러나 나 자신은 지금까지도 율법적으로 10%의 십일조를 드리고 있다. 그렇게 하고 있는 이유는 좀 더 명분이 서는 '십일조 논쟁'을 해야 하기 때문이다. 재미있는 것은 율법적으로 10%의 십일조를 드리지 않는 목사들이 '십일조 이야기'를 걸고 넘어진다는 사실이다.

과연 10%의 율법적 십일조를 가르치는 목사들은 정확한 10%의 십일조를 드리고 있는 것일까?

목사들이 드리는 십일조의 내용을 분석해 보면 10%의 십일조라는 것이 얼마나 우스꽝스런 바리새인의 가식인지 알게 된다. 세상천지에 사이비종교를 제외한 곳에서 이런 종교적 코미디를 찾아보는 것도 쉽지 않을 것이다.

우선 내 주변의 이야기를 하는 것으로 코미디를 시작해야겠
다.

친구목사는 교회가 부흥하자 자신에게 지급되는 사례비를 항
목별로 나누기로 결정했다고 했다. 우선 크게 세 가지로 분류를
했는데, 일괄적으로 지급되던 사례비를 사택보조비와 사례비
그리고 차량유지비로 나눈 것이다. 그 이야기를 듣고 내가 농담
반 진담반으로 한 마디 했다.

"왜? 사택비와 차량유지비는 십일조 안 하려고?"

친구목사가 당황스런 표정으로 말을 막는다.

"아이... 이 친구가 왜 딴지를 걸고 그러는 거야."

허물없는 친구목사들과, 교회의 재정을 맡고 있는 친지들의
이야기를 들어보면 정확한 10%의 십일조를 드리고 있는 목사
들을 좀처럼 찾아보기 힘든 분위기다. 아이러니하게도 교회의
부목사들과 전도사들 그리고 개척교회의 목사들은 어려운 형편
에서도 정확한 10%의 십일조를 드리고 있는 것으로 나타났다.

그 이유는 간단하다.

담임목사들처럼 사례비의 항목이 나누어지지 않았기 때문이
다. 그렇기 때문에 그들은 사례비를 받으면 먼저 10%의 십일조
를 떼고 그다음 남는 것으로 집세를 내고 공과금을 내며 어려운
생활을 한다. 심지어는 집을 빌려 방을 세놓은 후에 월세금을
받은 것 가운데 십일조를 드리던 전도사님도 있었다. 어려운
형편대로, 고장 많은 낡은 자동차를 유지하는 것도 십일조를
떼고 난 후에 남은 돈에서 해결해야 한다. 자녀교육은 말할 것도
없다. 이만하면 율법적으로도 흠이 없는 정확한 십일조라고 말

273

할 수 있다.

그러나 조금이라도 성장한 교회의 담임목사 수준이라면 이야기가 달라진다.

사택은 교회에서 제공하는 것이고 공과금은 교회가 제공한 사택이기 때문에 교회가 내야 하는 것이 당연한 논리가 된다. 목사가 타고 다니는 자동차도 마찬가지다. 교회가 제공하는 것이기 때문에 연료비와 수리비까지 모두 교회의 부담이 되는 것이다.

과연 이러한 논리가 세상에서도 납득이 되는 것일까?

영국의 국세청에서는 고용인이 제공하는 주택과 차량을 모두 소득으로 간주한다. 본인이 부담해야 하는 Income Tax소득세의 과세항목이 되는 것은 너무나도 당연한 이야기다. 직장생활을 하고 있는 내 아내의 경우에도 회사에서 차량을 제공받는 것에 대한 40%의 세금을 내고 있다.

만일 어떤 이유로든지 그것을 피하고 있다면 십계명 가운데 하나를 더 어기는 결과가 될 것이다.

목사들의 십일조-2

런던에 이런 엽기적인 이야기가 있다. 그렇지만 그다지 별난 일도 아니다. 우리 시대에 어느 교회에서나 흔히 볼 수 있는 일이기 때문이다.

교회가 사택을 가지고 있는데 담임목사는 그곳에 산다. 당연한 이야기다. 물론 교회가 모든 공과금과 사택에 관련된 비용을 부담한다. 1년에 2,000파운드(360만원)를 웃도는 그 엄청난 'Council Tax주민세'도 예외는 아니다. 차량도 교회에서 제공한다. 대략 런던의 물가로 계산해 볼 때 아무리 작게 잡아도 매월 2,000파운드(한화 360만원) 정도의 혜택이 될 것이다. 영국 시민권자이거나 혹은 영주권자일 것이 거의 확실한 상황이기 때문에 영국의 세법대로 그것에 대한 세금을 내는 것이 마땅하다. 자연스럽게 모든 것에 대한 10%의 십일조도 발생이 된다.

그런데 문제는 그 목사가 그 교회에 부임한 이후 사택에 거주하면서 개인소유의 주택을 구입했는데, 들리는 이야기에 의하면 시가 40~45만 파운드(한화 7~8억 원) 이상이 될 것이라고 한다. 자산을 늘리려는 'Buy to Let'으로 세입자가 주택할부금을 내고 있으니 이것 또한 국세청의 소득세 대상이 된다.

이만하면 세상사는 수준으로도 투자의 귀재소리를 들을만하다.

세월이 흐르고 나면 그 목사는 앉아서 시가 8억짜리 집을 얻게 된다. 그때는 이미 단위가 10억대를 훨씬 넘게 될 것이다. 그 뿐만 아니라 이미 그 집에서 상당한 월세차익이 발생하고 있을 것이라는 이야기다. 개인적으로도 알고 있었던 이야기지만 그 교회의 관계자에게 들은 이야기다.

과연 그 목사는 정확한 10%의 십일조를 어떤 기준으로 하고 있을까? 그 교회 재정담당자에게 슬쩍 묻고 싶은 심정이다.

사실 나는 그 목사가 십일조를 얼마나 정확하게 하고 있는지 알지 못한다. 그러나 내가 아는 목사들의 십일조생활로 미루어 볼 때 정확한 10%를 드리는 것을 기대하기는 어려운 상황이다. 십일조를 가장 정확하게 하지 않는 사람들이 목사라는 것을 누구보다도 잘 알고 있는 사람이기 때문이다.

더 많이 버는 자가 더 많은 세금을 내야 하는 것이 세금의 기초 원리이다.

십일조는 세상의 세금과 다르다 할지라도, 어려운 자는 십일조를 낸 후에 더 어렵게 삶의 문제를 해결해야 하는데 정작 살만한 자들은 삶의 문제를 다 해결 받은 후에 나머지 것에서 십일조를 하고 있는 것은 정말 어이없는 상황이 아닐 수 없다. 이런 불공평한 십일조의 적용은 하나님의 교회를 종교적 코미디의 현장으로 끌어내리는 엽기가 된다.

그렇다면 십일조는 '집세'와 '자동차유지비'와 '교육비'와 '공과금'을 모두 제한 후에 드려야 하는 것인지, 아니면 그것을 제하기 전에 드려야 하는 것인지... 말도 안 되는 질문이지만 말도 안 되는 질문을 하게 된다. 물론 목사들 때문에 하게 되는 질문이다.

월세도 제대로 낼 수 없는 부교역자들이 즐비한데, 제 집은 세를 주고 사택에 들어가는 것은 모든 지파와 모든 백성들을 평균케 하시려는 하나님의 십일조 제도를 전혀 이해하지 못하는 '신학적 몰이해'라고 볼 수 있다. 그렇기 때문에 신약시대의 십일조 이해가 필요한 것이다. 더구나 같은 레위인이라는 것을 생각해 볼 때 '다른 레위인의 양식을 가로채는 도적질'이 된다. 그렇기 때문에 실제로 굶는 레위인이 발생하는 것이다.

틀에도 맞지 않고 이치에도 맞지 않는 10%의 율법적 십일조는 그리스도의 십자가 사건과 함께 틀에도 맞고 이치에도 맞는 믿음의 십일조로 완성 되었다. 온전하게 드릴 믿음이 안 되면서 제대로 드리고 있는 것처럼 꿰어 맞추며 하나님을 속이고 양심을 속이는 것이 아니라 "나는 이것 밖에 기쁘게 드릴 믿음이 안 됩니다"라고 고백하면 아무리 목사라도 그것이 정직한 믿음의 십일조가 되는 것이다.

스스로의 믿음은 스스로의 행위로 드러나게 되어있는 것이 성경의 원리라는 것을 우리는 항상 기억해야 한다.

그 많은 소득 가운데, 사례비 항목에서만 십일조를 드리는 목사들이 즐비하다.

그러면서도 '십일조 이야기'에는 경악을 금치 못한다. 정말 십일조에 하나님의 축복이 있는 것이라고 믿는다면, 목사들 스스로가 십일조에 축복의 비밀이 있는 것처럼 온전한 10%의 십일조 생활을 해야 할 것이다. 그러나 우리 모두가 그것을 스스로 부정하듯이 십일조를 덜어내려는 몸부림(말 3:10-공동번역)을 치고 있질 않는가 말이다. 십일조는 언제부턴가 우리들의 목회현장에서 드라빔이 되고 바알이 되고 아세라가 되어 가증하게 하나님의 교회를 더럽히고 있다.

그 많은 목사들의 십일조 이야기를 어디까지 헤야 할지 고민이 된다.

교인들의 빚과 목사의 커미션

십일조=은행이자

2010년 6월 24일자 기독교신문에 의하면 한국 교회가 건축을 하면서, 제1금융권과 제2금융권으로부터 빌린 부채가 무려 20조원이 넘는다고 한다. 교회들은 20조원에 대한 이자 2조원에 치어 허덕이고 있는 상황이다. 더구나 통계에 잡히지 않은 사채와 개인명의로 된 부채까지 포함하면 그 액수는 가히 심각한 수준까지 올라갈 것으로 추정된다. 그러나 그 보다 더 심각한 것은 성도들의 헌금 가운데 무려 2조원이 은행이자로 의미 없게 쓰여진다는 사실이다.

그럼에도 불구하고 성도들의 헌금(십일조)을 대부분 은행이자로 지출하고 있는 교회의 현실에 대하여 하나님 앞에 죄책감을 느끼는 목사들은 거의 찾아보기 힘들다. 어느새 너무나도 당연하고 자연스런 한국 교회의 상식이 되었기 때문이다.

가깝게 지내던 친구목사가 담임목사로 청빙 받은 교회는 30명의 교인으로 12억짜리 건축을 한 교회였다. 요즘은 다들 교인

30명이 모이면 10억대의 건축을 계획한다니 전임자를 탓할 수도 없는 노릇이다. 전임자가 눈덩이처럼 불어난 이자를 감당하지 못하고 친구목사를 구원투수로 밀어 넣은 셈이었다. 그 어려운 상황에서도 1년 만에 30명이 모이던 교회를 100명으로 성장시켰지만 이미 많이 밀어놓은 이자 때문에 정상적인 목회를 하기 힘들다는 이야기를 했다. 그렇지만 주일날 은행직원이 나와서 헌금을 거둬가는 교회들보다는 낫다며 껄껄 웃는다.

오늘 우연히 인터넷을 뒤적이다 별 생각 없이 검색창에 친구목사와 교회 이름을 넣어 봤더니 교회 경매 공고가 뜬다. 결국 이자를 갚지 못해 은행에 차압을 당하게 된 것이었다. 그때까지 몇 년 동안 교회가 은행에 이자로 넘겨준 돈이 3억 2천만 원이었다니, 그 작은 교회에서 일 년에 평균 8천만 원을 이자로 갚았다는 이야기가 된다. 십일조가 많은 비중을 차지하는 교인들의 헌금을 은행이자로 퍼 준 셈이다.

차압을 당해 경매로 넘어가는 교회들이 생각보다 많다. 무리하게 건축을 한 후에 교회가 부흥되지 않으면 당연히 피할 수 없는 일이 된다. 결국 시장논리와 다를 바가 없다.

2009년 11월 22일, 정삼지 목사가 시무하는 제자교회의 장로들이 교인들을 대상으로 성명서를 발표했다. '뉴스앤조이'에서 기사화한 내용 중의 일부인데 '뉴스앤조이'에서는 그 기사에 성명서 원본사진을 함께 붙여 놓았다.

"현재 제자교회는 260억 원의 은행 빚에 매월 1억 5,000만 원 이상의 이자가 성도들의 피와 땀으로 내는 헌금에서 나가고 있습니다. 그러나 교회 재정을 직접 관장하는 담임목사는 올해

초 '야베스의 기도' 특별집회를 마치고 1천만 원의 강사료를, 그리고 지난 7월과 8월 아홉 번 금요성령집회를 주관하고는 9백만 원의 강사료를 가져가셨습니다. 물론 매월 지출되는 1천 7백만 원의 월급은 별개였습니다. 월급 외에 얼마를 더 쓰시는 지 저희는 알지 못합니다. 참고로 저희 교회에 야간근무를 하시며 새벽차량까지 운전하시는 사찰집사님의 사례비는 1백만 원입니다. (중략) 월급 150~200만원 받는 성도님들이 어린아이 우유는 못 먹여도 그 돈 아껴 십일조 헌금을 드리는, 피눈물 나는 귀한 헌금인데... (이하 생략)"

제자교회는 모범적인 교회의 모델이라고 할 수 있을 만큼 교인들의 자부심도 대단하고, 교회/목회자 모두 대외적으로 이미지가 좋은 교회이다. 제자교회의 현실이 이렇다면 과연 다른 교회들은 어떻겠는가... 한숨이 나올 지경이다. 그 성명서의 내용 중에는 십일조를 강조하며 세속적 번영과 성공을 강단에서 외치는 정삼지 목사의 설교와 제자교회의 안타까움을 지적하고 있다.

제자교회가 1억 5천만 원의 은행이자를 갚기 위해서는 성도들이 열심히 십일조를 하지 않으면 안 될 것이다.

과연 십일조를 이렇게 사용해도 성경적으로 아무 문제가 없는 것인가?

교회건축으로 교회가 빚더미에 앉으면 그 빚은 모조리 성도들의 몫이 된다. 그런 와중에 1천 7백만 원의 월급을 받는 것도 모자라 자기 교회 성도들을 대상으로 특별집회를 하고 1회당 1백만 원의 강사비를 따로 챙기는 것이 오늘 우리 한국 교회의 목회자상이다.

한국 교회의 현실을 보자. 사택과 공과금과 차량유지비를 제외하고도 담임목사의 사례비는 사찰집사의 사례비와 무려 17배나 차이가 난다. 그래도 제자교회는 양호한 편이다. 전주의 모교회는 담임목사의 사례비와 사찰집사의 사례비가 무려 25배나 차이가 났기 때문이다.

이것이 왜 문제가 되고 비 성경적인 행정이 되는지 '레위인의 범위'라는 주제를 가지고 따로 설명을 할 예정이다. 결론부터 이야기하자면 성경적 의미로 볼 때, 담임목사만 레위인이 아니라 사찰집사도 레위인이라는 사실이다.

커미션도 십일조?

하고 싶지 않은 이야기지만 하지 않고 넘어가기엔 너무나도 심각한 이야기가 있다.

교회를 건축하면 교인들은 무리해서 빚을 지세 되지만 목사는 부자가 되는 경우가 허다하다.

내가 알고 있는 어느 교회는 2층 상가교회로 시작을 해서 80년대 초에 1천명 규모의 교회를 건축했다. 그리고 또 다시 90년대 초에 1만 명을 수용할 수 있는 대규모의 교회를 건축하게 되었다.

말 그대로 우리 어머니를 포함한 성도들은 젖 먹던 힘을 다해 성전건축에 참여했다. 그 무렵 모든 목사들이 그렇듯이 목사님은 그런 성도를 축복하시는 하나님을 설교하셨다.

그러나 그것이 그리 놀랄만한 일은 아니다. 언제부턴가 그런 관행이 목사와 건축업자(장로 · 집사) 사이의 공공연한 비밀이 되었기 때문이다. 영국에서 사립학교에 학생을 보내면 학교 측에서 학비의 10%를 커미션으로 지급해 주는 것과 다를 바가 없는 일이었다. 물론 모든 목사가 다 그렇다는 이야기는 아니지만 생각보다 그런 목사들이 많다는 사실이 충격이 된다.

건축업자는 목사들에게 대가성의 사택을 지어주고 성도들에게는 "이제껏 이런 목사님을 뵌 적이 없어서 감동이 되어, 십일조를 드린다는 마음으로 사택을 지어드리기로 하나님 앞에 작정을 했다."고 하면 그만인 것이다. 그 목사님은 성전건축과 함께 1만 명 규모의 교회에 걸 맞는 대궐만한 사택을 커미션으로 챙기셨다. 명목은 건축업자의 십일조였는데 과연 이것을 십일조라고 말할 수 있는 것인지... '10분의 1'이라는 말에 알쏭달쏭해진다. 성전건축으로 교인들은 잔뜩 빚을 지고, 목사는 꿩 먹고 알 먹는 횡재를 한 것이다. 교회건축을 하면 커미션을 받아 챙기지 않더라도 목사는 뜻밖의 혜택을 입게 된다.

건축업자를 끼고 작은 교회의 건축에 개입하는 큰 교회 목사들이 있다는 것은 이미 잘 알려진 이야기다. 몇 년 전에 방송사까지 개입이 되어 난리를 치렀던 모교회의 목사 사건도 그 문제의 핵심에 건축업을 하던 장로가 있었던 것으로 알려졌다. 건축하는 교회의 목사에게 5% 그리고 소개를 한 목사에게 5%를 준다는데, 사실 나는 그 이야기를 듣고서야 어떻게 목사가 수십 채의 집을 소유할 수 있는 것인지 그 궁금증이 해소되었다.

삼십 여 채의 집을 소유했다던 모 교단의 신학교 교수이자 유명한 부흥사인 어느 목사의 일화는 유명하다.

목회를 하던 교회가 건축을 하게 되었는데, 목사님의 설교를 듣고 집을 팔아 헌금하고 전세를 월세로 돌려 헌금하던 교인들이 그 무렵에 삼십 여 채나 되는 목사님의 재산내역을 알게 된 것이다. 교인들이 목사님에게 두 가지의 옵션을 제시했는데 첫 번째는 집 한 채 혹은 두 채를 남기고 나머지를 팔아 건축헌금으로 드리는 것이고 두 번째는 그렇게 하지 않으실 경우 사임하는 것이었다.

고민할 필요가 없는 옵션이었다. 그 목사는 그 다음 날로 사임하고 다른 교회를 개척했다. 신학교 교수이자 집회강사로 잘 알려진 분이라 어렵지 않게 또 다시 교회가 부흥(?)했다는 후문이다.

한국 교회는 '성전건축'을 하나님께 영광 돌리는 최고의 방법이라고 생각하는 분위기다. 그런 분위기 속에서 엄청난 액수의 헌금이 사용된다. 물론 그 가운데 십일조가 가장 큰 비중을 차지한다.

한국 교회의 관심과 목사들의 관심은 온통 몸집 불리기에 집중이 되어있다. 그렇다고 몸집 불리기가 기독교의 성장을 의미하는 것은 결코 아니다. 단지 몸집 불리기는 교인들의 수평이동을 조장하여 작은 교회는 더 작아지고 큰 교회는 더 커지는 양극화 현상의 골을 깊게 할 뿐이다.

이제 더 이상 한국 교회의 성전건축은 복음적이라고 할 수 없다. 그 내면에는 목사들의 야망과 욕심이 자리 잡고 있기 때문이다. 한국 교회는 은혜와 헌신이라는 이름 아래 성도들을 점점 바보로 만들어가고 있다. 이데올로기와 이데아는 같은 DNA를 가지고 있기 때문에 성도들이 바보가 될 수 있는 것이다. 사실 전혀 이상한 일은 아니다.

상실돼버린 초대교회의 정신

교인들의 일그러진 헌금관

10년 전쯤의 일이다. 옥스포드에 있는 한인 교회에 새로 목사님이 부임하셨다. 그리고 얼마 지나지 않아 노회에서 부부동반으로 모임을 가지게 되었다. 나이가 비슷한 그 교회 사모님과 아내가 통성명을 하더니 이내 둘이 붙어 앉아 이야기를 나누기 시작했다.

집으로 돌아온 아내가 작은 교회 목사들의 고민은 다 똑같다며 한숨을 쉰다.

"그 사모님... 교회재정의 90% 가까이가 목사사례비라며 힘들어하시더라."

그 교회의 문제만은 아니었다. 아마 런던의 몇 교회를 제외한 영국에 있는 거의 모든 한인 교회의 문제일 것이다. 10년 전에도 그랬고 세월이 지난 지금도 달라진 것은 없다. 교회재정의 90%가 목사사례비라지만 정작 집세를 내고 나면 생활비를 걱정해야 할 수준이 대부분이다. 어쩌면 집세를 내기도 어려운 쥐꼬리만 한 사례비를 받으면서도 마음의 부담을 느끼고 있는 목사가 있을지도 모른다. 그러나 분명한 것은 교회가 목사의 생활을 책임져야 한다는 것이다. 바로 그것이 십일조의 정신이고 성경적 십일조의 집행이다.

작은 교회를 다니는 교인들은 헌금이 목사사례비로 지출되는 것을 못 견뎌 하는 경향이 있다. 목사사례비 보다는 선교비로 쓰여지기를 원하는 것이 교인들의 보편적인 성향이다. 교인들의 일그러진 헌금관의 전형이라고 볼 수 있다.

목사에게 지출되는 사례비와 선교사에게 보내지는 선교비는 넓은 의미로 볼 때 같은 것이다. 특히 이민교회에서의 상황은 광의적 의미까지 범위를 설정하지 않아도 같은 개념이 된다. 그 이유는 선교학에서 이민교회 목회자를 선교사의 한 종류로 구분하고 있기 때문이다. 그렇기 때문에 선교사로 파송되어 이민 교회를 목회하고 있는 목사들을 흔히 보게 되는 것이다. 영국만하더라도 교단에서 선교사로 파송되어 목회를 하고 있는 분들이 상당수에 이른다.

이론理論은 실천實踐되어 질 때 의미가 있다. 이론과 실천은 연속선상에 있어야 한다. 신념과 이념뿐만 아니라 교리敎理도 마찬가지다. 실천되지 않는 교리는 신앙놀이에 불과하다. 십일조는 성경적으로 거두어져 성경적으로 집행될 때 의미가 있는 것이다. 교회재정의 90%가 될지라도 성도들의 십일조가 목사사례비로 지출되는 것은 지극히 성경적이다. 하나님께서 그 교회를 세우셨다는 사실을 믿고 확신하는 성도라면 마땅히 그 의무를 충실히 해야 한다. 하나님께서 율법으로 제정하신 십일조의 가장 중요한 목적이 레위인의 생계비로 쓰기 위한 것이기 때문이다. 그럼에도 불구하고 작은 교회의 교인들은 그것을 원치 않는다.

악순환이다. 대형 교회도 십일조의 성경적인 집행을 원치 않고 교인들도 십일조의 성경적인 집행을 원치 않는 셈이다.

앞에서 언급했던 제자교회를 생각해보자. 교회가 건축으로 인한 은행 빚 260억 원에 대한 이자로 매월 1억 5천만 원씩을 갚고 있다. 100% 성도들의 헌금이다. 그러나 교회 안에서의 정치적인 이슈가 되기 전까지, 어느 누구도 자기의 십일조가 은행이자로 쓰여진다고 생각하는 사람은 없을 것이다. 내가 낸 십일조만은 선교와 구제에 쓰여지고 있을 것이라고 믿게 되는 것이 사람의 자연스런 생각이기 때문이다.

십일조는 작은 교회에 드려질 때 오히려 성경적인 목적으로 쓰여질 가능성이 높다. 그러나 불행한 사실은 그것을 알고 있는 사람들이 그다지 많지 않다는 것이다.

헌금이 넘치는 대형 교회

S교회가 재건축을 시작했다.

서울 서초역 부근 대법원 맞은편, 서초동 1541-1번지에 2,278평의 부지를 1,174억 7천만 원에 매입했다. 평당 5,175만 원짜리 땅을 구입하면서 600억 원을 은행차입 했다. 교회 측은 부지 매입비용을 제외한 건축비 900억 원짜리 공사를 하겠다고 밝혔다. 부지 매입과 공사비를 합치면 대략 2,100억 원가량의 공사가 된다.

그 교회 담임목사는 지난 해 추수감사절을 '건축헌금주일'로

정하고 창세기 22장 1절-18절의 본문을 '평생 감사를 위한 신앙의 토대'라는 제목으로 설교했다. 창세기 22장은 하나님이 아브라함에게 이삭을 제물로 바치라고 명령하는 내용이다. 그 목사는 "하나님이 하시려는 일은 아브라함의 사랑의 주소, 신앙의 정체성, 사랑의 무게가 어디에 있는지 확인하는 것이다. 웃음과 평안을 주는 아들을 선택할 것인가, 하나님나라의 구원역사에 참여할 것인가를 묻는 것이다"라고 설교했다.

그날 그 설교를 듣고 1만 4천명의 성도가 1천 3백억 원을 약정했다. 교회 관계자는 세대수 비율로 추정할 때 교인의 95%가 건축헌금을 약정했다고 밝혔다.

과연 그 비싼 땅에 2만평이 넘는 건물을 짓는 것이 아브라함에게 이삭을 바치라는 하나님의 뜻이 되는 것일까?

교회사敎會史를 통해 얻을 수 있는 답은 'NO, NO, NO'이다. 여드레 삶은 호박에 이도 안 들어 갈 소리다. 그 엄청난 돈을 들여 S교회가 새로 건축된다고 예수 믿는 서울 사람들이 늘어날 일이 없다는 사실쯤은 이미 '너도 알고 나도 아는 이야기'다

더구나 건축전문가들은 지하 20미터 지상 70미터, 2만평이 넘는 건물을 평당 420만원에 짓는다는 것이 현실적으로 터무니없는 거짓말이라는 반응이다. 올 커튼 월에 태양광 자동조절 블라인드, 수십 대의 에스컬레이터, 고급 교회 인테리어, 방송중계설비, 초현대식 냉난방조절시스템을 갖춘 설계도를 바탕으로 건축을 하게 된다면 상상을 초월하는 추가비용이 예상된다는 것이 전문가들의 이야기다. 추가비용은 모두 은행 빚이 될 것이다. 전문가들이 예상하는 은행 빚에 대한 이자 또한 상상을 초월한다. 그러나 교인들은 그것을 문제 삼지 않는다. 일그러진

헌금관이 아닐 수 없다.

대형 교회가 완성되기 위해 늘 그랬듯이 대법원을 앞에 둔 S교회의 건축에 얼마나 많은 편법과 정치력이 동원될지 가늠하기 어렵다.

평당 5,175만 원짜리 땅에 예배를 드리러 온 자동차 1대를 주차시키려면 적어도 1억 원이 넘는 2평은 필요할 것이다.

이것을 과연 하나님나라의 구원사역이라고 말할 수 있겠는가?

한국 교회는 말세신앙을 상실했다. 초대교회의 정신을 상실했다는 이야기다.

하루에 3천명을 회개시켰던 예루살렘 교회의 흔적은 존재하지 않는다. 성지순례를 다녀온 사람들 가운데 예루살렘 교회의 흔적을 궁금해 하는 것을 본 적이 없다. 다들 예루살렘 성전을 예루살렘 교회라고 착각하기 때문이다. 예루살렘 교회는 하루에 3천명이 회개했어도 교회를 짓지 않았다. 그들에게는 말세신앙이 있었기 때문이다. 그때 그들에게 필요한 것은 건물로서의 교회가 아니라 말세에 복음을 전하는 전투적인 삶으로서의 공동체였던 것이다.

수천억 원을 들여 교회를 건축해도 이제 더 이상 한국의 기독교는 양적으로 성장할 수 없다. 단지 주의 이름으로 세워진 작은 교회들을 무너뜨리며 게르만족의 이동처럼 대규모의 수평이동을 조장하게 될 뿐이다. 일그러진 한국 교회의 모습이다.

전 세계 50대 대형 교회 가운데 27개가 한국 교회라는 사실을 하나님의 축복이자 한국기독교의 힘이라고 생각하는 어리석음에서 벗어나야 할 때이다. 그것은 한국 교회가 얼마나 비정상적으로 변질되어 있는가를 보여주는 단면이라고 할 수 있다.

빅토리안시대에 세계에서 가장 큰 침례교회였던 메트로폴리탄 타버나클(스펄전 목사)은 세습으로 이어지면서 수십 년 만에 교인 13명이 남는 교회의 잿빛역사를 남겼다. 역사는 반복된다 History repeats itself. 불행하게도 한국 교회는 서양 교회가 걸었던 그 길을 그대로 따라 걷고 있다. 그렇게 볼 때, 한국 교회에서 종교개혁 이전의 부패했던 현상을 그대로 발견하게 되는 것도 결코 이상한 일이 아니다.

한국 사람들의 신앙은 참 재미있다.

S교회 담임목사가 교인들에게 본받아야 할 모델로 선택한 아브라함의 신앙은 지정학적인 요소에 영향을 받지 않았다. 어디를 가든 그의 신앙이 한결 같았다는 이야기다. 전도여행을 나넜던 사노바울의 신앙도 마찬가지다. 당연한 이야기가 되겠지만 그것이 신앙의 속성이기 때문이다.

그러나 한국 사람들의 신앙은 지정학적인 요소에 많은 영향을 받는다. 사랑의 교회에서 신앙을 배웠다는 사람들도 마찬가지였다. 한국에서는 불같던 신앙이 영국으로 건너오면 시들해지고 교회의 환경이 바뀌면 좀처럼 영적침체에서 벗어나지를 못한다. 더구나 대형 교회를 떠나서는 신앙생활이 불가능한 사람들도 있다.

21세기의 성령은 더 이상 한국 사람이 두 세 사람 모인 곳에는 역사하지 않는 분위기다. 아마도 한국 교회가 믿는 성령은 대중을 선호하는 모양이다. 사람들은 어쩌면 이런 이야기를 하는 나를 이상한 목사로 생각할지 모른다. 그렇다면 그런 현상이 나타나는 한국 교회도 이상한 것은 아닐까?

일그러진 교인들의 생각이 문제다.

런던만 해도 그렇다. 한 동네에서 서리집사가 된 교회 다르고, 권사/안수집사가 된 교회 다르고, 장로가 된 교회 다른 이력을 가진 성도들이 얼마나 많은가!

최근에는 모 교회에서 모 교회로 옮겨간 장로들 이야기도 들린다. 목사는 목사가 잘 알고 성도는 성도들이 잘 아는 법인데 그야말로 은그릇 주고 양은냄비로 바꾼 격이다.

입맛에 따라 교회를 옮겨 다니는 일그러진 교인들의 생각과 신앙놀이가 교인들의 입맛을 맞추는 교회를 만들어내는 셈이다. 한국 교회 안에서 성경적인 십일조관이 자리 잡지 못하는 것도 이런 신앙놀이와 전혀 무관하지 않다는 생각을 하게 된다. 율법적 십일조를 하지 않고서는 신앙놀이를 제대로 할 수 없도록 만든 것이 한국 교회들의 신앙노름이 되어 버렸기 때문이다.

사랑의 십시일반

십일조는 사랑의 개념

성도들에게 성경적인 바른 십일조를 드리도록 가르치는 것이 그토록 중요한 일이라면, 교회와 목사들이 십일조를 성경적으로 사용하는 섯은 그보다 몇 배나 더 중요한 일이다. 십일조의 목적은 성도들의 믿음을 보시기 위한 것이 아니라 '아름다운 하나님의 나라'를 만드시기 위함이었기 때문이다. 하나님께서는 십일조 제도를 통해 성막을 거룩하게 구별하시고 고아와 과부들같이 가난한 자들을 구제하는 '사랑의 실천'을 계획하셨다. 교회와 목사들이 성도들에게 바른 십일조를 가르치면서 십일조를 전혀 성경적으로 사용하지 않는 것은 하나님의 십일조 제도를 부정하거나 무너뜨리는 죄罪의 결과가 된다.

한국 교회의 십일조는 점점 '하나님의 뜻'과 멀어진 채 '목사들의 뜻'대로 마구 변질되어가고 있다.

십일조는 '믿음의 개념'으로 접근하기 보다는 '사랑의 개념'으로 접근해야 한다. 그것이 '하나님의 것'을 제사와 십일조로 구분하신 이유이다. 제사는 '믿음의 개념'으로, 십일조는 '사랑의 개념'으로 드려져야 하는 것이기 때문이다. 그럼에도 불구하고 한국 교회는 십일조를 '믿음의 개념'으로 가르치는 어이없는 실수를 저지르고 있다.

십일조는 성도들의 믿음을 저울질하는 잣대가 아니라 세상과 구별된 '사랑의 실천'이다. 교회는 성도들에게 그 뜻과 목적을 정확하게 가르쳐야 한다. 그 뿐만 아니라 오늘날 우리가 살고 있는 은혜의 시대에도 하나님의 뜻과 목적이 여전히 이루어지도록, 교회는 드려진 십일조를 '신약적 개념의 레위인들'과 '가난한 자들'의 양식으로 사용해야 마땅하다.

어찌보면, 열 사람의 밥그릇에서 한 숟가락씩 밥을 덜어 한 사람의 끼니를 해결해 주는 십시일반十匙一飯의 기원이 십일조에 있는 것이 아닌가 생각하게 된다.

서방의 기독교국가들은 가난한 나라들을 향해 끊임없이 십시일반을 하고 있다. 굴러다니는 동전을 모아 성금으로 보내기도 하고, 기업체들과 독지가들로부터 상상을 초월하는 액수의 기부금을 받아 기아와 재난의 현장으로 보낸다. 아름다운 지구촌의 모습이 아닐 수 없다.

그러나 결과는 그다지 아름답지 않다. 그렇게 보내진 구조물자가 기아와 재난의 현장에 있는 어려운 사람들에게 제대로 전달되지 않기 때문이다. 구조물자를 받은 정부가 그것을 정치적인 목적이나 군사적인 목적으로 사용하거나 부패한 관료들이 중간에서 횡령하는 일이 빈번하게 일어난다. 통탄한 노릇이다. 십시일반의 뜻은 푼돈을 모아 누군가에게 뭔가를 할 수 있는 목돈을 만들어 주자는 것이 아니다.

그런 일들이 후진국에서만 일어나고 있는 것은 아니다. 따지고 보면 한국 교회의 모습이 바로 그런 꼴이라고 할 수 있다. 십일조는 성도들이 푼돈을 모아 목사와 교회가 뭔가를 할 수 있는 목돈을 만들어 주자는 뜻이 아니다. 십일조의 근본 목적은 '땅을 가지지 못한 자들의 양식'이다. 땅을 가지지 못한 자들이 바로 레위인들이라는 사실을 기억한다면 그것으로 혼자 배를 두드리는 레위인들이 있다는 우리 교회의 현실 역시 통탄할 노릇이 되는 것이다.

'교회를 위한 것'이라는 명분으로 모든 것이 용납되듯이, 후진국의 관료들에게도 '국가를 위한 것'라는 명분이 존재한다. 끼니를 굶는 백성들을 위해 구조물자를 사용하는 것보다 정치적 혹은 군사적 목적으로 그것을 사용하는 것이 대의라는 논리다. 그런 논리에 토를 달 사람은 없다. '교회의 건축'이라는 명분 앞에 아무도 입을 열지 못하는 것과 같은 이야기다.

그리고 교회에서나 후진국에서나 명분 있는 횡령은 새삼 그것을 언급할 필요조차 없는 이야기가 되어 버렸다.

만나의 십일조

하나님께서 이스라엘 백성들을 이집트로부터 구원하신 후에 먹을 양식으로 '만나'를 내려주셨다. 만나는 이스라엘 백성들이 요단강을 건너 여리고 성과 전쟁을 하기 전까지 40년 동안, 안식일을 제외하고 단 하루도 빠짐없이 공급되었다. 흔히 성도들의 먹고 사는 삶을 책임지시는 하나님의 은혜를 '만나'에 비유하며 설교하게 되는 이유가 여기에 있다.

그런데 참 이상하다. 왜 하나님께서는 40년 동안이나 만나를 내려주시면서 이스라엘 백성들에게 '만나의 십일조'는 요구하시지 않으셨을까... 한 번 목사님들에게 질문을 해 보자.

당연한 이야기가 되겠지만 '만나는 하늘에서 내려주신 것이고 십일조는 땅의 소산이 되어야 하기 때문'이라는 대답을 듣게 될 것이다. 내 질문은 그런 대답을 듣자는 것이 아니다. 하나님께서 모세에게 계명을 주실 때 '왜 십일조를 곧 바로 시작하도록 요구하시지 않으셨는가?' 하는 것이다.

하나님께서 주신 모든 것은 십일조를 드려야 마땅하지 않은가!

하나님께 드리는 제사는 모세가 시내산에서 계명을 받는 즉시 시작이 되었다. 성막Tabernacle도 이미 광야에서 만들어지지만 이상하게도 십일조는 계명을 받은 후에 40년이 지나, 가나안에 입성을 한 후에 시작이 된다. 광야에서도 성막에서 일하는 레위인들과 제사장들이 존재했지만 다른 지파들이 드리는 소득의 십일조를 받지 않았다. 오직 하나님께 드리는 희생제물들과 감사예물들만 받아 제사를 드렸을 뿐이다.

혹시 만나가 너무 흔하고 가치 없는 것이기 때문이었을까?

그렇지 않다. 만나는 지금까지도 우리에게 크고 놀라운 하나님의 은혜로 이해되고 있기 때문이다. 그럼에도 불구하고 만나를 십일조로 요구하시지 않으셨던 이유는 간단하다. 광야에서는 '먹을 것이 없는 가난한 자'가 존재하지 않았기 때문이다. 만나는 모든 사람들에게 한결같이 베풀어주신 은혜였다.

우리는 '만나의 십일조'를 요구하지 않으셨던 하나님의 뜻을 통해 십일조의 목적과 이유를 좀 더 구체적으로 이해할 수 있게 된다. 십일조가 '믿음의 개념'이라면, 하나님께서 이스라엘 백성들에게 마땅히 '만나의 십일조'를 요구하셨을 것이다. 왜냐하면 모든 소득과 소유의 주인이 하나님이시라는 믿음의 고백에 가장 중요한 축복이 되는 만나도 포함이 되기 때문이다. 그러나 하나님께서는 '만나의 십일조'를 요구하시지 않으셨다. 그 이유는 만나가 흔하기 때문이 아니라 십일조가 이웃을 향한 '사랑의 개념'이기 때문이다. 광야에서는 모든 사람에게 공평한 만나가 있었기 때문에 먹을 것이 없는 가난한 자가 존재하지 않았다. 그런 광야에서 구태여 십일조를 드려 먹을 것을 나눠야 할 이유가 없었던 것이다.

그러나 믿음으로 드리는 제사는 다른 문제였다. 하나님께 드리는 희생의 예배는 십일조와 같이 '형제들과 나누는 사랑의 개념'이 아니라 하나님 앞에서의 죄의 고백이다. 죄의 고백은 하나님 앞에서 항상 필요한 것이기 때문이다.

'희생제물'에 생각이 묶여있는 우리들의 무의식이 '만나'와 '황소'의 물질적인 가치를 대비하게 만든다. 만나는 흔히기 때문에 하나님께서 요구하지 않으셨고, 황소는 귀하기 때문에 번제물로 받으시기를 원하셨다는 식이 무의식이 바로 물질만능주의에 물든 한국 교회와 우리들의 일그러진 '헌금관'이다.

성경의 역사 가운데 만나보다 귀한 양식은 존재하지 않았다. 그럼에도 불구하고 '만나의 십일조' 역시 존재하지 않는다.

십일조는 땅을 소유하지 못한 가난한 자들에게 만나와 같은 것이다.

하나님께서 '땅을 소유하지 못한 이스라엘의 모든 자들'에게 만나를 내려주셨던 그때에는, 우리에게 '십일조'를 요구하지 않으셨다. 십일조가 단지 '하나님의 것에 대한 믿음의 고백'이 아니기 때문이다. 십일조는 만나를 내려주셨던 하나님의 마음으로, 가지지 못한 자들과 '십시일반十匙一飯하라'는 하나님의 명령이자 하나님께서 디자인하신 아름다운 제도이다.

정결함이 곧 거룩함이다

남편이 원치 않는 십일조

"목사님... 십일조를 꼭 드리고 싶은데 남편이 허락하지 않습니다. 어떻게 해야 할지 고민하다가 목사님께 메일을 보냅니다."

e-mail을 통해 독자들에게 가장 많이 받고 있는 질문이다. 지난 글에 썼던 '입다의 서원'과 전혀 무관하지 않은 이야기다.

하나님은 영광 받으시기를 원하신다. 성도들의 서원을 통해서도 영광 받으시기를 원하시고, 십일조를 통해서도 영광 받으시기를 원하신다. 그 영광은 막연히 추상적인 것이 아니라 '우리 삶의 현장'을 통해 드러나고 보여진다. 서원은 그 약속의 내용이 하나님의 영광으로 이어질 때 본질적인 의미가 있고 서원으로서의 가치가 있는 것이다. 십일조 역시 그 제도를 통해 하나님의 영광이 드러날 때 가치와 의미가 있는 것이라는 사실을 기억해야 할 것이다.

입다의 서원은 본질적으로 하나님의 영광과는 거리가 먼 잘못된 맹세였다. 물론 그 믿음은 히브리서 11장에 기록될 만큼 대단한 것이었지만, 그가 보여준 성경을 알지 못하는 무지한 신앙인의 뚝심은 우리가 반드시 짚고 넘어가야 할 문제이다.

입다의 서원은 삼십 세겔의 속전贖錢과 속죄제로 끝을 냈어야 마땅한 문제였다(레위기 27:3). 더구나 그 딸이 입다의 뜻에 동의하지 않았더라면 속죄제를 드리지 않아도 그냥 무효가 되고 말았을 서원이었다(민수기 30장).

하나님은 사랑이시다(요일 4:8).

그분의 율법은 모순으로 가득한 사람의 실존을 옭아매는 질곡桎梏이 아니다. 우리는, 묶는 율법과 함께 푸는 열쇠를 건네주시는 하나님의 배려를 통해 그 사랑의 깊이를 헤아릴 수 있게 된다. 오늘은 레위기 27장에 이어 민수기 30장의 내용을 살펴보자.

"사람이 여호와께 서원하였거나 결심하고 서약하였으면 깨뜨리지 말고 그가 입으로 말한 대로 다 이행할 것이니라"(민 30:2)

그 다음에 이어지는 말씀이 바로 율법과 함께 주시는 푸는 열쇠에 해당된다.

"부녀가 혹시 그의 남편의 집에서 서원을 하였다든지 결심하고 서약을 하였다 하자. 그의 남편이 그것을 듣고도 아무 말이 없고 금하지 않으면 그 서원은 다 이행할 것이요 그가 결심한 서약은 다 지킬 것이니라. 그러나 그의 남편이 그것을 듣는 날에 무효하게 하면 그 서원과 결심한 일에 대하여 입술로 말한 것을 아무 것도 이루지 못하나니 그의 남편이 그것을 무효하게 하였은즉 여호와께서 그 부녀를 사하시느니라. 모든 서원과 마음을 자제하기로 한 모든 서약은 그의 남편이 그것을 지키게도 할 수 있고 무효하게도 할 수 있으니... 이는 여호와께서 모세에게 명령하신 규례니 남편이 아내에게, 아버지가 자기 집에 있는 어린 딸에 대한 것이니라"(민 30:10-16)

서원을 지키는 것이 다른 사람의 마음을 불편하게 하거나 3자에게 피해를 주는 경우가 있다. 민수기 30장은 그런 서원에 대한 무효 규정이다. 그런 서원들은 그 서원과 관련된 제3자의 동의가 있을 때만 유효하게 된다. 하나님 앞에서 반드시 지켜야 할 서원임에도 불구하고 그 서원과 관련된 제3자의 동의가 없을 때, 그 서원은 무효가 된다. 그 뿐만 아니라 그 서원에 대한 모든 것을 용서하신다는 내용이다. 물론 남편의 결정에 아내가 동의하지 않는 경우도 마찬가지다.

우리는 종종 부모님의 서원 때문에 억지로 목사가 된 사람들을 보게 된다. 그것 또한 성경에 무지한 신앙인의 뚝심에서 비롯된 것이다. 부모가 서원을 히였더리도 시원의 3자인 당사자가 동의하지 않으면 부모의 서원은 무효가 되는 것이 서원에 대한 하나님의 규례이다. 이것을 바로 가르치지 않는 한국 교회가 얼마나 비성경적인 길을 걷고 있는지 생각하게 되는 부분이다.

신앙생활을 흔히 '하나님과 나 사이의 문제'로만 이해하려는 경향을 보게 된다. 그러나 신앙생활은 믿지 않는 가족들과 믿지 않는 이웃들 틈에 끼어있는 하나님을 향한 나의 태도와 깊은 관계가 있다. 하나님의 영광은 그렇게 내 삶의 현장을 통해 나타나기 때문이다.

십일조를 드리기로 하나님 앞에 서원을 했는데 남편이 허락하지 않는 경우를 종종 보게 된다. 그 문제에 대한 답은 간단하다.

남편이 동의하지 않는 십일조를 드리는 것은 하나님의 원하시는 뜻이 아니기 때문이다. 아내가 동의하지 않는 십일조를 드리는 것도 전혀 다르지 않은 이야기다.

그렇다면 십일조는 드리지 않아도 되는 것인가? 그렇지 않다. 남편이 동의하지 않아도 드릴 수 있는 '내 분깃의 십일조'가 있기 때문이다. 만일 남편이 알아서 살림을 하라고 아내에게 50만원을 떼어주었다고 치자. 그 돈은 남편의 동의 없이 아내의 뜻대로 쓸 수 있는 아내의 분깃이다. 민수기 30장의 흐름으로 볼 때 하나님께서 원하시는 율법적인 십일조는 바로 그것에 대한 10%를 드리는 것이다.

큰 것이 아니라 정결한 것

십일조는 부정한 이방인의 소출과는 무관한 선민들의 특권이었다. 믿지 않는 남편의 소득은 영적으로 부정한 이방인의 소출에 해당된다. 믿지 않는 남편의 소득을 계산하며 믿는 아내가 하나님 앞에서 마음을 부대껴야 할 이유가 없다는 이야기다.

창세기 8:20-21을 보면 노아가 방주에서 나온 후에 하나님께 제사를 드리는 장면이 그려져 있다.

"노아가 여호와께 제단을 쌓고 모든 정결한 짐승과 모든 정결한 새 중에서 제물을 취하여 번제로 제단에 드렸더니 여호와께서 그 향기를 받으시고…"

하나님의 관심은 '큰 것'이 아니라 '정결한 것'이다.

하나님께서 노아의 제사를 받으신 이유는 말씀에서 보듯이 정결한 것으로 드렸기 때문이다. 정결한 것이 여호와께서 받으시는 '향기'가 된다. 다시 말하자면 크더라도 부정한 것은 '향기'

가 아닌 '악취'가 되는 것이다.

현대교회의 문제는 '정결한 것'으로 드려야 하는 성경적 예배관을 상실했다는 사실이다. 정결한 비둘기는 부정한 돼지와 비교할 수 없는 영적가치를 지닌다. 그 영적가치를 교회와 성도가 함께 상실했기 때문에 점점 부정한 돼지를 선호하던 중세교회를 닮아간다. 정결한 것보다 큰 것에 관심을 갖는 '악취'의 현장이 되어가고 있는 것이다.

예배의 핵심은 '정결한 것'이다. 교회가 '정결한 것'에 관심을 가지게 되면 성도들의 삶에 감사가 자리 잡기 시작한다.

비록 풍성하게 가진 것은 없지만 하나님께 드릴 수 있는 '정결한 것'을 가지고 있다는 성도의 자부심이 감사의 이유가 되기 때문이다.

세상에서 엄청나게 많은 것을 가진 부자가 교회에 나와서 보니, 그 많은 것 중에 하나님께 드릴 수 있는 '정결한 것'이 하나도 없다는 '이상한 빈곤감의 충격'을 받게 되는 교회...

그것이 하나님께서 원하시는 영광스런 교회의 모델이다.

하나님 나라의 복지제도

사회복지의 기원

사회복지의 역사는 영국의 구빈법Poor Law, 救貧法에 기원을 둔다. 사회복지학에서는 엘리자베스 1세가 1601년에 제정한 구빈법을 국가입법으로 제도화한 최초의 사회복지정책으로 간주한다. 구빈법을 제정하여 빈민구제에 관한 국가의 책임을 가장 먼저 확립한 영국을 복지국가의 시초라고 말하는데 이의를 제기할 사람은 없을 것이다.

그러나 국가입법으로 제도화한 최초의 사회복지정책은 그보다 더 오랜 역사를 가지고 있다. 이스라엘이 이집트를 탈출하던 3500년 전에 이미 신정국가의 입법(율법)으로 제도화된 사회복지정책이 인류의 역사 가운데 등장했기 때문이다.

이스라엘 민족은 이집트의 노예로 사는 동안 가난하고 약한 소외된 이방인의 삶이 어떤 것인지를 체험했다. 하나님께서는 그런 이스라엘 민족을 향해 모든 사람들이 공감할 수 있는 복지법을 제정하셨다(출 22:21).

그 내용 가운데는 이웃의 옷을 저당 잡더라도 반드시 해지기 전까지 돌려주어야 한다는 세심한 배려까지 포함되어 있다(출 22:26). 일교차가 심한 지역 특성상 옷은 생명과도 관계가 있는 것이었기 때문이다. 신정국가의 입법(율법)은 가난한 자들을 착취하지 못하게 할 뿐만 아니라 그들을 어떻게 배려해야 하는지 그 방법을 구체적으로 설명하고 있다.

과부와 고아를 위한 복지는 하나님께서 그들을 얼마나 긍휼히 여기시는지를 짐작할 수 있게 한다. 그들을 해롭게 하는 자는 죽임을 당할 것이며 죽임을 당한 자들의 아내는 과부가 되고 자녀들은 고아가 될 것임을 선언하셨다(출 22:22-24).

안식년을 통해 노예들을 해방시켜 주어야 하는 제도와 희년이 되면 집과 땅을 팔았던 백성들이 모든 것을 다시 돌려받게 되는 제도를 통해 우리는 인권과 빈부의 격차를 줄이시려는 하나님의 마음을 읽을 수 있게 된다. 하나님께서는 가난한 자들과 소외된 자들의 편에 서서 그들의 기도를 들으시므로 당신의 자비로우심을 드러내시겠다고 말씀하셨다(출 22:27).

율법서를 세심하게 읽다 보면 십일조 또한 하나님 나라의 사회복지를 위한 제도적 입법 가운데 하나라는 사실을 알게 된다. 그럼에도 불구하고 기독교 사회복지를 연구하는 한국의 학자들은 십일조를 사회복지로 해석하기를 꺼리는 눈치다. 그러한 해석으로 스스로의 입지를 좁힐 필요가 없기 때문이다.

반드시 십일조는...

십일조는 성경에 기록된 복지제도들 가운데 현대 사회복지와 가장 가까운 형태를 가지고 있다.

십일조는 구제의 구체적인 방법론을 제시하고 있을 뿐만 아니라 근본적인 생계의 문제를 다루고 있기 때문이다. 이미 살펴보았던 것과 같이 십일조는 땅을 소유하지 못한 레위인들과 고아와 과부를 포함한 가난한 자들을 위한 것이다.

"매 삼 년 끝에 그 해 소산의 십 분의 일을 다 내어 네 성읍에 저축하여 너희 중에 분깃이나 기업이 없는 레위인과 네 성중에 거류하는 객과 고아와 과부들이 와서 먹고 배부르게 하라 그리하면 네 하나님 여호와께서 네 손으로 하는 범사에 네게 복을 주시리라"(신 14:28-29)

이 명령은 신명기 26장 12-15절에서 다시 한 번 반복될 만큼 중요하다. 히브리 문화에서의 반복은 강조를 의미한다. 하나님께서 십일조가 사회복지로 사용되어야 한다는 것을 강조하시는 말씀이다. 그런데 재미있는 것은 이렇게 중요한 말씀을 교회와 목사들이 교인들에게 가르치지 않는다는 것이다. 그 말씀에는 십일조를 드리는 자에게 하나님께서 복을 주시겠다는 약속이 포함되어 있다. 그럼에도 불구하고 신명기 14장 28-29절은 목사들이 인용하기를 꺼리는 말씀이 되었다.

그 이유는 말씀에 기록된 레위인의 위상이 성중에 거류하는 객, 고아, 과부들과 연속선상에 있을 뿐만 아니라 교인들이 알아서는 안 될 내용이 포함되어 있기 때문이다.

흔히 교회에서 목사들은 '십일조를 반드시 말씀을 듣는 제단에만 드려야 한다'고 가르친다. 과연 그런 가르침이 성경적인가? 성경 어디에도 그런 해석을 할 수 있는 근거는 존재하지 않는다. 더구나 신명기 14장 28절에서는 '십일조를 네 성읍에 저축하여' 레위인과 네 성중에 거류하는 객과 고아와 과부들을 배불리 먹이라고 가르친다. 우리의 신앙상식으로 볼 때 말도 안 되는 이야기다. 그러나 이 말씀은 명백하게 성경에 기록된 하나님의 명령이다.

본문을 원어성경인 히브리어 성경으로 확인해 보면 '네 성읍' 과 '네 성중'에 해당하는 단어가 똑같이 'שַׁעַר sha`ar' 이다. 그 뜻은 '문gate' 혹은 '공공장소public place'를 의미한다. 그리고 '저축하여'에 해당하는 단어 'יָנַח yanach'는 '증여하다bestowed'라는 뜻을 가지고 있다.

십일조를 교회가 아닌 공공기관이나 공공장소에 구제기금으로 드릴 수 있다는 해석이 가능한 정도가 아니라 오히려 그렇게 해야 한다고 강조하는 말씀이다. 우리는 이 말씀을 통해 '십일조는 반드시 말씀을 듣는 교회에 내야 한다'고 가르치는 것이 얼마나 비성경적인 가르침인가를 알 수 있게 된다.

십일조는 하나님께서 제정하신 하나님나라의 복지제도이다. 하나님의 관심은 '과연 하나님을 위해 물질을 포기할 수 있는가?'의 문제가 아니다. 하나님의 형상대로 지음 받은 자들로서, 사랑이신 하나님의 뜻을 따라 '사랑으로 이웃들과 함께 나눌 수 있는가?' 하는 것이다. 제물로 속죄제를 드리는 것도 하나님을 향한 예배지만, 사랑을 실천하는 삶으로 하나님께 영광을 돌리는 것도 하나님의 자녀들이 드려야 하는 예배이기 때문이다.

자녀들과 형제들이 목사가 되고 사모가 되어 생계조차 어려운 개척교회를 섬기고 있는 경우를 종종 보게 된다. 그러나 '십일조는 반드시 말씀을 듣는 교회에 내야 한다'는 비성경적인 가르침 때문에 부모와 형제들이 마음고생을 하며 헌금이 넘쳐나는 큰 교회에 십일조를 드리게 되는 것이 우리의 현실이다.

하나님께서는 십일조 제도를 통해 레위인들이 거룩한 성전 일에 전념 할 수 있도록 만드셨다. 생계문제 때문에 성전 일에 전념 할 수 없는 '레위인들을 저버리는 일(신 12:19)'은 십일조 제도를 만드신 하나님의 뜻을 역행하는 불순종이자 패역한 행위가 되는 것이다.

십일조와 레위인

신명기 12장 11-12절을 보자.

"너희는… 너희의 번제와 너희의 희생과 너희의 십일조와 너희 손의 거제와 너희가 여호와께서 원하시는 모든 아름다운 서원물을 가져가고 너희와 너희의 자녀와 노비와 함께 너희의 하나님 여호와 앞에서 즐거워할 것이요 네 성중에 있는 레위인과도 그리할지니 레위인은 너희 중에 분깃이나 기업이 없음이니라"

신명기 12장 17-18절에서도 같은 말씀이 반복된다. 18절은 12절의 말씀이 '여호와 앞에서 그것을 다 함께 즐겁게 먹는 것'이라는 사실을 구체적으로 설명해주고 있다.

십일조의 주체는 십일조를 드리는 자들이다. 우리는 12절을 통해서 레위인도 다른 가난한 자들과 같이 소외될 수 있는 복지의 대상이라는 사실을 발견하게 된다. 물론 12절의 내용만으로 그렇게 단정하는 것은 문제가 될 수 있다. 그러나 18절에 이어 계속되는 신명기 12장 19절은 12절의 십일조에 대한 애매한 분위기를 명확하게 정리해 준다.

"너는 삼가 네 땅에 거주하는 동안에 레위인을 저버리지 말지니라"(신 12:19)

레위인은 기득권자들이 아니라, 하나님의 제도 안에서 성도들의 사랑으로 생계문제를 해결 받아야 하는 복지의 대상이라는 말씀이다. 그럼에도 불구하고 한국 교회는 복지의 대상인 레위인이 레위인을 저버리는 꼴이 되고 말았다. 더구나 복지대상인 레위인들이 십일조를 드리는 자들보다 몇 배나 더 부를 누리며 잘 먹고 잘 사는 불합리를 보여주고 있다.

그것은 마치 서방국가에서 복지대상자들이 제도를 악용하여 벤츠 승용차와 같은 고급차를 굴리며 부를 누리는 범죄행위와 같은 것이다.

예수님의 제자들은 십일조를 드렸을까?

제자들과 십일조

과연 예수님의 제자들은 십일조를 드렸을까?

예수님께서는 구약의 전승을 따라 성전세를 드리셨다(마 17:27). 그런 성경적 근거로 미루어볼 때 제자들도 예수님의 뜻(27절 참고)을 따라 성전세를 드렸다고 생각할 수 있다. 그러나 객관적으로 제자들이 대제사장의 곳간에 십일조를 드렸다고 보기는 어려운 정황이다. 제자들에게는 구약의 율법대로 십일조를 드릴 땅의 소산이 없었기 때문이다. 제자들은 십일조에 대한 부담을 가질 필요도 없었고 십일조를 드릴 필요도 없었던 것이다.

여기서 땅의 소산이 없었다는 이야기를 소득이 없었다는 것으로 이해해서는 안 된다. 단지 문자 그대로 '농사를 짓고 가축을 키워 얻은 소출'이 없었다는 말이다.

제자들과 예수님을 포함한 13명의 공동체에서 계산이 빠른 가룟유다가 재정을 담당하고 있었다. 어떤 경로를 통해 적지 않은 수입이 지속적으로 발생했기 때문이다. 제자들은 십자가 사건 이전까지 예수님의 공생애 기간 3년 동안 그 수입으로 함께 생활(사역)할 수 있었다. 그 수입은 구약의 율법으로 적용할 때 십일조와 전혀 무관한 것이었다. 시대의 변화에 따라 수입의 유무와 관계없이 십일조를 드리지 않아도 되는 사람들이 많았다는 사실을 우리는 예수님과 제자들을 통해서 어렵지 않게 확인할 수 있다.

마태복음 17장 24절의 내용은 성전세를 두고 베드로에게 시비를 걸고 있는 가버나움 사람들의 이야기다. 그럼에도 불구하고 그들에게 십일조는 전혀 시빗거리가 되지 않았다. 그것은 예수님과 제자들이 십일조와 전혀 무관한 입장이었다는 것을 보여주는 증거가 된다.

흔히 그 이유를 하나님의 아들이신 예수님 때문이라고 생각하기 쉽지만, 성전의 주인되시는 예수님께서 베드로와 함께 성전세를 납부하셨다는 사실을 볼 때 그것은 결코 옳은 추측이 될 수 없다. 바리새인들은 그 사건 이후에도 예수님을 곤경에 빠뜨리기 위해 세금에 대한 문제를 거론하지만 여전히 십일조는 문제가 되지 않았다(마 22). 오히려 십일조를 문제 삼고 있는 것은 언제나 예수님 쪽이었다.

구약성경의 십일조를 현대교회에 그대로 적용하는 것은 그리 간단한 문제가 아니다. 예수님께서 이 땅에 오심으로, 이미 2천 년 전에 십일조의 지각변동이 예상되었기 때문이다. 신약성경의 십일조 이야기는 구약성경의 분위기와 확실히 많이 다르다는 것을 알 수 있다.

십일조를 소홀히 하는 하나님의 백성들을 책망하던 분위기에서, 본질을 상실한 채 율법주의자들의 상징으로 전락한 십일조의 현주소를 보여준다.

예수님을 통해 조명된 십일조는 더 이상 말씀에 순종하는 겸손한 성도들의 표상이 아니다. 그것은 누가 보더라도 일그러진 율법주의자들의 계급장이다. 그런 분위기에서 '이것도 행하고 저것도 버리지 말아야 할지니라(마 23:23)'는 말씀을 붙들고 십일조의 신약적 근거를 삼으려는 목사들의 성경해석이 눈물겹다. 십일조에 대한 한국 교회의 가르침 대부분은 성경의 흐름을 무시한 채, 한 구절을 가위질하여 성경적 근거로 삼고 있다는데 문제가 있다. 이미 살펴보았듯이 마태복음 23장 23절의 말씀도 예외는 아니다.

전통과 전승의 선택

구약시대에 허용되었던 일부다처제가 신약시대에는 간음이 된다. 그것이 바로 성경말씀이다. 하나님의 제도는 시대에 따라 하나님의 영광을 위해 변화되었다는 사실을 기억해야 한다. 하나님의 영광은 곧 우리에게 은혜가 된다. '십자가 사건을 통한 율법의 완성'은 하나님의 영광과 우리를 향한 은혜를 드러낸 제도적 변화의 클라이맥스라고 할 수 있다.

예수님의 십자가 사건은 제사를 완성시켰다. 예수께서 십자가에 달리심으로 더 이상의 희생제물이 필요 없게 된 것이다. 하나님과 사람 사이에서 속죄의 제사를 담당하던 제사장도 필요 없게 되었다. 그리스도의 이름으로 모든 사람이 하나님 앞에 설 수 있게 되는 '만인제사장 시대'가 열렸기 때문이다.

복음은 더 이상 이스라엘을 위한 선택과 특권이 아니다. 새로운 십자가의 복음은 세상의 모든 이방인들을 향한 구원의 완성이다. 구원의 완성과 함께 십일조 제도는 자연스럽게 변화될 수밖에 없었다. 이제 더 이상 '구약시대의 분깃 없는 제사장'이 존재하지 않기 때문이다.

나는 그 당시, 2만 명이나 되던 제사장들의 충격을 조금은 이해할 수 있을 것 같다. 세상의 어느 누구도 기득권을 포기하는 것이 결코 쉽지 않기 때문이다. 어찌 보면 십자가 사건 앞에 제사장들은 하루아침에 무용지물이 되고 만 것이다.

유대교는 구약의 전통과 전승에 매인 율법주의자들의 선택이자 기득권자들의 선택이었다. 십자가 사건 앞에서 더 이상 신앙의 논쟁이 필요 없는 각각 다른 두 개의 종교로 갈라지게 된 것이다. 똑같이 아브라함을 믿음의 조상으로 고백하지만 그것은 삼위일체를 부정하는 전혀 다른 종교였다.

율법적 십일조는 유대교의 선택이다. '분깃 없는 제사장'이 존재하는 한, 그들을 위한 십일조 제도도 함께 존재해야 하기 때문이다. 유대교는 구약의 제사를 전승하면서 그 제도와 불가분의 관계에 있는 십일조 제도를 함께 전승한 것이다. 당연한 이야기다.

바뀐 이름 찾기

예수님의 제자들을 중심으로 시작된 교회는 더 이상 번제를 드리지 않았다. 번제를 위해 제사장이 존재하지 않아도 그리스도의 십자가를 믿는 믿음으로 스스로 하나님 앞에 죄를 고백할 수 있게 되었기 때문이다. 짐승의 피를 흘려 드리던 구약의 제사는 이제 내 몸을 산 제사로 하나님께 드리는 영적예배로 변화되었다.

십자가 사건 이후에 십일조는 자취를 감추고 만다. 십자가 사건 이후를 기록하고 있는 성경 어느 곳에서도 십일조라는 단어를 발견할 수 없다. 십일조 논쟁은 바로 그런 배경에서 시작이 된다.

교회의 시작과 함께 십일조는 중요한 이슈가 되어야 마땅했지만 성경에 기록된 초대교회의 모습에서 그런 흔적을 찾아볼 수 없다. 교회 안에 십일조에 관심을 가져야 할 제사장이 존재하지 않았기 때문이다. 초대교회의 주역이 되었던 예수님의 제자들과 사도들 가운데 어느 누구도 스스로 제사장적 권위와 기득권을 주장하지 않았다. 스스로 십일조를 드리지 않았던 제자들이 갑자기 율법적 십일조를 강조하고 나설 분위기도 아니었다. 율법주의자였던 사도바울은 누구보다도 율법에 매인 유대교의 전승을 비판하던 사람이었다. 더구나 번제와 십일조가 유대교의 상징이 되어버린 당시의 갈등구조 가운데서 율법적 십일조를 가르치는 것은 '우리가 다시 번제를 드려야 한다'고 말하는 것과 같은 의미였다.

그렇다면 초대교회 안에서 십일조는 폐지된 것인가?

결코 그렇지 않다. 십일조는 번제가 '예배'라는 이름으로 바뀐 것처럼 '연보'라는 은혜로운 이름으로 변화되었다.

숨은 그림 찾기는 그리 어려운 일이 아니다. 마찬가지로 신구약성경 사이의 바뀐 이름을 찾는 것도 그리 어려운 일은 아니다. 그럼에도 불구하고 한국 교회는 아직도 십일조의 바뀐 이름을 찾지 못하고 있는 분위기다. 그보다는 찾지 않기로 작정하고, 찾는 자들까지 찾지 못하도록 막고 있다는 표현이 더 적절할 것이다.

성경은 중요한 가르침을 반복하고 또 반복한다.

'구원'을 반복하고 '회개'를 반복하고 '믿음'을 반복하고 '감사'를 반복하고 '사랑'을 반복한다. 우리는 그것을 통해 하나님의 마음과 관심을 깨닫게 된다.

'십일조는 너무나 당연하고 확실한 가르침이기 때문에 더 이상 언급할 필요가 없었다'는 이야기는 전혀 설득력이 없다. 최소한 성경을 안다고 자부하는 목사들의 입에서 그런 부끄러운 이야기는 피해야 할 것이다.

'십자가 사건을 통한 율법의 완성'을 부정하는 것은 그리스도 예수를 부정하는 것과 같다. 연보로 바뀐 십일조의 이름을 또다시 율법적 십일조로 바꾸려는 한국 교회의 선택은 다분히 유대교와 닮을 꼴이라고 말할 수 있다.

아름다운 연보를 받들자

예수님과 연보

제자들을 중심으로 초대교회가 시작되면서, 1,300년을 지켜온 번제물과 레위인뜰을 위한 십일조는 사라지고 그 대신 '연보'라는 것이 등장했다. 그러면 연보라는 것은 무엇인가?

구약성경에 '연보'라는 단어는 역대하 34장 9절과 14절에 두 번 등장할 뿐이다. 그러나 그 본문을 히브리어 원어성경으로 확인해 보면 뜻밖에도 한글성경의 연보에 해당하는 단어가 존재하지 않는다. 9절과 14절 모두 '하나님의 전에 가져온 돈'이라고만 되어있을 뿐이다. 그러나 문제 될 것은 없다. 그 시대적 배경을 살펴보면 그것이 연보의 성격을 가지고 있었다는 사실을 알 수 있게 되기 때문이다.

유다 왕 요시아가 즉위한 지 18년이 되던 해에 왕은 온 나라의 우상을 제하고 그동안 더럽혀졌던 성전수리 사업을 시작하게 된다. 그때 레위인들은 성읍을 돌아다니며 성전수리에 필요한 돈을 거두어 대제사장 힐기야에게 주었는데 그것이 구약성경에 기록된 유일한 연보 이야기다. 백성들이 성전수리에 필요한 돈을 각자의 형편대로 레위인에게 드렸던 것이다. 연보는 율법으로 정해진 제물이나 십일조와는 달리 하나님을 사랑하는 마음으로 드리는 성도들의 자발적인 헌금(돈)을 말하는 것이다. 율법으로 드리는 것은 부담이 되고 짐이 되지만 자발적인 연보는 기쁨이 되고 은혜가 된다.

"예수께서 연보궤를 대하여 앉으사 무리의 연보궤에 돈 넣는 것을 보실새 여러 부자는 많이 넣는데 한 가난한 과부는 와서 두 렙돈 곧 한 고드란트를 넣는지라"(막 12:41-42)

예수님 당시의 성전에는 연보궤가 있었고 연보를 드리는 것이 자연스런 분위기였다는 사실을 짐작하게 되는 말씀이다. 연보는 마가복음 12장의 말씀이 정의하고 있듯이, 형편에 따라 많이 드릴 수도 있고 겨우 두 렙돈(1,500원 정도)을 드릴 수도 있는 신앙고백과도 같은 것이다. 연보는 결코 돈의 액수에 의해 그 가치가 결정되지 않는다. 그 가치는 오직 우리의 마음과 생각을 읽고 계시는 하나님께서 판단하실 뿐이다.

예수님께서는 왜 그토록 중요한 '십일조를 어떻게 드리는가' 지켜보지 않으시고 사람들이 '연보궤에 돈 넣는 것'을 지켜보셨을까? 더구나 예수님께서는 '십일조 신앙'을 자랑하는 바리새인들과 논쟁을 벌이시면서 남의 시선을 의식한 외식하는 신앙을 저주하셨다(마 23:23). 바리새인과 세리의 비유를 들어 말씀하실 때에도 십일조 이야기를 빼놓지 않으셨다. '나는 이레에 두 번씩 금식하고 또 소득의 십일조를 드리나이다(눅 18:12)'라는 바리새

315

인들의 자부심을 누가복음 18장 13절의 세리와 대비시키신 후에 세리의 손을 들어주셨다.

"세리는 멀리 서서 감히 눈을 들어 하늘을 쳐다보지도 못하고 다만 가슴을 치며 이르되 하나님이여 불쌍히 여기소서 나는 죄인이로소이다 하였느니라"(눅 18:13)

부자와 과부, 바리새인과 세리 그리고 십일조와 연보. 예수님께서는 이와 같이 드라마틱한 대비를 통해 십자가 위에 세워질 초대교회의 그림과 구도를 제자들에게 보여주셨던 것이다. 예수님께서 연보궤 앞에 앉으셔서 연보궤에 돈 넣는 것을 지켜보셨던 사건이 제자들에 의해 초대교회에 그대로 뿌리를 내린 셈이다.

"내가 무엇을 가지고 여호와 앞에 나아가며 높으신 하나님께 경배할까 내가 번제물로 일 년된 송아지를 가지고 그 앞에 나아갈까 여호와께서 천천의 숫양이나 만만의 강물 같은 기름을 기뻐하실까 내 허물을 위하여 내 맏아들을, 내 영혼의 죄로 말미암아 내 몸의 열매를 드릴까 사람아 주께서 선한 것이 무엇임을 네게 보이셨나니 여호와께서 네게 구하시는 것은 오직 정의를 행하며 인자를 사랑하며 겸손하게 네 하나님과 행하는 것이 아니냐"(미가 6:6-8)

예수님께서 바리새인들에게 가르치셨던 것이 바로 미가서 6장의 내용과 같다. 연보는 단순한 돈이 아니라 행함과 사랑의 실천을 동반하는 신앙고백이 될 때 가치가 있는 것이다.

사도바울과 연보

'십일조는 너무 중요한 교리이기 때문에 신약성경에서 더 이상 언급할 필요가 없었다'고 말하는 것은 결코 옳지 않다. 오히려 우리가 신약성경에서 확인할 수 있는 것은 율법적 십일조가 더 이상 중요한 계명이 아니라는 사실뿐이다. 초대교회가 시작되면서 성도들이 교회에 드리는 모든 것이 연보로 통일되었다는 것을 알 수 있다.

바울은 성경 여러 곳에서 성도들에게 연보에 대해 가르치고 있다. 특별히 고린도후서 8장과 9장은 '바울의 헌금신학'이라는 주제로 다루어도 좋을 만큼 연보에 대한 중요한 가르침이 기록되어 있다.

구약시대에 하나님의 백성들이 드리던 번제물은 예수님께서 십자가에 달려 죽으심으로 더 이상 필요가 없어졌다. 예수님께서 우리를 위해 영원한 희생제물이 되어주셨기 때문이다. 그러므로 이제 우리는 더 이상 번제물을 가지고 나와 제사를 드리는 것이 아니라, 우리의 몸을 거룩한 산제물로 드려 하나님이 기뻐하시는 영적 예배를 드려야 한다고 바울은 강조한다(롬 12:1). 우리 스스로가 영적 예배를 드리며 하나님 앞에 나아갈 수 있는 만인제사장의 시대가 열린 것이다.

그렇게 볼 때 초대교회의 성도들이 드렸던 연보는 율법시대의 번제물과는 전혀 관계가 없는 것이 된다. 그러면 연보는 율법시대의 어떤 제도와 연속선상에 있는 것일까?

그 문제를 푸는 것은 그다지 어려운 일이 아니다. 연보의 내용과 내적 목표가 일치하는 율법시대의 제도를 찾으면 되기 때문이다.

고린도후서 8장과 9장은 신약시대의 성도들이 드리고 있는 연보가 무엇인지를 잘 설명해 준다. 그 내용을 살펴보는 것으로 연보가 계승하고 있는 율법시대의 제도를 확인할 수 있다.

첫 번째로 연보는 '자원하여 하나님의 뜻을 따라 성도를 섬기는 일에 참여하는 것이다(고후 8:3-5). 그리고 두 번째로 연보는 성도들의 넉넉한 것으로 성도들의 부족한 것을 보충하여 균등하게 하려 함이다(고후 8:13-14).

십일조제도는 폐지되지 않았다. 십자가의 은혜로 이 땅에는 율법시대보다 더 많은 제사장들이 존재하게 되었기 때문이다. 히브리서 7장 12절의 말씀처럼 제사직분이 바뀌어졌다는 이야기다. 신약시대에는 모든 성도가 다 제사장인 것이다. 그렇다면 연보는 '제사직분이 바뀌어졌은즉 율법도 반드시 바꾸어지리니(히 7:12)'라는 말씀대로 만인제사장의 시대에 더 은혜로운 이름으로 바뀌어 진 십일조의 새로운 이름이 된다. 연보는 변함없는 하나님의 뜻을 따라 레위지파를 섬기던 십일조제도와 연속선상에 있기 때문이다. 그 내용뿐만 아니라 레위지파를 다른 지파들과 균등하게 하려는 십일조의 내적 목표와 '성도들의 넉넉한 것으로 성도들의 부족한 것을 보충하여 균등하게 하려'는 연보의 내적목표가 정확하게 일치하고 있다.

고린도전서 16장 1-2절의 말씀은 연보가 십일조의 새로운 이름이라는 사실을 확실하게 보여주고 있다.

"성도를 위하는 연보에 관하여는 내가 갈라디아 교회들에게 명한 것 같이 너희도 그렇게 하라 매주 첫날에 너희 각 사람이 수입에 따라 모아 두어서 내가 갈 때에 연보를 하지 않게 하라"

십일조는 '소득의 십 분의 일'을 드리는 것을 말한다. 그런데 고린도전서 16장 2절에서는 각 사람의 수입(income을 말하는 것이다)에 따라 드린 것을 연보라고 부르고 있다. 이미 초대교회 안에서 구약시대의 십일조를 연보라는 이름으로 바꾸어 드리고 있었다는 사실을 확인하게 되는 말씀이다. 그럼에도 불구하고 한국의 신학자들과 목사들은 고린도전서 16장 2절을 '주일의 기원'을 증명하는 증거로 제시할 뿐이다. 한국을 대표하는 '박윤선주석'마저도 예외는 아니었다. 그러나 양심을 가진 목사라면 고린도전서 16장 2절이 '주일의 기원'을 증명하는 애매한 증거가 되기보다는 '연보가 신약적 개념의 십일조'라는 명백한 증거라는 사실에 동의하게 될 것이다.

결국 한국 교회는 10%의 율법적 십일조가 교회의 우상이 된 셈이다.

록펠러의 십일조

부정한 것? No problem

하나님께 정결하지 않은 것을 드리는 행위는 결코 용납될 수 없다. 정결淨潔은 예배의 기본요소이기 때문이다. 그렇기 때문에 하나님께서는 정결한 제물로 제사를 드리라고 명령하셨다. 세상에서 아무리 귀하고 값비싼 것이라도 부정한 것을 하나님께 드릴 수 없었고 하나님의 백성들 스스로도 그것을 먹을 수 없었다(구약의 정결법).

구약시대의 이스라엘 백성들이 드렸던 제사/예배의 핵심은 거룩함이었다. '거룩함'은 모든 부정한 것과의 분리를 의미한다. '거룩'은 곧 '정결'을 말한다.

이미 앞에서 살펴보았듯이 말라기의 핵심 주제는 '제의적 정결 cultic purity'을 상실했던 종교지도자들에 대한 하나님의 경고이다. 말라기를 통해 정결한 마음과 정결한 것들로 영광 받으시기를 원하시는 하나님의 마음을 깨닫게 된다.

구약시대의 '제의적 정결'은 십자가 사건을 통해 성도 스스로를 하나님께 산 제물로 드리는 영적예배로 완성되었다. 그것은 정결한 제물과 같이 정결한 성도의 삶을 하나님께 영적예배로 드리는 것이다(롬 12:1). 구약시대에는 정결한 소牛와 부정한 돼지豚로 제물이 구분되었지만, 신약시대에는 영적으로 소와 같이 정결한 사람과 돼지와 같이 부정한 사람으로 구분된다. 즉 정결한 삶의 소산은 정결하고, 부정한 삶의 소산은 부정한 것이 된다. 정결법에 명시된 부정한 돼지를 키워 헌금 하는 것이 부정한 것이 아니라, 돼지처럼 부정하게 얻은 소득으로 헌금하는 것이 부정한 것이라는 이야기다.

교회 안에 정결하지 않은 헌금이 넘쳐나지만 그것은 전혀 문제 되지 않는다. 예배의 기본요소가 '정결'에서 '헌신'으로 급속하게 왜곡되고 있기 때문이다. 더구나 '헌신'의 핵심이 '돈'으로 이해되고 있는 현상은 좀 더 심각한 문제가 아닐 수 없다. '주님의 몸'이라는 성경적 교회가 부정한 헌금을 문제 삼지 않을 만큼 세상은 말세末世가 된 것이다.

록펠러의 십일조

록펠러John Davison Rockefeller, 1839~1937만큼 목사들의 설교에 자주 등장하는 인물도 드물다.

록펠러는 '오하이오 스탠더드'라는 석유회사를 설립하여 미국 석유관련사업의 95%를 독점하면서 세계최고의 거부가 된 사람이었다. 그는 독실한 침례교인이었던 것으로 알려져 있다.

〈록 펠러 : 십일조의 비밀을 안 최고의 부자〉. 베스트셀러가 되었던 이 책의 제목에서 알 수 있듯이 록펠러에 대한 목사들의 관심은 십일조에서 비롯된다. 책의 결론부터 말하자면 가난했던 록펠러가 세계최고의 부자가 되었던 비결이 '십일조를 드렸기 때문'이라는 것이다.

책을 쓴 이채윤은 〈삼성처럼 경영하라〉의 저자로 우리에게 잘 알려져 있다. 그는 〈록 펠러 : 십일조의 비밀을 안 최고의 부자〉에서 어머니에 의해 철저하게 신앙교육을 받았던 록펠러를 조명하고 있다. 록펠러의 어머니는 아들이 어렸을 때부터 세 가지의 약속을 지키게 했다고 한다.

1. 십일조 생활을 해야 한다.

2. 교회에 가면 맨 앞자리에 앉아 예배를 드린다.

3. 교회 일에 순종하고 목사님의 마음을 아프게 하지 않는다.

어렸을 때부터 마지막 생을 마감할 때까지 단 한 번도 십일조를 거르지 않았고 예배와 헌신에 여념이 없는 삶을 살았다고 록펠러를 소개하는 저자는 처음부터 끝까지 용비어천가조로 록펠러의 신앙을 찬미한다. 그리고 책의 한 단원이 끝날 때마다 성경구절을 달아놓아 록펠러의 부와 성공이 철저한 하나님의 은혜를 통해 이루어졌다는 것을 강조하고 있다. 끝으로 저자는 의무감이 아닌 신념으로 드렸던 록펠러의 십일조를 언급한 후에 그의 십일조가 하나님의 밭에 뿌려져서 싹을 틔우고 자라나 열매를 맺은 씨앗이 되었음을 주장한다.

그러나 이 책의 내용은 록펠러의 가난했다는 출신성분부터 삶에 이르기까지 많은 사실을 왜곡하고 있다.

1914년 4월 20일 아침, 콜로라도 민병대가 파업 중인 광부들을 향해 기관총을 갈려댔다. 사망자 19명. 어린아이가 대부분이었다. 그 잔인한 '러들로 학살사건Ludlow Massare'의 주인공이 바로 '위대한 신앙인 록펠러'였다.

광부들이 도대체 무엇을 요구했길래 총질을 당했을까? 그것은 임금 10%의 인상과 노동조합의 인정이었다. 광부들의 임금은 1달러 68센트. 다른 탄광보다 임금이 20%이상 적었다. 그나마 임금도 현찰이 아니라 회사 소유의 상점에서만 쓸 수 있는 교환권으로 지급받았다. 탄광주변의 집세는 터무니없이 비쌌다. 집은 모두 록펠러 소유의 사택이었다.

록펠러는 광부들의 임금인상 요구를 일언지하에 거절하고 광부들의 가족을 사택에서 쫓아낸다. 이때가 1913년 9월이었다. 록펠러의 나이 73세 때의 일이다. 갈 곳이 없는 광부들과 가족들은 탄광부근에 천막을 치고 긴 겨울을 지나 6개월의 투쟁을 계속했다. 그러나 최종협상이 진행되는 날 천막촌을 향한 기관총이 설치되었고 곧바로 방화가 시작이 되었다. 기관총 난사와 불길 속에서 겁에 질려 피신하지 못한 여자 2명과 어린 아이 11명을 포함해 19명이 죽는 무참한 학살로 파업이 진압됐다. 신앙인 록펠러의 결정이었다.

러들로 학살사건으로 록펠러는 '평생 그렇게 더러운 돈을 모았다'는 여론의 뭇매를 맞게 된다. 이미지 개선을 위해 록펠러는 사회와 교회에 적극적인 기부를 시작하며 터닝포인트로 삼았다. 엄청나게 많은 재산을 사회에 환원하며 자선사업을 시작한 덕분에 록펠러는 오늘날 '선행의 대명사'로만 기억이 되고 있지만 우리는 같은 시대를 살았던 대통령 루즈벨트(1933~1945)가 록펠러를 향해 던졌던 일침을 기억해야 할 것이다.

"록펠러가 돈을 가지고 얼마나 선행을 하든지 간에 그동안 부富를 쌓으려 저질렀던 악행을 보상할 수는 없다."

록펠러는 그런 사람이었다.

어떻게 번 돈인가?

과연 하나님께서 십일조 때문에 록펠러를 축복하셨을까?

록펠러가 이뤘던 부의 축적과정은 하나님의 방법이라고 볼 수 없는 수준이다. 같은 시대의 신앙인이자 그 나라의 대통령이었던 루즈벨트의 평가를 볼 때 록펠러의 부富는 '하나님의 축복'이 아니라 '악의 결과'일 뿐이다. 루즈벨트의 이야기 한 마디로 이채윤의 저서 〈십일조의 비밀...〉은 '잘못된 십일조 해석'으로 전락하고 만다. 록펠러의 기부와 헌금은 악惡에 대한 참회의 모습으로 조명해야 바른 접근이 되는 것이다.

소득은 그 사람의 삶을 말해준다. 말씀 안에서 거룩한 삶을 살았던 사람의 소득은 정결하고, 죄악 가운데 살았던 사람의 소득은 부정하다는 이야기다. '어떻게 번 돈인가?' 이것이 하나님 앞에 드리는 정결한 연보(헌금)의 판별식이 된다.

십일조는 정결한 땅의 소득 10분의 1을 말하는 것이다. 신약 시대의 십일조도 다르지 않다. 부정한 삶의 결과로 얻은 소득의 십일조는 존재하지 않는다. 술을 팔아 번 돈의 십일조. 몸을 팔아 번 돈의 십일조. 양심과 영혼을 팔아 번 돈의 십일조. 착취와 횡령으로 번 돈의 십일조... 그리고 록펠러처럼 번 돈의 십일조.

그런 십일조가 드려지는 예배...

그런 십일조를 문제 삼지 않는 교회...

그런 십일조를 드려도 축복하시는 하나님... 이것이 바로 한국 교회의 신학이자 기막힌 현실이다.

일천번제에 대한 기상천외한 속임수

고객서비스 마케팅

마케팅은 심리학이다.

〈Why they buy?〉 잘 알려진 책의 제목이자 소비자들을 향한 정말 궁금한 질문이기도 하다.

소비자의 심리는 빙산과 같다. 좋은 차를 구입하는 사람에게 "왜 갑자기 차를 사느냐?"고 물으면 "집이 멀어서…"라고 대답하지만 정작 그 아래 숨겨진 잠재 욕구가 존재한다. 사람의 마음은 두 가지가 공존한다. 의식과 무의식이다. 마케팅은 사람의 의식과 무의식을 동시에 지배하는 것이다.

"소비자가 원하는 진짜 '니즈needs'를 충족시켜라."

책의 목차 가운데 첫 번째 제안이다. 진짜라는 말의 의미가 심오하다. 그것을 분석하고 그 'needs'를 충족시킬 수 있는 아이템을 개발하는 것이 성공적인 마케팅의 키워드인 것이다.

이미 오래 전에 교회행정과 목회에 마케팅의 개념이 적용되기 시작했다. 교회는 언제부터인가 성도를 소비자로 인식하기 시작했다. 미국에 잘 알려진 대형 교회 가운데 하나는 실제로 고객이라는 개념의 'Customer Service'를 운영하고 있다. 해당 부서로 전화를 걸면 '고객지원센터입니다'라는 목소리로 전화를 받는다고 한다.

'Why they buy?'

소비자가 아이템을 선택하도록 끊임없이 그 'needs'를 분석하는 것처럼, 교회도 성도들이 기꺼이 자발적으로 헌금을 하면서 참여할만한 프로그램(상품)을 개발하고 있다. 어서 오십시오 고객님~ 고객으로 전락한 성도들.

"실제 시장에서 통하는 소비자의 선택의 룰을 익히라."

책의 열두 번째 제안이다. 교회들마다 실제 시장에서 통하는 선택의 룰을 익히기에 여념이 없다.

한국 교회의 독특한 십일조 신앙은 실제 시장에서 통하는 선택의 룰을 익힌 교회의 성공적인 아이템이라고 볼 수 있다.

'왜 그들이 십일조를 하는가?'

'Why they buy?'와 결코 다르지 않은 이 질문은 한국 교회를 바라보는 서양 교회의 이해하기 힘든 궁금증이다. '기복祈福'이라는 민족정서의 이해 없이 그 궁금증을 풀기는 어려울 것이다.

기상천외의 일천번제

십일조 이야기를 읽고 있다는 독자들을 만나 토론을 하다 보면 한결같이 '시장에서 통하는 선택의 룰'에 발목이 묶여 있다는 느낌이었다. 그것은 '의식적인 축복'에 대한 관심으로 십일조를 시작해서 '무의식적인 두려움' 때문에 십일조를 계속하게 된다는 것이었다. 목사들은 누구보다도 그 사실을 잘 알고 있다.

그것이 바로 '시장에서 통하는 선택의 룰'이고 목사들은 '소비자 선택의 룰을 익힌 전문가들'이기 때문이다.

성도들에게 "왜 십일조를 하느냐?"고 물으면 그것이 '신앙의 결단'이라고 대답하지만 정작 그 안에 숨겨진 잠재욕구가 존재한다는 사실이 축복을 담보로 한 십일조 마케팅을 가능하게 하는 것이다. 그 숨겨진 잠재욕구를 건드리는 것이 바로 서양 교회가 궁금해 하는 한국 교회만의 독특한 '성경해석의 기술'이다. 문제는 이미 살펴보았듯이 한국 교회만의 독특한 성경해석의 기술이 비성경적이라는 것에 있다.

대박상품은 언제나 유사한 파생상품을 만들어 내는 법이다. '시장에서 통하는 선택의 룰'을 익힌 목사들은 성도들이 자발적인 헌금을 하면서 참여할만한 여러 가지 파생상품을 개발했다. 그 종류가 수 없이 많지만 그 중에 '일천번제'는 한국목사들의 '헌금설교의 천재성'을 유감없이 보여준다.

"이에 왕이 제사하러 기브온으로 가니 거기는 산당이 큼이라 솔로몬이 그 제단에 일천번제를 드렸더니"(왕상 3:4)

일천번제는 열왕기상 3장 4절에 기록된 말씀을 근거로 삼고 있다.

솔로몬은 역사 가운데 록펠러를 능가하는 부자였다. 이 사실에 이견을 말할 사람은 없을 것이다. 금과 은을 길바닥에 굴러다니는 돌처럼 많이 가지고 있었다는 솔로몬이 이런 축복을 받게된 이유를 목사들이 연구해보니 솔로몬이 하나님께 드린 '일천번제' 때문이라는 것이다. 부자가 된 록펠러의 인생을 십일조로 풀고 있는 것과 유사한 신상품이다. 십 년 전부터 '일천번제헌금'이라는 기상천외의 헌금이야기가 들리기 시작하더니 이제는

전혀 어색하지 않은 신종헌금으로 교회 안에 확실히 자리 잡았
다.

일천번제는 말 그대로 '솔로몬처럼 일천번제를 드려 하나님
을 감동시키라'는 것이다. 일천번제는 이미 성공한 십일조처럼
우리민족의 숨겨진 무의식을 파고든다. 일천번제는 우리 내면
깊숙이 무의식으로 존재하는 '지성이면 감천이라'는 샤머니즘
의 공감대를 건드려 마침내 1,000일 기도에 대한 욕구를 자극하
게 된다. 더구나 새벽기도회라는 한국 교회만의 '영적 인프라'는
1,000일 기도와 일천번제를 합성시키는 더 없이 좋은 매개체가
되었다.

일천번제의 실체는 하나님 앞에 번제를 드리는 마음으로
'1,000번의 헌금'을 드리는 것이다.

〈하늘을 감동시킨 일천번제 예배자〉

얼마 전에 불미스런 일로 교회를 사임한 J목사가 쓴 책의 제
목이다. 책의 제목처럼 1,000번의 새벽기도와 1,000번의 헌금으
로 하나님을 감동시켜 솔로몬과 같은 축복의 주인공이 되라는
것이 한국 교회에서 유행하고 있는 '일천번제'의 내용이다. 축복
을 담보로 한 대박 신상품이라고 볼 수 있다.

이제 한국 교회에서 '일천번제'라는 타이틀의 헌금봉투를 찾
는 것은 그리 어려운 일이 아니다. 일부교회에서는 '일천번제
○○○○회째'라는 봉투를 제작하여 사용하기도 한다. 기독교 역
사 가운데 그 흔적을 찾아볼 수 없는 '엽기헌금'이 아닐 수 없다.

우리는 흔히 솔로몬의 일천번제가 1,000일 동안 연속적으로
드려졌던 것처럼 생각하기 쉽다. 한국 교회의 일천번제는 성도
들의 그런 맹점을 파고드는 '사기성 성경해석'에 해당된다. 더구

나 그런 맹점을 '100일 기도'와 '1,000일 기도'에 익숙한 한국인의 정서에 끼워 맞추는 감성마케팅은 교회 안에서 결코 용납될 수 없는 사기행각이다.

솔로몬이 드렸던 일천번제는 1,000마리의 생축을 드렸던 제사를 의미하기 때문이다.

"The king went to Gibeon to offer sacrifices, for that was the most important high place, and Solomon offereda thousand burnt offerings on that altar."

NIV 성경으로 본 열왕기 3장 4절이다. 'a thousand burnt offerings on that altar'라는 구절은 솔로몬의 일천번제가 1회성의 큰 제사였다는 사실을 보여준다. 원어성경은 말할 것도 없다.

1회성의 제사를 무려 1,000번의 제사로 둔갑시켜, 축복을 담보로 1,000번의 헌금을 가르치는 목사들을 어떻게 이해해야 할지 난감한 마음이 든다.

'십일조 이야기'와 '일천번제헌금 이야기'는 헌금에 관한 한 성경을 제대로 해석하지 않기로 작정한 듯한 한국 교회의 일그러진 자화상이다. 그림을 그려보는 나 역시 한인 교회를 담임하고 있는 목사이기 때문이다.

정확하게 마케팅이론으로 풀리는 한국 교회의 교회성장 비결도 비결이지만 그럴듯한 성경해석으로 포장한 감성마케팅으로 성도들을 바보로 만들고 있는 한국 교회의 현실이 안타깝다. 왜 우리는 신앙의 핵심을 '돈'으로 만들고 있는 것일까!

영국 교회의 나무접시

한국 교회 vs 영국 교회

영국 교회도 십일조를 가르친다. 십일조는 성경에 기록된 성도의 의무이기 때문이다. 그러나 그 의무의 본질은 '소득의 10%를 드리는 것'에 있는 것이 아니라 '소득이 없는 가난한 자들과 복음을 위한 사역자들을 돌보는 것'에 있다. 의무의 본질을 규명하는 것은 대단히 중요하다. 그것이 교회의 방향성과 성도의 삶을 바꾸어버리기 때문이다.

한국 교회는 십일조의 의무를 강조하면서 '소득의 10%'에 초점을 맞춘다. 반면에 영국 교회를 포함한 서방 교회들은 '십일조의 목적'에 포커스를 맞추어 성도의 의무감을 이끌어낸다. 그 결과 한국 교회는 십일조를 '축복의 통로'로 이해하게 되었고 서방 교회는 십일조를 통한 '하나님의 영광'을 생각하게 되었다.

소득의 10%에 초점을 맞춘 한국 교회가 십일조라는 이름을 포기할 수 없는 것은 너무나도 당연하다. 10%를 명시하고 있는 그 이름이 바로 십일조의 본질이 되기 때문이다. 그러나 '십일조의 목적'에 초점을 맞춘 영국 교회의 입장은 다르다. 성도들 스스로 목적이 이끄는 의무감을 느낄 수 있도록 그 이름을 좀 더 목적에 근접한 내용으로 바꾸어야 한다고 생각했던 것이다. 그것은 마치 안식일을 주일이라는 이름으로 바꾼 것과 같은 맥락이다.

소득의 10%가 복음의 핵심이 아니라 '가난한 자들과 소외된 자들을 돌보는 이웃사랑'이 복음의 핵심이라는 사실을 그리스 도 예수를 통해 깨닫게 된 것이다.

영국 교회의 십일조

성공회 교구교회PCC Kingston Vale를 담임하고 있는 맨디 목사님 을 만나 십일조에 대한 이야기를 나누었다. 벌써 오래 전의 일이 다. 맨디 목사님을 통해 듣게 된 '영국 교회의 십일조 이야기'는 평소에 가지고 있었던 영국 교회에 대한 나의 편견과 오해들을 많이 풀어주었다.

질문 1. 영국 교회도 십일조를 하는가?

물론이다. 그렇지만 'Tithe 십일조'라는 용어는 잘 사용하지 않는다. 우리는 십일조를 'Offering 연보/헌금'이라고 부른다. 그것이 신약시대의 십일조이기 때문이다.

질문 2. 성도들에게 10%의 율법적 십일조를 가르치는가?

성도들에게 10%의 율법적 십일조를 가르치는 것은 옳지 않 다. 신약시대의 십일조는 10%에 강조점이 있는 것이 아니라 '소외된 자들과 가난한 자들을 구제하는 것'과 바울과 같은 '사역자들을 후원하는 것'에 강조점을 두고 있기 때문이다. 10%를 헌금하는 것이 중요한 것이 아니라 구제하고 선교하는 것이 중요하다는 이야기다. 여기서 선교의 범위를 나누자면 아마도 목회를 하고 있는 성직자들과 평신도 선교사들을 포함한 모든 선교사들의 사역이 될 것이다.

질문 3. 그렇다면 성도들에게 신약적 개념의 십일조를 어떻게 가르치고 있는가?

먼저 십일조를 드리는 것이 성도의 의무라는 성경적 원리를 가르친다. '선교와 이웃사랑'은 성경이 가르치고 있는 성도들을 향한 최대의 지상명령이다. 선교와 이웃사랑은 구약시대의 십일조제도와 연속선상에 있다. 십일조제도의 목적이 성직자들과 가난한 자들을 돕는 것이었기 때문이다.

구약시대에는 소산의 10%가 의무감이 되었지만 신약시대에는 '선교와 이웃사랑'이 성도의 의무가 되어야 하는 것이다. 우리는 성도들에게 '그 의무'를 가르친다. 십일조가 의무가 되는 것이 아니라 '선교와 이웃사랑의 의무'를 실천하기 위해 십일조를 드리는 것이다. '선교와 이웃사랑'이라는 의무감 앞에 10%라는 율법적 수치는 전혀 의미가 없다. 선교와 이웃사랑의 의무는 더 이상 우리가 짊어져야 할 어깨의 무거운 짐이 아니기 때문이다.

질문 4. 십일조를 드리는 성도들이 있는가? (예배시간에 십일조를 드리는 성도들을 보지 못했기 때문에 드린 질문이었다.)

우리는 해마다 십일조를 약정하고 있는데 교인들의 숫자는 많지 않지만 십일조를 약정하는 사람들의 비율은 높은 편이다.

질문 5. '십일조 약정'이란 무엇인가?

한마디로 십일조는 일회성의 헌금이 아니다. 구약시대의 십일조는 레위인과 가난한 자들의 생계를 위한 양식이었다. 그것이 십일조의 제도적 성격이었기 때문에 '선교와 이웃사랑'의 실천에도 그 성격과 특징이 그대로 적용되어야 하는 것이다.

우리는 해마다 'Planned Offering 약정헌금'을 한다. 약정헌금이 십일조의 또 다른 이름인 셈이다. 우리교인들은 십일조라는 명칭대신 'Planned Offering 약정헌금'이라는 용어를 사용하지만 간혹 'Tithe 십일조'라고 말하는 교우들도 있다. 십일조와 약정헌금은 같은 이름이다. 물론 '구제헌금'과 '선교헌금'도 십일조의 다른 이름이다. 약정헌금은 어디까지나 본인의 몫이자 스스로의 신앙적 결단이다. 매월 1파운드를 약정하든 매월 1,000파운드를 약정하든 '자발적이고 자원하는 마음'으로 하는 것이다. 일단 약정헌금을 작정하면 그다음 달부터 본인의 계좌에서 헌금이 자동이체 된다. 목사는 성도들이 얼마를 약정했는지 전혀 알 수 없다. 그것은 전적으로 교회의 재정부 관할이기 때문이다.

성도들은 자신의 약정헌금이 쓰이는 목적을 선택할 수 있다. 교단과 교회의 결정에 모든 것을 맡기는 경우도 있지만 '선교' 혹은 '구제'와 같은 목적으로 쓰이기를 원할 경우 약정헌금 양식에 있는 해당항목을 선택하면 된다. 모든 헌금은 교단으로 보내지며 교단에서 헌금사용목적 비율이 교회 50% 선교·구제 50%가 되도록 조정한다.

헌금카드와 나무접시

성공회 교회에서는 헌금을 약정한 성도들에게 'Planned Giving Card 약정헌금카드'를 나눠준다. 그 카드는 매주일 헌금시간에 사용된다. 이미 자동이체된 헌금대신 약정헌금카드를 헌금시간에 올려놓는 것이다.

맨디 목사님에게 'Planned Giving Card'를 한 장 부탁 드렸더니 설명하던 카드를 가져가라고 건네 주셨다. 그 카드에는 약정헌금자의 이름조차 적혀 있지 않았다.

영국의 감리교회에서는 흔히 헌금시간에 나무접시를 사용한다.

영국 교회에서 예배를 드릴 때면 민망하게도 헌금시간에 딸그랑 소리를 내며 동전을 올려놓는 사람들이 많았다. 영국감리교회 목사님을 만나 십일조 이야기를 듣기 전까지는 그런 광경들이 내 마음 속에 편견과 오해로 남아 있었다.

영국의 모든 교회가 '약정헌금카드'를 사용하는 것은 아니다. 대다수의 감리교회들은 약정헌금카드 대신 나무접시를 사용한다. 헌금시간에 나무접시가 돌아가면 성도들은 그 위에 동전을 올려놓는다.

그 의미를 설명하는 영국 감리교회 목사님의 이야기를 들으며 편견과 오해로 가득했던 나 자신이 얼마나 부끄러웠는지 모른다. 나무접시 위에 동전을 올려놓는 것이 'Ceremonial Offering'이라는 이야기였다.

과부가 드렸던 동전 두 닢, 과부의 두 렙돈은 성경에 기록된 가장 아름다운 헌금 이야기로 성도들에게 기억되고 있다. 나무접시 위에 동전을 올려놓는 것은 바로 그 사건을 기념하는 것이다. 이미 하나님께 드린 자신들의 약정헌금이 과부의 두 렙돈과 같이 아름답게 열납되기를 기도하는 마음으로 나무접시에 동전을 올려놓는 것이다.

지금도 얼마나 많은 한국 목사들이 나무접시에 올려놓는 동전을 바라보며 영국 교회를 향한 편견과 오해에 사로 잡혀 있는지 모른다.

런던의 바보목사

초판1쇄 발행일 • 2011년 12월 15일

지은이 • 박일배
펴낸이 • 이재호
편집인 • 이승재
펴낸곳 • 리북
등   록 • 1995년 12월 21일 제13-663호
주   소 • 서울시 마포구 서교동 395-68 서연빌딩 2층
전   화 • 02-322-6435
팩   스 • 02-322-6752
홈페이지 • www.leebook.com

정   가 • 15,000원

ISBN 978-89-87315-03-4